马伯庸——著

ZOO
on the
GRASSLAND

草原
动物园

中信出版集团 · 北京

图书在版编目（CIP）数据

草原动物园 / 马伯庸著 . -- 北京：中信出版社，
2017.3
ISBN 978-7-5086-6508-5

Ⅰ . ①草… Ⅱ . ①马… Ⅲ . ①长篇小说－中国－当代
Ⅳ . ① I247.5

中国版本图书馆 CIP 数据核字（2017）第 013231 号

草原动物园

著　者：马伯庸
出版发行：中信出版集团股份有限公司
　　　　　（北京市朝阳区惠新东街甲 4 号富盛大厦 2 座　邮编　100029）
承 印 者：北京通州皇家印刷厂

开　　本：880mm×1230mm　1/32　　印　　张：9.625　　字　　数：165 千字
版　　次：2017 年 3 月第 1 版　　印　　次：2017 年 3 月第 1 次印刷
广告经营许可证：京朝工商广字第 8087 号
书　　号：ISBN 978-7-5086-6508-5
定　　价：48.00 元

目 录

iii ...   题　记

1 ...   第一章　归化城

7 ...   第二章　万牲园

51 ...   第三章　承德府

95 ...   第四章　海泡子

135 ...   第五章　疯喇嘛

195 ...   第六章　白萨满

221 ...   第七章　荣三点

253 ... '   第八章　马王庙

283 ...   第九章　应许之地

题 记

　　一个人的记忆，总是不可避免地虚实参半，其中既有最真实、最清晰的细节，也有完全源于想象、从未存在过的虚构。虚构在真实的土壤里茁壮生长，像胡杨一般伸展枝条，重新扎入土壤。它们互相纠缠、融合，渗入对方的每一寸肌体。到后来，两者彻底融为一体，往往连讲述者自己都区分不出何为真实，何为虚幻。

　　赤峰是我的故乡，我在这里长大。故乡对我来说，是一个充满乡愁和魔幻的童话。我记得白云降落在草原上变成羊群，也记得孤狼和黄羊穿行于沙尘暴中的身影。水泥高楼之间，总隐藏着那么几处浅蓝色的敖包，如果你试图接近，它们就会倏然裂开，从里面飞出一只有着宽大翅膀的雄鹰，直上天际。

　　这样的景象，充盈了我整个记忆。我没法告诉你，哪些是我的亲身经历，哪些是童年时代的胡思乱想，又有哪些是来自于古老时代的风吹入梦境。

我喜欢这样的感觉，穿梭于真实与幻想之间，把泾渭分明的两条河流搅浑在一处。

　　接下来我要讲的这个故事，也拥有同样的质地。我说不清楚，它到底是一段被湮没的真实历史，还是一代代赤峰人在梦中构建出来的回忆虚像。我不是创造者，只是一个忠实的记录员。如果有人问起这故事是真还是假，到底从何而来，我只能说，它和我一样，在赤峰这里出生、成长，然后和这个真实世界慢慢融合。

　　事就这样成了。

第一章

——

归
化
城

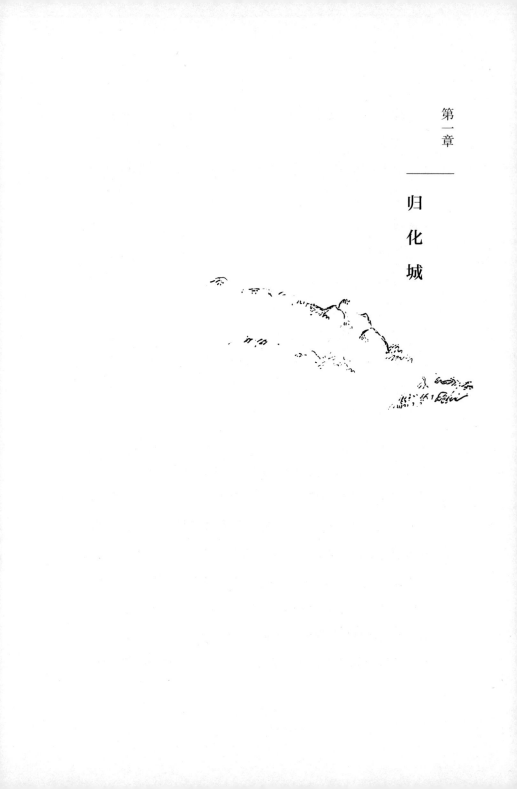

故事最初的萌芽，不在赤峰，而是在绥远的归化城里。

晚清光绪年间，归化城里来了一位从伦敦远道而至的教士。他本名叫杰克·乔治，华文名字叫华国祥，受中国内地会的委托，希望能在这一处中蒙要地打开局面，把主的荣光散播到蒙古地区。

华国祥携夫人一起进了归化城，在水渠巷商家永宁号院内租房立会，建起了第一座基督教新教的教堂，叫作"耶稣堂"。他开始时沿用教内旧例，在教堂开坛布道，分发《圣经》。可惜当地居民多无兴趣，饶是华国祥费尽唇舌，也招不来多少人肯到教堂听讲，遑论发展信众。

华妻精通西医，在丈夫忙于传教的同时，她在顺城街三星成巷内设下一所医院，以西医之术为人诊治，赢得了很高的赞誉。病人得到她的救治，多是感恩戴德，她便趁机劝说皈依。几年下来，她感召的信徒反倒比华国祥多些。

归化城里有个财神庙，乃是雍正二年修建。庙前有个轩敞的二层戏台，名叫乐楼。每逢祭财神之日，就有乐班戏班在乐楼上表演助兴，下面观者如山，挤得里三层外三层，比过年还热闹，是归化城一等一的繁华之处。华国祥有一天无意中路过，看到这么热闹的情景，不由得仰天长叹："如果我教堂的信众能有此规模，死也甘心了。"

华妻听到感慨，劝说了几句，不巧正触及华国祥的伤心事，与她大吵了一架。夫妻俩本来相敬如宾，却因为这件小事起了隔阂。华妻积郁于胸，一病卧床不起。华国祥后悔不已，向内地会写信求助，恳请他们寄些英国家乡风景的画片来，希望能化解华妻心病。

内地会英国总部有一个与华国祥素来交好的朋友，写信给华国祥说了件趣事：欧洲最近出了一个新发明，样式如同相机，但举灯轮转，可以映出会动的画面，叫作电影机。朋友建议他不妨弄一台来，拍点故国风物，或可解忧。

华国祥一听大喜，请人搜购，终于买到一台，辗转万里运到归化城内。华妻看了，精神果然复转健旺。她病愈之后，对华国祥说，这机器绘影如生，实在神奇，只是为她一人欣赏，太过浪费，不如把它卖掉，弥补传教的费用。

华国祥有些不舍，他觉得这个事端是从财神庙起，也应该在财神庙内结束，转念之间，忽然有了一个绝妙的想法。

过了月旬，归化居民忽然发现城内各处有了许多贴纸，上书某年月日，财神庙内乐楼显奇景，夜间开演不收票费云云字样。居民们都猜测这一定又是什么新戏班子搞的噱头。归化居民最喜欢热闹，到了日子，财神庙下聚得人山人海。不料乐楼上静悄悄一片，只站着一个大鼻子洋人，一个怪匣子，背后墙壁刷得雪白一片。

那个大鼻子洋人，自然就是华国祥。他见人聚得差不多了，便启动电影机，雪白的墙壁上，陡然映出了《火车进站》《工人下班》以及各种英国风物的影画。归化城的居民看到墙上突现活人活马，无不骇然，下意识就要跑开。等过了一阵，他们才意识到这些不过是虚幻画面，遂放下心来，看得如痴如醉。

一直到午夜，观众们仍群聚在楼下，一遍又一遍地欣赏新鲜的电光戏影，最后官府出面驱赶，放映才停止。灯光一亮，一切幻象倏然消失，观众们这才依依不舍地散去。于是，在古老的草原上，第一次出现电影的光亮，对大部分观众来说，那是一生之中最梦幻的时刻，在许多年后仍旧会被偶尔想起。

一夜过后，华国祥声威大震。从此每月初一、十五，他都会在乐楼放映一场，平时礼拜之时，还在教堂放映几段，每场都是水泄不通，连当地王爷、喇嘛都跑来看。时人谓之"影戏"。而华国祥趁机布道，收效甚好。《绥远志略》说："以幻灯影片放映于财神庙乐楼上，夜间开演，不收票费，俟群众既集，辄乘时宣传耶稣教义，劝人信奉。"可见宣教效果奇佳。凭着这枚利器，华国祥在绥远地区远近闻名，传教事业一日千里。

华国祥的这一段事迹，被记者写成报道刊登在《中国通讯》上。这一幅草原电光戏影的奇景，遂漂洋过海，流传到欧美等地，在传教士的圈子里一度流传甚广，人人津津乐道。可惜对大部分人来说，这毕竟只是来自远域的猎奇谈资。随着时间流逝，它逐渐被人淡忘，连同古老草原以及生活在那里的居民一起，湮没在故纸堆中，默默无闻。

若干年后，仿佛命中注定似的，一位美国公理会的教士走进孟菲斯的公立图书馆，翻开满是尘土的《中国通讯》，无意中读到这段往事。他突然之间心有所感，抬起头来看向天空，露出一个神秘的笑容……

事就这样成了。

第二章

——

万
牲
园

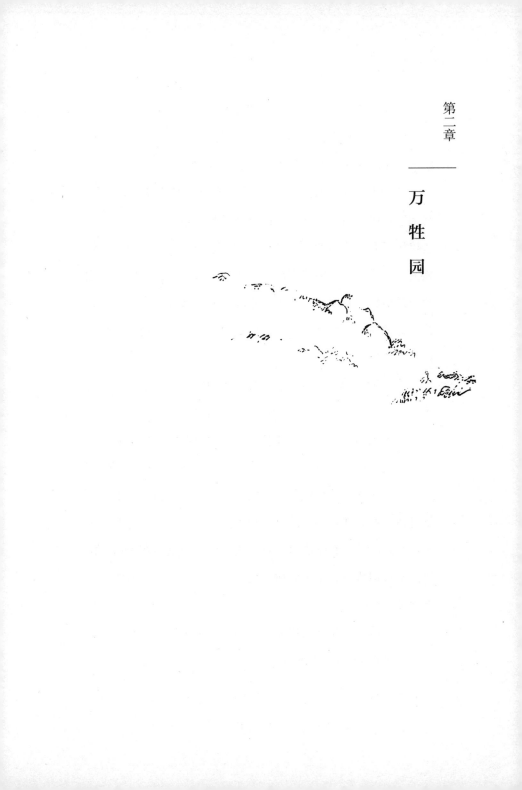

这位教士，叫作摩根·柯罗威，土生土长的伯灵顿人。父亲是牙医，母亲是当地颇有名望的慈善家，两人都是虔诚的基督徒，所以他从小便立志成为一名传教士。

从柯罗威教士唯一留存的照片来看，他个头不高，肩膀却很宽阔，双肩之间的小圆脑袋像是一枚滑稽的橡子儿。这枚橡子儿上缀着两撇无精打采的八字眉，眉毛尽力向两侧撇去，几乎和健茂的络腮胡子连缀在一起。最让人印象深刻的，是他那一双湛蓝色的细长眼眸，始终散发着顽童般的光芒，感觉他对整个世界充满丰沛的好奇，从未厌倦，也从未长大。

正因为如此，所有的朋友都认为柯罗威教士是个虔诚而善良的人，唯一的缺点就是有点儿异想天开。

比如他经常在布道前用教堂的管风琴弹奏拉格泰姆——一种刚刚流行于新奥尔良的黑人音乐，或者在《圣经》里夹入托马斯·纳斯特的讽刺漫画明信片，分发给信众。他甚至学过捷格舞和拖步舞。总之一切世俗的流行艺术，柯罗威教士都有兴趣带进教堂尝试一番。很多人觉得这实在太离经叛道，不过柯罗威教士很固执，他对这些意见统统置若罔闻，继续我行我素。

"我应该遵从我的内心，因为上帝最了解它，它最了解我。"柯罗威教士固执地说。

在他四十五岁生日过后的第三天，柯罗威教士接到了一封来自美国公理会差会的蓝白信函。美国公理会差会负责海外传教事务，每年都向东亚、南亚、中东和非洲派遣许多传教士，去开拓上帝的领土。这一年，柯罗威教士的名字赫然出现在中国派遣推荐名单上。推荐人认为他信仰坚定、性格强韧、头脑灵活，是去东方传教的最佳人选。

当时去中国传教并不是一件容易事。据说那里卫生条件非常差，气候不好，当地人充满了敌意，教士死亡率很高。如果没有坚定的信仰，很难踏入那片荆棘之地。

柯罗威教士小的时候，在伯灵顿的公立图书馆读到过一本《马可·波罗游记》。其中令他印象最深的，是书中描绘的蒙古草原，像是一片飘在落日边缘的晚霞——神圣、神秘，并且遥不可及。现在看到这封信函，柯罗威教士天性中属于孩子的那一部分突然苏醒了，跳着叫着，伸出手想去抓住天边的彩霞。

于是，柯罗威教士抑制住内心的雀跃，拿起钢笔，决定接受这份使命。他对于神秘的东方一直怀有强烈而蒙昧的好奇，这次前往中国，到底是为了散播主的福音，还是想满足好奇心，连他自己都无从分辨，抑或两者兼有。

那时他并不知道，自己会在真正的草原先入地狱，再上天堂。

公理会差会的正式派遣信很快寄到，事情就这样决定了。

为了做充足的准备，柯罗威教士再次前往伯灵顿图书馆，那里存放着一套完整的《中国通讯》，里面记录了关于那个古老帝国的方方面面。就在这次查询中，他读到了华国祥的故事，为这个绝妙的主意而震撼。

他决定效仿这位先贤的故智，自己掏腰包购买了一台爱迪生公司的最新型电影机和几盘胶片，准备带去中国。柯罗威教士相信，这将对他的传教事业大有裨益，重现华国祥在归化城的奇迹。

在这一年的夏天，柯罗威教士带着他的电影机，和其他九位教士乘坐轮船横跨太平洋。在旅途中，他找来和中国相关的书籍、公理会杂志和传教士的书信，发现这些记载对那个东方大国的描述混乱而矛盾，莫衷一是，就像把许多盒拼图混在一起，无法拼凑出一幅完整清晰的图景。

每到这时候，柯罗威教士会放下书本，站在船头向远处的东方眺望。他能看到，泛着苍白泡沫的海浪在太平洋季风的吹拂下缓慢而优雅地翻卷着，墨绿色的海平面宛如巨大透明的鱼缸里盛满了液态的祖母绿宝石，虚化的边界漫延至视线与地球曲面的切点，宽阔到无法用任何东西去比喻它的博大。

就像草原？

柯罗威教士忽然冒出一个古怪的念头。这一望无际的碧海绿浪，和脑中的草原图景逐渐重叠。他觉得这个幻想，远比书籍中的描述更显得真实可信。

这些雄心壮志的牧者首先抵达上海，短暂休整后又前往北京，住在灯市口油坊胡同的公理会华北总堂。这里在庚子事变中曾被义和团烧毁，重修的教堂刚刚落成不久，是一栋砖木结构的四层哥特式建筑，四边镶嵌着漂亮的彩色玻璃，高耸的十字架尖顶在四周低矮四合院的比照下显得鹤立鸡群。教堂两侧凸起的几条灰白色大理石基座格外受当地人青睐，他们把它形象地称为八面槽。

教士们在灯市口教堂接受了为期半年的训练，学习艰涩的中国官话，学习当地繁复的礼节和习俗，试着了解这个古老帝国的一切。柯罗威教士在语言方面表现出了耀眼的天分，很快就能生涩地与当地人沟通，可惜他始终学不会摆弄那两根小木棍。这种叫筷子的食具，就像这个国家的哲学一样，奇妙而难以捉摸，控制它比控制一匹烈马还难。

另外一个小小的打击，是关于电影机的。北京城比柯罗威教士想象中要开化得多。据说在几年前，那位神秘的中国皇太后举办七十岁寿宴，英国人就送了她一台放映机。可惜在播放过程中，放映机转速过高，点燃了胶片，引发了一场火灾。皇太后认为这是个不祥之兆，断然禁止这东西进入宫廷。

但关于电影机的神奇，已经传遍了整个北京城。很快在前门外的大栅栏大观楼影戏院、西单市场内的文明茶园、东安市场内的吉祥戏院、西城新丰市场里的和声戏院，纷纷开始提供电影放映，成为京城一道西洋景。居民们对这东西，早已见怪不怪。

这让柯罗威教士多少有点儿失望，他本来以为自己不远万里带来的这东西，会让北京的民众像看到神迹一样惊叹，结果连流行都算不上。随即教士安慰自己，也许在更偏远的地区，电影机仍旧是一件稀罕的东西，那里的人应该会喜欢的。

说到那位皇太后，柯罗威教士听说过很多传闻：她的肆意妄为，她的异想天开，还有她与几乎整个世界宣战的疯狂。不过她现在已经死了，连同那些传说与无数价值连城的珍宝一起被埋入深深的陵寝，只剩下一座被掏空了的森冷空城。

曾经在一天的清晨，柯罗威教士独自乘坐黄包车路过天安门。他好奇地瞥了一眼远处巍峨而古老的紫禁城。此时的它正沉浸在淡蓝色的晨霭中，宫殿轮廓模糊，无比安静，如同一位衰朽的老人坐在藤椅里沉沉入睡。它也即将——或者说已经——死去，正如那位皇太后一般。

那时候他并不知道，自己的命运即将和那位已经死去的皇太后有那么一点点关系。

公理会这几年在华发展状况不算太好，领圣餐的信徒数量停滞不前，而且主要集中在广东、福建和华北的一些地方。总堂希望这些新来的教士能够深入内陆偏远地区，去开拓新的疆域。

所以在为期半年的培训结束后，总堂急不可待地认为他们已经具备了足够的技能，可以履行职责了。

在一个有月光的夜晚，柯罗威教士和其他十二名教士被召集到总堂的休息室内。这里悬挂着一张中国地图，红色图钉代表这个区域已经有了本堂教士，没有图钉的地方则意味着公理会尚未进驻。地图上只在沿海有孤零零的几枚红点，大片大片全都是空白的疆土。

他们被告知可以在红色图钉之外任意选择。但这些教士面面相觑，有些不知所措。他们对那些地方的了解完全是一片空白。

柯罗威教士安静地站在人群中，眼光扫过地图。这张地图绘制得十分详尽，上面勾勒着各个行省、山川河流和道路——不同于美国，这些分割区域的线条蜿蜒玄妙，就像是他们所使用的汉字一样。整个中国看起来就像是一个由许多弯曲线段组成的汉字，蕴藏着复杂而细腻的意味，如同一首晦涩幽深的中国诗。

柯罗威教士决定听从自己的内心，他闭上眼睛，默默向上帝祈祷。当他再度睁开眼睛的时候，地图上的一个地名跃然而起，跳进他的视野。

那是两个汉字：赤峰。

他的汉语学习成绩不错，知道这两个字的意义，脑海中立刻浮现出一番奇妙景象：一座红如火焰的山峰拔地而起，冲破云雾，直刺苍穹。他咀嚼着这两个字，它的汉语发音像天使在远方吹起号角，令他的胸腔微微颤动，内心沸腾烧灼起来。

为何会和一个陌生的地名有这样的共鸣？在柯罗威教士的理性寻找到答案之前，感性的强烈冲动已经驱使他伸出右手食指：先在胸口画了一个十字，用嘴唇亲吻指肚，然后点在那个地方。

根据总堂不算详尽的记录，赤峰是一个直隶州，属于北直隶的一部分。在它周围是一些蒙古王公的领地。这个地方在北京东北方向，位于直隶、满洲和蒙古草原的交会处，距离北京大约两百五十英里，人口十万左右，分散在南北七十英里、东西一百五十英里的广袤草原和沙漠中。

这岂不是和华国祥在归化城一样的境况吗？柯罗威教士欣喜莫名，坚信这一定是上天给予的启示。

总堂会督告诫他，那里土地贫瘠、气候恶劣，是塞外苦寒之地，当地居民多是信仰佛教的蒙古牧民，不易沟通劝化。柯罗威教士回答道："如果不是艰苦之地，又怎能彰显出主的荣光？摩西面临红海之时，难道不是对主依然充满信心吗？"会督听到他这么说，只得放弃劝诫，和同僚聚在一起，祝福这位勇敢而坚定的弟兄。

接下来，柯罗威教士兴致勃勃地投入到准备工作中来。他设法从多个渠道搜集了一些资料，想搞清楚自己即将前往的这座叫赤峰的城市，到底是个什么情况。

和很多动辄可以上溯千年的中国城市不同，赤峰出现的时间其实相当短。

清朝皇帝为了维持在蒙古草原的统治，将草原的部落分成了若干个盟和旗，由当地大大小小的领主统治。这些领主不必向帝国交税，只承担一些礼仪和军事义务，旗下无论山川牧场还是领民，都属于他们的私产。

其中最靠近京城的两个盟，一个叫卓索图盟，意思是驿站；另外一个叫昭乌达盟，意思是一百棵柳树。这两个盟内通直隶，外接蒙古和关外，商路十分繁盛，居民有蒙古人也有汉人。在两盟之间的英金河畔、红山脚下，有一片得天独厚的平原地带叫作乌兰哈达。乌兰哈达的地理位置十分优越，是驻留休憩的良所。北上和南下的商旅走到这里，都会停下来休整。久而久之，乌兰哈达开始出现汉人的定居点，再后来，慢慢形成了一个商业色彩浓厚的大镇子，以汉人为主，也有许多蒙民来做生意，成了东蒙最重要的一处商埠通衢。

这个叫作乌兰哈达的镇子跨越两盟，而且聚集了许多不属于札萨克（清朝对蒙古族住区各旗旗长的称谓）的自由平民，无论行政管理、税收、司法还是防务，都会产生很多问题。朝廷单独把这一片区域从两盟抽出来，设立了一个乌兰哈达巡检司，历代以来名字不断变化，就在前两年，才改成了直隶州，直接由承德府管辖，定名为赤峰。

在柯罗威教士眼中，这真是一个颇为奇妙的城市。赤峰这个地方，始终处于一种暧昧和矛盾的状态。它既位于草原，同时又属于内地；它的周围明明都是草原札萨克们的私人领地，却像中原那些县城一样接受朝廷的直接管理；它的大部分领土是富有浓郁蒙古风情的辽阔牧场，城里却是鳞次栉比的各色汉人商铺；牧民们赶着牛羊走过草地，商路上的客商们南来北往，日夜不断，耳边缭绕着喇嘛们吟唱的经文。它被数种文化一起哺乳着，停留在边缘地带，并不彻底偏向任何一边，这使得它拥有了两副面孔。你很难说清哪一副面孔才是本来面目，从不同的角度去审视这座城市，会得出截然不同的印象。

查完资料的当天晚上，柯罗威教士做了一个梦。梦见自己漫步在一座红色的山峰之上，山峰的最顶端是一位女子。她挺立在最高处，呈现出与山脚下那座城市相同的特质：她同时拥有两张面孔，一张粗犷豪迈，似是饱经风霜；一张精致细腻，还略带了点忧郁。两副面孔不停旋转轮换，教士却始终无法抓住它们停下来的一刻，无论他怎么向上攀爬，都无法触碰到女子的红色裙角。

这时一束神秘的月光自天顶洒下来，笼罩着教士全身。霎时间，天地都为之褪色，整个视野里全成了皎洁。在这一片耀眼的白色之中，那女子缓步朝他走来，脚步轻盈缥缈，赤色的衣裙在白光中异常醒目。教士想伸手去触碰，近在咫尺，却又仿佛隔着一个时空。

女子开始翩翩起舞，这是一种奇妙的从未见过的舞姿，两副面孔随着节奏变换。柯罗威教士的耳边，倏然响起了一个低沉男子的声音，既像是诵经，又像是吟唱。整个世界，就这样慢慢被月光吞没……不知不觉，教士就这么醒来了，却无论如何也想不起来梦中的细节，甚至连自己是否真的看到那一男一女都不确定。

接下来的一个月里，柯罗威教士忙碌于前往赤峰的准备工作。这不是件容易的事，他需要准备大量书籍、仪器、药品、农用工具以及能装下这些东西的运输工具，甚至还弄到一把史密斯-韦森的M586转轮手枪，以应付可能出现的危险。公理会在蒙古毫无根基，他能依靠的只有自己。

好在柯罗威教士的身家颇为殷实，为人又慷慨，大把的银钱撒下去，这些都不是问题。

可就在这时，一个凡人无法预料、金钱也无法解决的意外发生了。

灯市口教堂每个周末都会举办一次晚间弥撒。这一天，一个姓毕的教友带了他的儿子前来参加。老毕生得粗手长脚，头戴一顶破旧垂边黄毡帽，两只眼睛高高凸起，眉毛短而粗，看起来永远处于惊讶状态。他的儿子只有十岁，叫作小满。

小满的脑袋很大，脖子却很细，晃晃悠悠随时会断掉似的。这个小家伙有着一双细长的漂亮眼睛，眼神却淡漠呆滞，对外界的任何动静都无动于衷。

这个孩子一直无法开口说话，老毕拜遍了京城附近的各处庙宇，都没什么效果，他期望这个上帝能够比菩萨和神仙灵验一点，让儿子早日痊愈。总堂虽然对这个动机不是很喜欢，但毕竟信徒难得，便也接纳了他们进来。

弥撒仪式开始以后，所有人的注意力都放在了前面。这个孩子趁大人没留意，从旁边领圣餐的桌子上拿走了一根点燃的蜡烛，从侧门跑到了教堂的后院。

此时在夜空之上，稀薄的云层被晚风撕扯成一截截长条，像云质的粗麻绳，一圈圈挽在那一轮弯月的脖颈处，让它垂吊下来。月光摇摇晃晃，整个后院的色调介于苍白与晦暗之间，几处墓碑与房屋的边缘变得暧昧模糊，仿佛与整个世界隔绝开来。小孩子蹲坐在台阶上，用手心托起蜡烛，眼神始终盯着摇曳的烛火，这是整个后院唯一能让眼睛聚焦的东西。

这时，在墓碑之间的草丛里，钻出了一只灰色的老鼠。老鼠见到生人，立刻掉头逃走。小满的眼神里充满兴奋，他站起身来，举着蜡烛朝那边追去。很快老鼠钻入了后院一处篱笆后的库房，那里的窗下有一个因木料糟朽而破开的大洞，还未来得及修补。

小孩子也从这个洞钻进库房。这里摆满了教会的各种日用物资、食物以及一些印刷用的机械设备。箱子与箱子之间用一层层稻草垫子隔开，形成一个简易的迷宫。

老鼠不见踪影，小满一边高擎着蜡烛，一边用嘴发出像老鼠一样的啾啾声。他的唇舌熟练地蠕动着，仿佛真的通晓那些小兽的语言。老鼠听到这个声音，迟疑了片刻，然后在前方的通道停住了。

小满一边继续啾啾叫着，一边伸出手去，想去抓它灰色的毛皮。不料手一松，蜡烛跌落在了地上。

炽热的烛火立刻将附近的稻草点燃，呼啦一声，陡然形成了一圈火线。借助附近的稻草垫子，火头很快便燎燃了教会刚买来的一批硬纸板，接下来遭殃的是几十匹棉布、整整十捆麻线和一些衣物。这些东西都是绝佳的燃料，让火势更加凶猛。浓重的黑烟迅速笼罩了整个库房，吞噬着附近所有的东西。

不幸的是，柯罗威教士的放映设备恰好就存放在库房里。它的外包装是一个厚实的大木箱，搁在一堆切成巴掌大小的白桦原木之间——教会本来打算把这些木料加工成小巧的十字架饰品。当火势蔓延至此，十字木料率先被点燃，它们围住木箱，雀跃呐喊。火苗从箱子里的各处角落冒出头来，电影胶片率先毕毕剥剥地燃烧起来，那些胶片上的美妙图景一帧帧被烈焰吞没。随即，放映机的木质外壳、摇柄和镜头也在高温舔舐中扭曲、变形……

等到教堂里的人闻讯赶来，整个库房已经化为一片白地。柯罗威教士沮丧地发现，废墟中，放映机已经被烧得不成样子，就像是一团乌黑的古怪木雕，完全不存在修复的可能，只能彻底报废。

小满侥幸逃生，他被愤怒的父亲揪住脖颈拎到院子中央，狠狠地用马鞭一下下抽打。孩子原地一动不动，每次马鞭呼啸着抽过来，他瘦弱的身躯下意识地一抖，嘴巴张合，却没发出任何惨叫。一条条触目惊心的鞭痕出现在他枯黄的皮肤上，还伴随着教士们听不懂的怒骂。

柯罗威教士不愿意见到这样的场面，他走过去，阻止了老毕的举动，怜惜地摸了摸小满的小脑袋，说这也许是天意，不必责罚这头迷途的小羔羊。

老毕跪倒在地，放声大哭起来。他只是一个穷苦的马车夫，根本没钱赔偿教会的这些损失，不知道该怎么办才好。他的儿子扯着父亲的衣角，眼神始终是那么淡漠，既不惊恐，也不愤恨，仿佛这是一件与己无关的事。

　　面对这种情况，柯罗威教士只得跟总堂的人表示，放弃自己那一部分的赔偿。至于其他损失的物资该怎么补偿，就让教会和老毕之间协商好了，他还有自己的麻烦要操心。

　　这一个意外事故，让柯罗威教士的"华国祥计划"完全落空。在接下来的几天里，柯罗威教士走遍了京城的娱乐场所，看是否能收购另外一台电影放映机，可惜没有一家愿意卖掉。他也咨询了几家商行，从美国购买新机器再运过来，至少要半年时间，这太长了，他不能等。

　　总堂的人很奇怪，对柯罗威教士说："你只要像其他教士一样就可以了，这个放映机并不是非要不可。"柯罗威教士却固执地摇摇头，他的内心涌动着一股奇怪的执念——这一次的草原之行是上帝的大计划，没有电影放映机是不行的。

　　柯罗威教士订购了许多报纸，每天都在上面寻找，说不定能有二手的电影放映机出售。七天之后的一个清晨，他展开《京话日报》，忽然注意到一条启事。

　　这条启事是关于万牲园的。这是京城——或者说中国——唯一的一家动物园，现在关园在即，要拍卖园中动物，有意者请前往园内洽谈云云。

柯罗威教士知道这个地方。它位于京城的西郊，始建于光绪三十三年。这里最初是农事试验场，后来在两江总督端方的主持下，从德国的兽商宝尔德那里购买了一批禽兽，投入园中，各地督抚、诸国使节也纷纷进献。一时间园内聚集来自各大洲的珍禽异兽，从狮、虎、棕熊到鹦鹉、天鹅、乌龟、虎纹马（斑马）等动物，一应俱全。当时的皇太后和皇帝时常会过来参观，都很喜欢。

除了接待皇家之外，这个万牲园对所有人都开放，成人铜子八枚，孩童与仆从四枚。京城市民对这些从未见过的神奇动物充满了兴趣，每逢节日，大批参观者便涌入园中，人头攒动，算得上是京城一大盛景。还有画家把这些动物形态绘制成小卡片，在园门口贩卖，一度很流行。

可惜在柯罗威教士抵达北京时，这个万牲园已经败落。自从皇太后去世之后，新任皇帝与摄政对这个地方丧失了兴趣，官府的拨款逐年减少，再加上中间克扣贪污，整个园子入不敷出，经营惨淡，不少动物因为缺乏食物供应和照顾纷纷死去。去的人，也就越来越少了。

管园的是三个德国饲养员，他们已经连续数月没领到工资了。万般无奈之下，德国人私自决定把园内幸存的动物全数拍卖，希望能筹得足够的款子去买回欧洲的船票。

柯罗威教士翻阅着这篇报道，忽然之间动作停住了，一道光照进胸膛，福至心灵。

他携带电影放映机是为了什么？是为了重现华国祥的奇迹，用好奇心把蒙古草原上的人们吸引过来，聆听布道。整个计划里，最重要的不是放映机，而是如何激发草原居民的好奇心。这件事，并非只有放映机可以做到……

"要有光"，于是它就在教士的心中亮起来了。

一个疯狂的想法随即被光亮吸引而来：倘若把万牲园的珍禽异兽买下来，在赤峰建起一个同样的园子，岂不是一样可以吸引大家的注意？他们一定没听过雄狮的怒吼，也没领略过巨蟒的恐怖，更不知道还有虎纹马这种突兀奇特的动物。如果能够把这些动物都带过去，真真切切地出现在他们面前，奔跑、跳跃、嘶吼，这岂不是比电影放映机来得更震撼吗？

一个建在辽阔草原上的动物园！多么异想天开而又绝妙的主意！

柯罗威教士自从决定前往赤峰之后，就一直在问自己，为什么要去那个地方？毫无疑问，这一定是来自于上帝的感召，可这么做的意义何在？柯罗威教士就像是一个即将启程的士兵，行装已备，将军的命令却还未下达，不知去执行什么样的任务。

柯罗威教士相信，上帝的意志一定会以某种方式传达给自己。而现在，正是那个时刻。

他的手微微发抖，报纸抖得哗哗作响。柯罗威教士劝说自己，这是个荒唐的主意，可找不到否定它的理由。理性的劝诫像潮水一样涌上来，然后又悻悻退去。这个想法宛如一颗固执的种子，深深植入心中，便不肯轻易被抹平。整整一夜，柯罗威教士满脑子里全都是各种动物，它们在大脑中的草原上激情奔驰，一直跑到地平线的边缘，然后又冲回来，用蹄子、角和牙齿撞击着教士的脑壳，让他头疼欲裂。

经历了一夜的辛苦失眠之后，柯罗威教士瞪着布满血丝的双眼，出现在万牲园的门口。他终于做出了决定。

万牲园的正门，是一个中国式的精致暗红色拱门，门下是对开的铁栏杆攀花，在门花砖雕的中央有"农事试验场"五个汉字，两侧是两条凸起的四爪长龙浮雕。在大门左右各有一间木屋。左边的木屋有白、红两色小窗，分别售卖男、女参观票，右侧是一个存物处，用来存放游客的大件物品。

曾几何时，这里熙熙攘攘，无数好奇的目光涌动。可惜现在却是一片空空落落，所有门窗都紧闭着，墙壁上的各种告示没扯干净，白蓝相间，显得斑驳不堪。门前的碎石小路上满是垃圾与落叶，无人清扫。暗红色的大门铁栏杆歪歪斜斜半敞着，整个万牲园看起来就像是一只被做成了标本的孟加拉虎，保持着张开嘴咆哮的姿势，可其实只是徒有皮毛罢了。空气中隐隐有腐臭的味道，挥之不去。

接待柯罗威教士的是一个头发微微卷曲的德国饲养员。他穿着一身中式马褂，脸色蜡黄，指间的焦痕暗示其还有吸食烟土的习惯，显然日子过得不算好。

德国人先抱怨了一通朝廷的不负责任，然后从怀里掏出一份详尽的卖出名单，分别用德文、英文和中文标明了动物的种类、数量、价格以及健康状况——价格很公道，几乎可以说是甩卖，至于真实的健康状况，只有天晓得。

"只要凑够我们三个回德国的船票就好。"饲养员半是乞求地看着美国人。显然，在报纸上刊登的启事效果并不好，愿意来这里询问的人寥寥无几，眼前这位教士说不定是他唯一的希望。

柯罗威教士仔细地阅读完全部名单，陷入了沉思。这既是一个科学课题，也是一个宗教课题，同时还是一个商业课题。

他不可能把整个动物园都买下来，必须有所取舍。这种做法让教士感觉自己变成了诺亚，要遴选出登上方舟的动物，其他则只能等待着大洪水的降临。

遴选工作并不容易，毕竟他即将前往的是一片全然陌生的苦寒之地，气候据说非常恶劣。教士必须要充分考虑动物们的体形、习性、适应能力、食料供应，以及它们目前的强壮程度，以确保它们能熬过草原上的第一个冬天。

而且从商业上考虑——教士痛恨这种说法——他还得揣摩清楚，什么样的动物才最讨草原居民喜欢。毕竟有些动物，比如雪貂和天鹅，会引起人类的好感，有些动物则令人厌恶，比如那几只浅绿色的大蜥蜴。

经过反复思考，柯罗威教士首先选中的是一头叫"虎贲"的非洲雄狮。他听说，中国人对狮子怀有狂热的崇拜之情。在许多官府、大户人家门前和桥梁上，到处都能看到狮子的雕像；很多器物上都能看到各种以狮子为主题的装饰；扮演狮子跳舞这种民俗，流行于从京城到广州的各种祭典中——最神奇的是，中国并不是狮子的原产地，人们关于狮子的大部分印象都来自于想象，这想象已经累积了数千年。这是个很好的机会，让他们见到真正的狮子模样。

然后柯罗威教士又挑选了两只叫"吉祥""如意"的虎纹马。它们是马的一种，但样子足够独特。虽然蒙古草原上有无数的马匹，但这种黑白条纹相间的怪物，绝不会跟其他马匹相混淆，应该有足够的魅力吸引牧民来围观。更重要的是，它们虽然无法被人骑乘，必要时却可以拴在大车后头跟着走，对于运输来说是一个好消息。

最后柯罗威教士又选中了五只橄榄狒狒。这些家伙是在东非的稀树草原上被捉到的，它们的鬃毛看起来很威武，个头也不大，适合运输。

无论是狮子、虎纹马还是狒狒，都来自于非洲草原。教士想，至少对它们来说，会比其他动物更适应蒙古草原。

一头狮子、两匹马和五只狒狒，教士计算过，这些动物恰好是他能带去赤峰的极限。

饲养员喜出望外，这笔采购大大超出了预期，他本来只指望这教士买走几只水鸟。德国人慷慨地额外赠送了一只虎皮鹦鹉和一条岩蟒，算作添头。教士想了想，这两只动物都不算太大，便接受了这个好意。

敲定了最后采购的名单之后，教士表示希望能够查验一下动物的健康状况。德国人连连表示赞同，殷勤地在前头带路，引着教士朝着万牲园的内部走去。

万牲园分成三个部分：植物园、农事试验场和动物园。植物园和动物园并列在前，农事试验场在后。柯罗威教士和饲养员穿过拱门，踏上一条用白色鹅卵石铺就的小路。小路蜿蜒伸向园区深处，石缝之间全是星星点点的杂草，显然已久无人踩踏。

只是拐过一道小弯，环境陡然变得十分安静。似乎有一圈厚厚的绿色帷幕悄然落下，隔绝掉外界的一切声响。柯罗威教士注意到，这绿色帷幕是从隔壁植物园里伸展出来的。因为缺乏适当的照料，那些名贵植物死去了一多半，幸存者则展现出了旺盛的生命力，疯狂地四处蔓延。

丁香花东一簇、西一簇地掩藏在缀着连翘花的灌木之间，不知名的野草和名贵的鱼花茑萝沿着路两侧的凸起墙根一路纠葛扭打。每走上一段路，就会有几根枯竹横贯在上空，那本是夏日用来遮阳的布棚骨架，可此时却缠满了翠绿的爬山虎，遮蔽了天日，一朵朵万字状的白花肆无忌惮地在其间开放。

这些平时温和的植物，一旦失去管束，就显出咄咄逼人的气势，像是一群绿色的马匪。在这个被人类忘记的地方，它们肆无忌惮地野蛮生长，即兴发挥，直到把园子变成一座翠绿色的蛮荒迷宫。若没有鹅卵石小路指引，没人知道正确的走法是什么——而那条小路，也已经被野草涂抹掉了一半的痕迹，眼看就要消失。

教士好奇地东张西望，像个孩子似的，探索着每一处拐角和岔路的巧妙。饲养员则不断催促快走，他想尽快落实这一笔交易。

两个人很快穿过这片绿色蛮荒，来到动物园内。大大小小的兽舍分布在过道两侧，每一间都被高低不一的涂漆木栅栏围住，有一块褐色的牌子竖在旁边，用墨色的中、英文写着居住者的种类、产地等。

园区恐怕已经很久不曾打扫，空气里弥漫着陈旧的恶臭。这些臭味一部分来自于粪便，另一部分可能来自于动物腐烂的尸骸。柯罗威教士向左右看去，感觉自己像是漫步在一间间标本室之间，周遭一片死寂。

大部分可怜的动物都奄奄一息地待在栅栏内侧，毛皮干枯萎靡。它们缺少足够的食物，连发出声音的力气都没有。没有吼叫，没有嘶鸣，眼神呆滞，对走近的人毫无反应，处处都透着行将死亡的木然。

饲养员恐怕教士的信心会被这种惨状打击，首先带他去见了虎贲。它在这个动物园里是当之无愧的王者，独享一片最大的黄土坡地。全靠它，动物园才能赚到一点点可怜的门票钱，不过大部分收入都填进了它的肚子。

此时虎贲正无精打采地趴在坡顶，眯着眼睛，毛皮下一条条凸起的肋骨清晰可见。它早见惯了游客好奇的目光，对教士的到来没什么反应，只有尾巴摆动着赶走苍蝇。

饲养员拿起一根长长的竹竿，试图去挑逗它的鼻子，让它怒吼或扑咬。而虎贲完全无动于衷，像是一位古板的教师在听蹩脚笑话。

饲养员有点儿气恼，他必须得向教士证明，这头狮子有足够强劲的活力。他弯起胳膊，开始用竹竿粗暴地在虎贲身上乱捅。狮子实在被骚扰得不行了，抬起前爪把竹竿头轻轻拨开，晃了晃鬃毛。饲养员以为它要来一次招牌式的怒吼，可它只是打了个喷嚏，然后慢悠悠地回到笼舍里。

饲养员还要继续挑逗，却被教士拦住了。柯罗威教士并不想要一头凶性十足的怪兽，这头狮子略显瘦弱，脾气还挺温顺，正合心意。当然，如果野性能再强烈点儿就好了，不过教士觉得到了草原会有办法解决。

紧接着，他们又先后参观了虎纹马、狒狒的馆舍。这些动物不能说健康，但至少都活着，应该能应付接下来的长途跋涉。至于那条蟒蛇，它懒洋洋地盘在自己的窝里，若不是偶尔看到信子吐出，根本看不出死活。

那只虎皮鹦鹉的来历，是所有动物里最为显赫的。它原本是一位外地官员进献给皇太后的寿礼，会用字正腔圆的汉语大喊："万寿无疆！"皇太后很喜欢它，无论去哪都带在身边。有一次它不知从哪里学到一句脏话，命运就变了，这是一桩不可逆转的污染，不可以再留在皇宫。于是皇太后便下令把它送来万牲园。

它有着一身漂亮斑斓的羽毛，一看到教士，立刻大叫道："死鬼！"然后用力地点了三个头。饲养员连忙解释说，这是从宫里带出来的坏习惯，大概是听见了哪个太监和宫女调情。

教士登时来了兴趣，试图逗它说出更多的话，饲养员惭愧地表示，这是它现在唯一会的一句。自从来了动物园，这畜生连"万寿无疆"都给忘了。虎皮鹦鹉一点儿不觉得羞愧，反而趾高气扬地拍动翅膀。教士哈哈大笑，伸出手要去摸它的小脑袋，结果被它毫不客气地狠狠啄了手。

盘点完这几只动物的健康状况后，教士表示很满意，愿意按谈定的价格付款。饲养员迫不及待地拽着他去把合同签了。这时教士带着悲悯的眼神环顾四周，随口问了一句："其他动物会怎样？"

饲养员耸耸肩："在未来几天内如果没有买家的话，它们就只能留在这里。我们买好三张回欧洲的船票以后，会用剩下的钱给它们准备最后一点吃的。接下来……就看上帝的意思了。"然后他比了一个手势。柯罗威教士知道，在水手的行当里，这个手势意味着弃船各自逃生。

那些动物的木然眼神，再一次浮现在教士的心中。看到尸体是一回事，看着一个生命在眼前无助地慢慢消失，是另外一回事。教士不知道当年诺亚是以什么样的心情来注视那些被放弃的动物，反正他觉得很难过，可又没什么能做的。教士只得默默地祈祷片刻，然后转过身去，和饲养员并肩离开。他极力避免与动物们再度对视，生怕又被它们的眼神所触动。

万牲园的动物园是一条环形路线，游客可以从头逛到尾，不需要走回头路。饲养员带着教士继续朝前走去，飞快掠过一排排灰败的兽舍与禽鸟笼子，很快在路的右侧，出现了一座假山。

这座假山是用太湖石垒成，造型极力模仿真正山脉的曲折。青灰色的嶙峋山体分成两半，一大一小，中间用一条长如象鼻的微拱石桥相连，有翠绿色的藤萝游走其间。游客从石桥下穿山而过，即是出口。

就在柯罗威教士穿过这座石桥，即将离开动物园时，他看到了万福。

在石桥前方右侧不远处，假山的山体突然凹陷，形成一个很宽阔的半月形空地。一道特意加厚过的木栅栏和两侧高耸逼仄的山体，把这片区域围成了一个封闭的园子。

教士走过石桥，看到在园子的尽头，一头瘦骨嶙峋的灰色小母象正孤独地站在一块巨岩之下。她面对着山壁，长鼻子低垂下去，深陷的双目黯淡无光，连萦绕四周的绿豆蝇都不能让眼珠转动一下。她的右后腿上拴着一条锈迹斑斑的粗大铁链，链条已经紧紧勒入皮肉，边缘结起了厚厚的疤茧，链子的另外一端缠绕在一根木桩子上。

那一瞬间，教士的心脏仿佛被一只手紧紧攥住。他看向饲养员："这是什么？为什么我在拍卖名单里没看到？"

饲养员赶紧解释了一下。原来当年万牲园开办之际，主持这件事的大臣端方从印度弄来一对会跳舞的大象，以讨皇太后的欢心。可惜公象水土不服，很快死去，留下已经怀孕的母象。后来它生下一头小母象，被命名为"万福"。

万福到了三岁时，母亲因吃下大量劣质食物而腹泻死去。这头小母象就独自待在万牲园里，成为园中唯一一头大象。从生下来起，万福的眼神就透着一股忧伤的情绪。她从来没离开过这个象园半步，更不会跳舞来取悦人类。大部分时间，她都是这样面对着假山，不知在想些什么。曾经有一个小孩子钻进象园，引起了万福的惊慌和踩踏，从那以后，饲养员只好用铁链把她紧紧拴住，以防止她再度发狂。

如果万福早出生几年，说不定会成为万牲园的一位明星，可惜皇太后一死，万牲园陷入了深重的财政危机。像万福这种食量巨大的动物，便成了万牲园最沉重的负担。饲养员告诉教士，现在园内根本无力负担她的口粮，只能削减到最低限度。从目前的状况估计，没几天她就会饿毙，所以干脆没有写进拍卖名单里去。

教士站在象园的边缘，观看良久，然后问饲养员是否可以进去看看。饲养员犹豫了一下，点头应允。这头大象已经奄奄一息，应该没什么力气伤人，他可不想扫这位金主的兴。

得到许可之后，教士推开喂食用的木门，踏进象园，慢慢地走到万福的身旁。万福对教士的靠近毫无反应，她早没了发狂的力气，只够勉强维持站立，就像一尊失去魂魄的石像。

柯罗威教士大着胆子站到了万福的正前方，眯起眼睛仔细端详着眼前的动物。从前在伯灵顿的动物园里，他也曾经看过大象。跟同类相比，万福实在是太瘦弱了，几乎只剩下一层蒙在骨头上的皮。

　　仿佛被什么声音指引着，柯罗威教士伸出手，去抚摸万福粗糙龟裂的皮肤，然后用灵巧的指头赶开苍蝇。这个动作持续了一分钟，忽然一滴巨大晶莹的泪珠从万福眼眶流出来，啪嗒一声落在满是粪便的沙地上。教士有些惊讶，但并没停止手的动作，从眼眶抚到嘴角，再到低垂的鼻子和蒲扇般的耳朵。

　　不知过了多久，万福巨大的身躯徐徐晃动了两下，两条前腿突然一屈，跪倒在地。她所在的位置，正好位于假山一处裂隙之下，如今正值正午，大象的身子矮下去，原本被遮挡的阳光便投射下来，恰好照在她的前额和教士之间，把他们两个笼罩在一片神圣的金黄色光芒中。

　　这个动作，也许只是母象太虚弱了，实在无力支撑自己的身躯，并没有什么深意。可柯罗威教士却一下子泪流满面。他认为自己听见了启示，听见了一个受苦的灵魂正在做最后的呼救。

　　他拍了拍万福的身体，在内心做了一个疯狂的决定。

　　"跟我去赤峰吧，那里是你我的应许之地。"柯罗威教士喃嗫地说。

万福似乎听懂了这句话，她努力卷起长鼻子，用如同手指一样的鼻前突起，轻轻点了一下新主人的额头——这对此时的她来说，可是一个奢侈的举动。刚才那一连串眼泪，似乎把她乌黑的眼神浸润得有了一丝活力。柯罗威教士低下头去，本想把铁链从这头可怜的动物腿上移开，但检查后发现链条已经深深嵌入血肉，长在一起，如果强行解开将会导致大量出血，只好作罢。

柯罗威教士在胸口画了一个十字，然后朝外面走去。万福用鼻子稍微挡了一下，似乎有些恋恋不舍。不过她最终还是抬起了鼻子，目送着教士离开。她似乎明白，这个人还会回来的。

饲养员正在象园门口打着呵欠，似乎大烟瘾又犯了。柯罗威教士径直表示，希望在采购名单里加入这头母象。

对于这个请求，饲养员有些为难。他本来已经有了打算，等这头象死掉，把尸体卖给京城里的一位医生。

柯罗威教士伸开双手，对饲养员请求道："给些怜悯吧，弟兄，她与我们的祖先曾同在方舟。"饲养员不太情愿，可他也怕这位主顾拂袖而去，把整个买卖给搅黄了。经过几轮讨价还价，两个人最终达成了一个协议：柯罗威教士再为这头大象付一笔款子，外加一条纯金的十字架挂饰，就可以把她牵走。

柯罗威教士还额外提出一个要求，让他们从今天开始，恢复对万福的食料供应，一切支出由他承担，再找个兽医，设法把那条铁链取下来。万福太衰弱了，必须尽快恢复健康，否则是没办法长途跋涉的。

在金钱的驱使之下，饲养员很痛快地答应下来。不过他不太理解教士的做法："这头母象到底有什么价值呢？值得付出这么大的代价？"

教士没有回答，只是微微一笑，竖起手指点向天空。他远远地再次遥望了一眼万福。她居然转过身来，背对着假山，向自己看过来。

万福的出现让柯罗威教士意识到，这个草原动物园的意义比原来要深远得多。他坚信，上帝对命运的一切拨弄，都是大计划的一部分。他既然看到了启示，就要勇敢地迎上去，哪怕前方是铺满荆棘的悬崖。

离开动物园之后，教士回到总堂，开始着手准备前往赤峰的行程。很快他发现，有些问题不是光凭信念就能解决的……

从北京到赤峰有八百多里，不通火车，也没有水路，只有一条不太平坦的官道供商队通行。如果只是柯罗威教士自己出行，或者跟随一支商队出发，二十天左右即可抵达。

但因为教士的任性，要携带这么多动物同行，让这件事的难度成倍增加。

一头狮子、两匹虎纹马、五只狒狒、一只鹦鹉和一条蟒蛇，需要雇佣至少两辆双辕大马车来运载。这些动物沿途要进食，还要有人照料，再加上教士自己和要携带的其他物资，总共要四辆大车，以及相应的畜力和人力。

而现在由于教士福至心灵，居然还要多携带一头大象，让完成北京到赤峰这段旅途变得比骆驼钻过针眼儿都难。

北京城里，拉货的大多数是两轮平板大马车，运载能力十分有限。教士所能找到最大的马车只能装载四百斤，勉强可以运走营养不良的虎贲，但绝不可能运走万福——她即使在最瘦的时候，体重仍旧超过八百斤，绝不可能通过马车来运输。

教士很疑惑，万福的父母体形更加庞大，它们是如何从天津运到北京的？

通过调查万牲园的文献和询问饲养员，柯罗威教士才知道，当年万福的父母来到中国，是先乘坐海船到天津港，然后被人牵着登上专门改装过的火轮车，运送到北京正阳门。为了让那两只庞然大物顺利入园，朝廷甚至从正阳门火车站修了一条小支线，沿西城墙边缘向北延伸，直达万牲园的旁边。报纸上对这件奇事议论了很久。

从天津到北京有铁路，尚且如此折腾，更不要说从北京到赤峰了。

总堂的人竭力劝说柯罗威教士放弃这个异想天开的荒唐想法。在他们看来，柯罗威教士简直是疯了。与其要运送这些莫名其妙的动物，多带去几本《圣经》岂不是更合乎主的精神？总堂会督先后几次找他谈话，告诉他这里是中国，特立独行是一件非常有风险的事，尤其这件事既昂贵又毫无意义，如果让别的教会知道，公理会派了一个马戏团前往传教，他们会沦为笑柄。

柯罗威教士兴奋地给会督讲了他在万牲园假山旁的神启，双臂挥舞，两眼闪闪发光，可会督却面无表情。

"为何主的旨意，要通过一头大象传达给你？他让你带这么多动物去草原，又有什么用呢？"会督发问。柯罗威教士回答说："它们是牧者的手杖，可以聚集羔羊；它们是号角，是华国祥的电影放映机，是传播福音的使者。您能想象到吗？在古老的蒙古草原上，建起一座前所未有的动物园，是人们前所未见的景象……"

"我们要传播的，是信仰，不是气味。"会督开始不耐烦起来，"我看那个所谓天启，只是你被大象粪便熏昏了头，产生了幻觉。柯罗威弟兄，你现在的想法很危险，太过离经叛道。"

"我的看法正好相反，动物园的建立，会让主在民众心目中赢得更多好感。正如《使徒行传》所言：我们所看见、所听见的，不能不说。"

"我们不能像做生意一样，把万能的主当成一个筹码；也不能像马戏团外的三流魔术师一样，用廉价轻佻的手法把那些潜在的信众吸引过来。这些外物只会让信仰蒙羞——而且你要小心，这已几近偶像崇拜。"

"不，不，这只是一种手段，基督难道不是将加大拉的恶鬼附到猪身上才把他们赶落悬崖？"

会督叹了口气："你只是觉得这是一件很好玩的事情，想借上帝之名来满足你的好奇心吧？"

会督这句话倒是一针见血。柯罗威教士自己都说不明白，他如此执着于把动物们运到草原这个计划，到底是信仰的启示，还是单纯觉得那一番景色会很有趣——正如会督所言，这个想法很危险，它暗示一个神职人员会被虔诚之外的情绪所驱动，将自己内心的渴望置于上帝之上。

"你究竟是为了建动物园而去赤峰传教，还是为了去赤峰传教才建动物园？"会督严厉地质问道。

柯罗威教士适时闭上了嘴，在胸口画了一个十字，谦恭道："我应该遵从我的内心，因为上帝最了解它，它最了解我。"

听到他这么说，会督一时间居然束手无策，右手指头烦躁地敲着桌上《圣经》的封皮。

美国公理会的组织结构，乃是各地教堂自治的松散联盟，并不像天主教一样有层级分明且控制力很强的上下级体制。正因为如此，柯罗威教士才能自由地在伯灵顿搞各种布道尝试，没人能真正约束他。公理会的中国差会虽然实行统一管理，但传统仍在，教士本身的独立性很强。如果柯罗威教士打定了主意，会督还真是没办法阻止。

思虑再三，会督只得委婉地暗示，如果柯罗威教士一意孤行，他随时有权把前往赤峰的委任撤销。没有教会出具的介绍信，当地衙门不会认可他的传教资格。柯罗威教士立刻表示，如果真是如此的话，他会选择自行前往，为此被逐出教会也在所不惜。

"毕竟能裁判我们的，只有万能的主。"柯罗威教士丢下这句话，离开了房间。

除了公理会之外，另外一个打击来自于北京的大车行。教士先后询问了十几家有长途货运业务的大车行。那些掌柜听说要运送一批没听过的奇怪野兽，立刻拒绝了。北京到赤峰实在太远，他们担心半路上猛兽的气味会让骆驼和马匹受惊，把整辆车都折进去。他们之间还流传着一则奇妙的传言，认为帮一个洋人运送洋兽，会遭到上天的惩罚。

再者说，就算他们愿意，也没办法把万福弄上车。她太重了，就算弄上车，也走不了多远。

可教士太固执了。在假山前的那一次启示，让他的内心无比热诚，他坚信带着这些动物前往草原是一件极其重要的事，它的重要程度甚至在理性判断之上。

一个人可以固执，也可以异想天开，当这两种特质合并在一起时，他就会变成一团跳跃的火、一台上足了气的蒸汽机。柯罗威教士整个人都被这项事业迷住了，他日以继夜地翻阅资料，寻找合适的承运商，毫不吝惜地花费着自己的积蓄。外界的反对，反而化成了推动他继续向前的强大动力。

努力总会获得回报。又过了半个月，运输问题终于迎来了一个奇妙的转机。

那个不小心烧掉了教堂仓库的小孩子，他的父亲老毕是一个老车把式，在这一行当里颇有声望。那次失火之后，柯罗威教士宽恕了老毕的儿子，主动放弃了赔偿。老毕对此一直感念于心，当他听说柯罗威教士在四处寻找车子时，便主动找上门来，愿意提供这方面的服务。

听完柯罗威教士的计划，老毕犹豫了一下，这确实是个非比寻常的业务。他随后一拍大腿，慷慨地说："报恩不是买菜，岂能挑肥拣瘦。这件事我一定设法办成。"

老毕活动了几天，终于说服了几个车行的伴当，只要价格合适，他们愿意提供大车给教士。老毕拍着胸脯，说他会亲自掌鞭，保证把教士安安稳稳送到赤峰去。

不过老毕也说，其他的动物好说，只有万福是万万没办法运走的。

说到这头大象，教士在准备期间，抽空去探望了她几次。德国饲养员确实很尽心地在照料，万福以肉眼可见的速度恢复了精神，毛皮和眼神都开始泛出光泽。她后腿上那条锁链也被一位兽医小心地取下来，不过留下了一圈黑褐色的烙印，像戴了一枚戒指似的。

万福每次看到教士来，都会挥舞鼻子，亲热地在教士脸上蹭来蹭去。乌黑的大眼睛里，透着安详与平静，当初那股死气沉沉的晦暗雾气，逐渐在瞳孔里消散。教士很高兴，他从未婚配，更无子嗣，现在在万福身上，他居然体会到了一种作为父亲的乐趣。

只要时间允许，教士会坐在象舍里，仰着头一待就是几个小时。万福从来没有不耐烦，她总是安静地站在教士旁边，为他驱赶蚊蝇。

老毕也带着儿子小满来看过万福。老毕对大象有些畏惧，只敢远远地看着。他也不允许小满靠近，生怕再惹出什么祸事来。这位粗心的父亲并没注意到，一进入万牲园，小满的表情便放松下来，一改平日的冷漠。他的眼珠咕噜咕噜地转动着，鼻孔翕张，紧绷的肌肉缓缓放松下来，仿佛这里才是他的家。

小满趁两个大人交谈的时候，钻过那一片浓密的野生绿障，一抬头，看到一只虎皮鹦鹉蹲在一棵乔木上。鹦鹉看到小满，兴奋地拍拍翅膀，开口讲话。它在万牲园待得太久了，学会了各种动物的声音，一张嘴就好似一场动物的大合唱，既有马牛的嘶鸣，也有狮虎的低吼，还有水鸟的鸣叫与猫头鹰那凄厉的长啼。这些合唱没有章法，更无规律可循。鹦鹉有足够的本能去学习外界的声响，却没有足够的智慧把它们按逻辑播放出来，结果就像是一台坏掉的留声机，随时可能发出任何动静。

　　小满站在树下，咯咯地笑了起来。对他来说，这简直妙不可言，比外面什么都好。小满也学着鹦鹉的模样，居然用嗓子发出一些类似的音节。开始时，他的声音还显得生涩，到后来，这一人一鸟的声音已经越来越趋近——小满从小就有这个毛病，无法与人交谈，却可以发出逗弄老鼠和猫的声音，这让他的父亲一度以为孩子中了邪。

　　鹦鹉跟小满呱啦呱啦说了半天，突然之间，它转动脖颈，振翅远飞。小满在后头飞跑着追过去，一人一鸟你追我赶，穿过藤蔓和灌木丛，来到了一处偏僻的兽舍。

　　兽舍里是一头从美洲运来的野牛，它正趴伏在地上，垂垂等死。牛头歪斜着靠在畜栏前，棕黑色的浓密毛发散发着恶臭，眼睑外侧堆积的眼屎几乎快变成一层硬壳面具。鹦鹉飞过来，落在高高翘起的牛角之上，哇啦哇啦地叫起来，像是在召唤小满。小满走过去，挥了挥手，一片密密麻麻的苍蝇嗡地腾空而起，萦绕左右不肯离去。

小满迟疑地凑近野牛那硕大的头，伸出小手去摸它的额头。野牛的耳朵摆动了一下，发出一声沉闷的哞。小满张开嘴，舌头与嘴唇摆在了一个恰当的位置，也发出一声哞，学得惟妙惟肖。野牛的两只牛角猛然晃动，惊起鹦鹉，整个庞大的身躯居然再度挣扎着站了起来，浑浊的双眸凝视小满片刻，轰然倒地，彻底死去。

也许它已经孤独太久，在临死前终于听到了来自同伴的呼喊，这才彻底释然，安心离去。小满呆呆地蹲坐在野牛的尸体旁边，晶莹的泪水从双眼流出来，量不多，但源源不断。他自己也说不上来为什么要哭泣，好似一瞬间被一股超乎悲伤之上的情绪所笼罩。鹦鹉落在他颤抖的肩膀上，用尖利的喙梳理起自己的羽毛。

小满没有多做停留，迅速返回到象舍前。老毕和柯罗威教士仍旧在兴致勃勃地交谈，完全不知道还发生过这么一段插曲。

后来老毕又来了几次万牲园，小满每次都和鹦鹉偷偷跑去某一处兽舍。他会蹲坐在最近的地方，用手按住它们的额头，安静地听完那些动物垂死前的叫声，再用同样的声音去抚慰它们。棕熊、天鹅、麋鹿和阿努比斯狒狒，这些衰弱不堪的动物相继在小满面前安详地死去，他忙碌得像是一位为死者临终祈福的牧师。

初夏将至，当油坊胡同口大树里的蝉发出第一声鸣叫时，柯罗威教士的运输计划终于成行了。

老毕不太虔诚，但却是个善良而热心的人。他对北京以北地区的风土人情都很熟稔，能够为柯罗威教士的计划查漏补缺。在他的帮助下，柯罗威教士才得以完成这一个史诗般的计划。

老毕一共动员了四辆大车。一辆是带篷的单辕厢车，负责运送柯罗威教士和一些随身物品。另外三辆则是加固过的宽板双辕大车，用的是榆木花轮毂，外面还特意裹了一层铁皮，其中一辆用来运送虎贲和它的笼子；一辆用来运送五只狒狒与蟒蛇，还有一辆则装载着药品、书籍、衣物、粮食和一些工具。

那两匹虎纹马不必上车，老毕专门准备了两条挽绳，把它们拴在大车后头，跟着车跑。这样就可以省掉很大一部分运力。

至于万福这个最大的麻烦，柯罗威教士的决定是：她将跟随车队，步行前往。

她的体形太庞大了，在京城无论如何也找不到能承受这个重量的马车，老毕连洋行都问过了，没有任何一辆马车能单独运走她。所以自行步行，是唯一的选择。

为了确认万福可以完成这次长途跋涉，柯罗威教士还请饲养员拍了一封电报去德国，询问万牲园的供货商宝尔德。对方很快做了回复：因为体重和身体结构的缘故，大象不会跳，也不会跑，只能快走。不过它们迈步很有技巧，始终是三条腿落在地上，这让它们消耗的体力比预想要小，也就能承担更长的移动路程。野象狂奔起来可以达到每小时十八公里，即使是长途跋涉，象群的迁徙速度也能达到每小时七公里。

如果宝尔德的数据没错的话，万福只要每天走上四个小时，只消大半个月和一点点运气，就能顺利抵达赤峰。这对大病初愈的万福是一个严酷的挑战，但不是绝对不可实现。柯罗威教士觉得，时间可以不必那么赶，哪怕每天只能移动几公里，早晚也有到的一天。

他坚信主会保佑这次的旅途。

老毕也同意这个做法，虽然车队的整体速度会被拖慢，但对辕马的消耗会更小。他也有自己的小算盘，只不过这些事没必要告诉柯罗威教士。

运输的问题解决了，接下来就是补给。

其他人嚼马喂的消耗，都不算什么大问题。在柯罗威教士的车队里，麻烦来自于两个大胃王，一个是万福，一个是虎贲。

虎贲每天至少要吃十斤肉,这是个很惊人的消耗。不过它不怎么挑食,无论猪、牛、羊、鸡、鸭,来者不拒。而且在路上它会一直待在笼子里,可以适当减量。

万福则比较头疼。

自从得到了柯罗威教士的资助之后,万福的身体恢复很快,同时恢复的还有体重和饭量。她的体重在两个月内,几乎突破了一千斤,每天至少要吃掉三十斤干草或竹叶,还要有大量的果实与蔬菜作为调剂。

这么大的消耗,不可能只依靠随车携带,只能设法在沿途补给。所幸北京到赤峰的路老毕走过很多次,对沿途的官驿、民铺和一些村落都非常熟悉。他拍着胸脯说,现在是初夏,今年兵灾匪患少,路上应该还算太平。只要肯使钱,总有办法能得到补给。尤其进入草原范围之后,牧民们都会囤积一些牧草,万福未必吃得惯,但至少饿不死。

当然,还有一句话老毕没说出来:如果万不得已,大不了把这些动物都扔下,人总能跑回京城或赤峰——他到现在也无法理解,柯罗威教士为什么要把这些动物大费周折地运去塞外。

敲定了最后一个细节之后,柯罗威教士长舒了一口气,对这个计划非常满意。它虽然花费不赀,毕竟是一个可执行的办法。他跪倒在地，诚心实意地向上帝表示感谢。如果当初老毕没有带小满来教堂求助，如果小满没有把库房烧毁，他就没办法宽恕小满的错行，又怎么会得到老毕的帮助？上帝对这件事，一定是格外关爱的，不然怎么会有如此巧合的安排？

老毕允诺，只要资金到位，十天之内他就可以把所有的事情都安排好。柯罗威教士问过饲养员，后者表示，万福和其他要带走的动物在十天之后能够调养到最好的状态。本来教士希望饲养员能够跟随车队，沿途照料动物。不过饲养员婉言谢绝，他受够了，已经买好了船票，只等着送走这一批动物就登船回家——至于万牲园里的其他动物，只能自生自灭。

接下来，对教士而言只剩下最后一个障碍。

柯罗威教士冲进会督的办公室，把一封信拍在枣红色的办公桌上。里面只有一页信纸，写满了柯罗威教士引以为豪的花体字。这是一封声明，柯罗威教士将为自己的行为负完全责任，一切与差会无关。

会督无奈地看着他，问他到底想要什么。柯罗威教士说："我需要您给我开具一份给总理衙门的介绍信，这封声明将留在您手里。如果我惹了什么麻烦或遭遇什么不幸，您可以凭它向总部解释，一切都是我鲁莽的个人行为，并非是您的失职。"

会督摇摇头："既然你知道是鲁莽的行为，为何还要一意孤行？难道你在美国也是这么胡闹……"他说到这里，突然停住了。还没等会督收回，柯罗威教士已经咧开嘴，像个天真的孩子似的笑了：

　　"没错。我在美国就是这样。"

　　"希望你不要忘记我们来中国的目的，愿主与你同在。"

　　柯罗威教士指了指天空："这正是我去赤峰的意义所在。"

　　会督没什么要说的了，他叹了口气，提笔为这位弟兄签发了一份介绍信，然后把那份声明不动声色地放回到抽屉里。

　　事就这样成了。

第三章

——

承德府

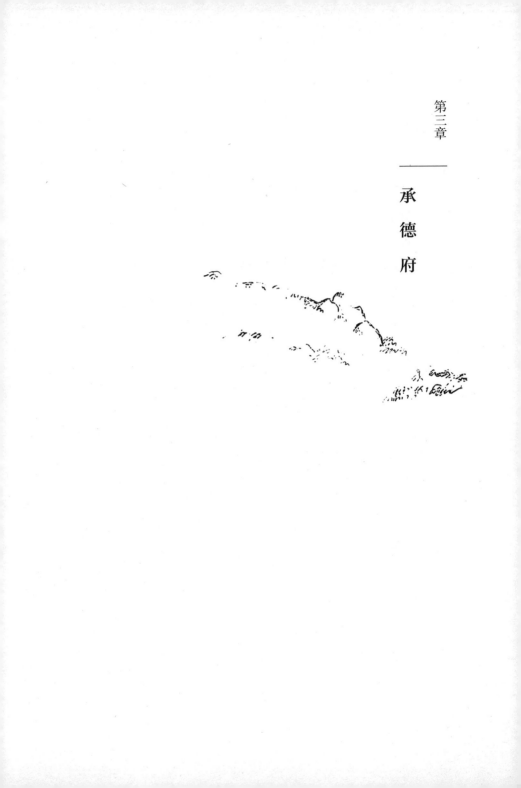

柯罗威教士的车队，出发的日子是在七月的一个炎热的清晨。天边的晨曦边缘绣了一圈金边，预示这又是一个晴天，略有些闷热。

早上七点钟整，柯罗威教士换上一身整洁的绸面黑袍，一脸肃穆地等在万牲园门口。其他动物都已经妥当地装在笼子里，只有万福站在他身旁。饲养员如释重负地朝远方眺望，希望能早一点把这些负担交接出去。

老毕还没到，他要先驾着马车赶到灯市口教堂门前，在那里装好教士的其他物品，再和其他车夫会合，然后一起出城朝万牲园赶去。

约莫等了半个小时，远远地，教士忽然听到木轱辘轧在土路上的咯吱声，还夹杂着杂乱的马蹄声。他抬起头，看到四辆大车朝着门口鱼贯而来，扬起高高的尘土。教士的内心忽然涌起一阵激动，这趟筹谋已久的旅程终于要正式开始了。他捏住十字架，用拇指的指肚轻轻摩挲着，满怀期待。

车队很快在万牲园前停稳。老毕的车走在第一位。他的那辆花轮大车和他的脸一样饱经风霜，挂着彩绸的辕头磨得浑圆，两个大车轮上已有多处裂开的痕迹。粗布与竹枝扎起来的白车篷四处可见缝补痕迹，针脚很大，抬头看时会觉得有无数蜈蚣爬动。拉车的两匹杂色阉马倒是精神抖擞，时常仰起脖子发出嘶鸣。

其他三辆车的状况也差不多，虽然陈旧，但都保养得不错。老毕找的这些车夫，对这趟差事都还挺满意，运送教士是个好差事，酬劳丰厚，就是路上不太安稳。不过到了赤峰，他们还可以拉一批正北黄芪回北京，这一来一回，赚得可不少。因此老毕很轻易地就说服了他们。

几个车夫停好了车，开始七手八脚地把那些动物都弄上车。狮子虎贲最麻烦，它被关在一个木头笼子里，只能靠一排小滚木往马车上推。虎贲对这个举动不太高兴，焦躁地转来转去，还不时试图伸出爪子去挠周围的人。老毕费了好大力气，才安抚好那些车夫重新工作。

教士特意找了一片大苦布，把笼子整个盖住，否则会在沿途引发恐慌。

比起虎贲来，其他动物则好装多了。狒狒们只是吱吱叫了几声，至于那条蟒蛇，仍旧懒洋洋地盘成一团，没费多少周折就上了车。只有两匹虎纹马吉祥、如意不那么配合，坚决不允许老毕给它们套挽绳，一套就前蹄举起，要么就伸脖子去咬那些辕马。饲养员只得用鞭子抽打，希望这些野性十足的家伙能记住教训。

老毕赶的车是单辕篷车，专用于坐人。车厢里的前半部是柯罗威教士的座位，里面是一个宽面板凳，上面还很贴心地搁了一个塞满糠皮的软垫，上头还挂了一个小巧的横木架，虎皮鹦鹉正好可以站在那里。车厢的后半部则是一些书籍、圣器、日常用品和几件农具，这让教士感觉自己像是去西部垦荒的移民一样。

柯罗威教士怀里还鼓鼓囊囊地揣着日升昌的二百两银票和三十枚鹰洋。教士自己的钱已经全投在动物身上了，这是总堂为开拓教士准备的启动资金。会督虽然不赞同柯罗威教士的做法，但考虑到赤峰的恶劣环境，还以个人名义额外给他捐了一根金条。刨去建教堂的钱之外，这些钱足可以支撑一年。至于一年后的开销，就要靠柯罗威教士的智慧和主的意志了。

小满也跟随父亲来送行，随行的还有一个胖胖的女子。小满的妈妈去世很早，这个女子大概是毕家的邻居。老毕没有别的家人，每次出远门都会把孩子托付给邻居照顾。

小满好奇地盯了一会儿万福，右手却始终紧紧抓住老毕的衣角，咬着嘴唇，似乎不愿意让父亲离去。教士从口袋里掏出一块巧克力，递给小满，说："你的父亲很快就会回来。"可小满仍旧保持沉默，不见任何笑容。教士有点儿尴尬，摸摸身上的袍子，发现没什么其他适合送小孩子的东西。

他正在犹豫要不要摘下脖子上的十字架挂坠，忽然头顶扑簌簌传来声音，那只肥大的虎皮鹦鹉从车厢里飞了出来，落在小满的肩头，发出爽朗而意味不明的叫声。

鹦鹉的出现，让小满的表情松懈了一点儿。可老毕对儿子的出现却很不耐烦，他把小满拽住衣角的手粗暴地扯开，然后转身跳上马车。小满"啊啊"地大叫起来，试图阻止父亲，女邻居却牢牢地抓住他的胳膊，不让他向前去。

就在这个时候，万福出乎意料地动了。她挪动缓慢的脚步，走到小满身旁。女邻居没见过这么硕大的动物，吓得大喊一声，松开小满远远逃开。

小满没有动，他站在原地不知所措。万福注视了他良久，小孩子忽然点点头，对着大象发出一声奇妙的哼叫。万福略微低下头，用长长的鼻子卷住小满，把他幼小的身躯轻轻托起在半空。

在一片忙乱中，没人注意到这个细节，每个人都以为是大象忽然要对孩子施暴。车夫们挥动马鞭，发出吼声，就连柯罗威教士都有点儿惊讶，想要伸手去阻拦。万福不慌不忙，用长鼻子把小满在空中移动，然后搁在了第一辆马车的掌车位置，恰好就在老毕的身旁。辕马不安地踢了踢地面，把车子扯动了几分。

这个意外的插曲让周围人松了一口气，大家都哄笑起来。老毕涨红了脸，把不情愿的小满抱下车，交给战战兢兢的邻居。小满还是拽着父亲的胳膊不撒手，老毕脸一板，给了他一巴掌，小孩子悻悻缩回了手。

柯罗威教士以为万福对小孩子有着天生的好感，他拍拍她的耳朵说："我们没办法带一个孩子去草原，他会在京城等他父亲回来。"万福把鼻子垂下来，没有再动，可是她看向小满的眼神充满歉疚。

　　老毕无奈地挥了挥手，胖邻居赶紧把小满抱开，转身离去。小满停止了挣扎，又恢复成那一副漠然的神情，他反身抱住大人，把下巴搁在胖邻居的肩膀上，两只细长的眼睛一动不动地盯着车队，就这样逐渐远离。

　　车夫们又继续做起装货工作。很快，所有的货物和动物都安置妥当。时辰已到，必须要出发了。

　　柯罗威教士费力地钻进篷车的车厢里，在垫子上坐好。虎皮鹦鹉扑落落地站到支架上，趾高气扬地环顾四周。车夫老毕把辫子盘在脖子上，咬住辫梢，然后赤着脚踩住车边的木头侧栏，嘎吱嘎吱地爬上车顶。

　　柯罗威教士好奇地探出头朝车顶望去，看到老毕从怀里拿出一个漆成土金色的木制十字架，用力往下插，恰好嵌在一个凸起的柳木座儿上。老毕晃了晃，确保十字架放稳，双手拜了拜，然后跳下来。柯罗威教士知道，当地人管这个叫"请十字"，意在告诉沿途的人这是教会雇佣的车辆，这样一般的盗匪和官府都不太愿意招惹。

　　但老毕接下来的动作，让柯罗威教士有些惊讶。他拿出一束香点燃，围着马车转了一圈，嘴里念念有词。香烟很快缭绕在马车四周。末了，老毕把香根儿插在马匹的辔头缝里，和一个黄澄澄的锃亮小铜铃铛拴在一起，跪在地上磕了个头。

柯罗威教士学过本土宗教的知识，知道这东西叫作三清铃，是道教的一种法器。他有些不悦地把头探出车窗，提醒老毕这是一种亵渎。老毕点头哈腰地解释，说这叫拜路神，拜了路神才好出发，拔腿顺风顺雨。又解释说，车马行忌说"上路"，都叫"拔腿儿"，扭扭捏捏就是不肯取下铜铃。

在横渡太平洋的轮船上，柯罗威教士曾阅读过公理会先贤卢公明写的《中国人的社会生活》。卢公明在1850年前往福建传教，前后持续十四年，可谓功勋卓著。他在传教期间，悉心研究了中国人的习俗、观念以及信仰，他的著作是公理会来华教士们的必读资料。

在书中，卢公明这样评价中国的信仰状况："在中国，人们抱持着这样一种观念——毋宁说是一种错误的观念——他们认为每个人都可以在自己的信仰中找到天堂和救赎。"这句话给柯罗威教士留下了十分深刻的印象。

尽管这本书写于几十年前，但老毕这种满不在乎地从一个信仰跳到另外一个的举动，证明卢公明对这个古老国度的评价现在仍不过时。

柯罗威教士坚持要把铜铃摘下去，老毕不愿意得罪这位主顾，只得不情愿地摘走揣到怀里。等到柯罗威教士一转身，他又偷偷把铜铃挂到车前板的挡子旁，拿了块脏兮兮的垫布给盖上。柯罗威教士看到了，不过没有再坚持，而是默默在胸前画了一个十字。

经过这么一场小小的风波之后，老毕把车闸推开，鞭子凌空一甩脆响，辕马打着响鼻迈开了腿，灰黑色的榆木轮子缓慢地碾过满是尘土的路面，整架马车的关节都发出吱呀吱呀的声音。其他三辆车也陆续启动。

两匹虎纹马分别被一辆车在侧面牵着，不太情愿地朝前走去。它们很快发现四周和万牲园不一样，变得蠢蠢欲动，想要咬断牵绳，各自跑开。

这时狮子的一声低吼从苫布下的木笼里传出来，那两匹呆头呆脑的马这才老实下来。

万福则单独拴在老毕的车后头，缓慢地朝前走去。柯罗威教士从座位上回过头去，关切地看向万福。事实上，她才是整个车队的控制者，每一辆车的速度，都必须以她为准。

万福自出生以后，这是第一次离开万牲园，也是第一次面对这个无比广阔的世界。眼前的路那么长，她既感到兴奋，也有些畏缩。要知道，她还从来没走过超过一百步的经历，这个挑战来得实在太快了。

她抬起左前脚，思考了一下，才落在地上，再抬起右后脚，还没想好该怎么摆放，可这时右前脚已经又要迈开了。她摇摇欲坠，东倒西歪，像是一个新生婴儿蹒跚地在光滑的冰面上挣扎，又像是一部后轮陷入淤泥的旧车。无数黄色尘土在巨大身躯的踩踏下飞舞于半空，几乎遮蔽了太阳的光辉。所有的辕马都打起响鼻，此起彼伏地嘲笑起来。

在马车的后半部分，堆放有一堆新采摘下来的竹叶和蒸好的大窝头，方便万福随时卷起鼻子来吃。可小母象对这些不感兴趣，她把全部注意力都放在了太过宽阔的前方。她觉得呼吸急促，心跳加快，四只粗胖的大腿无论抬起还是落下，都伴着一阵短促的惊悚，眼前的大路简直处处都是荆棘。

有那么一瞬间，万福的身躯向后挪动了一下，想退回万牲园。原来那个肮脏、窄小的地方，现在却那么让她留恋。

这头小母象只走了一里左右的路便拒绝前进，战战兢兢地把求助的目光看向前方的教士。教士让老毕停一下，跳下车子，走到万福面前，用手去抚摸她的耳朵。

教士注意到，她的步伐太生疏了，而且右后腿不太灵便，那是铁链锁得太久导致的后遗症。教士本来打算给她钉几个脚掌，可实在找不到铁匠加工这么大的物件，只好作罢。

教士牵起她的缰绳，与她并肩而行。万福无奈地摆动一下长鼻子，终于再次迈开步子，谨慎地朝前走去。慢慢地，她似乎掌握了一点儿节奏，脚步变得轻快了一些。七月炎热的风和青草，让她回想起记忆在骨子里的遥远的家乡，她发觉只有这么走下去，才会让这种感觉更明晰一些。

教士陪着万福走了约莫两里左右，看她终于掌握了节奏，这才回到车子里。

大象的视力很好，她偶尔回过头去，看到很远的地方有一个小黑影正朝这边奔跑。那是小满，他又挣脱了胖邻居的束缚，流着鼻涕朝车队追过来。跑到半路，啪的一声，小满朝前摔倒在地，额头似乎还有血流出来。胖邻居很快从后面追上来，狠狠把他往回拽。小满始终面无表情，可他喊出来的声音，却是大象才能听懂的号叫。

万福烦躁地扇动耳朵，想去提醒教士。可她只看得到教士的后脑勺，似乎在跟老毕说话。她只好垂下头去，慢慢地挪动着脚步，朝前移动。慢慢地，扑倒在地上的小满终于从视野里消失。四辆车牵着两匹马和一头大象，缓缓踏上了征途。

当这支奇异的车队穿过城北的税卡，踏上官道之时，柯罗威教士恰好听见一阵悠扬的钟声从紫禁城的方向传来。那钟声浑厚绵长，余音缭绕，仿佛是家乡的教堂在为他送行。

一踏上官道，坐在掌车位子的老毕就挺直了腰杆。他身上的畏畏缩缩消失了，整个人变得神气活现，如同一位手握权杖的国王在巡阅自己的领土。

从北京出发向北的一路都很平整，毕竟这是天子经常往返承德的路线。在这个夏日，年轻的小皇帝显然不会像他的祖先一样去避暑山庄，所以路上最多的是那些背着包袱的老百姓和达官贵人的大小车马，他们簇拥在路上，熙熙攘攘。

可任凭路上如何拥挤，老毕只凭着口中的几个短促指令和半空甩出的鞭花，就可以指挥着这个车队走得行云流水，稳稳当当，如同一队游鱼在水里钻行。

当然，走得这么顺利，有一部分要归功于万福以及那两匹虎纹马。许多行人和商贩发现眼前出现一头大象和两头黑白相间的马匹，第一反应都是害怕地东躲西藏，唯恐被这些巨兽踩扁。不止一匹骏马高扬起前蹄，被万福惊走，马背上的骑手狼狈地抱住马脖子，发出一连串咒骂。他们迅速让开一条通道，没人敢和车队并排竞争。

只有一个小孩子掀开蓝色布帘，从车厢里探出头来，好奇地朝这边张望。

万福开始有点儿焦躁，但很快就适应了这种喧嚣。相比万牲园那种纯净衰朽的死寂，去往塞外的路上充斥着活力，这种活力粗糙而浑浊，盎然的生机在四处弥漫。如果万福的思绪能够和教士相通的话，她就会知道，教士此时也是同样的感想，不过要把万牲园换成紫禁城。

这种没经过硬化的路面，万福走起来有点儿费劲。可随着道路在脚下延伸，体内渴望自由的野性血液陡然流速加快。她感觉身体变得越发轻松，走得越发快起来。

她一快，整个车队也随着变快。四辆马车在官路上飞驰，在老毕的带领下超过一辆又一辆大车。榆木车轮碾压在夯实的黄土路面，腾起欢快而轻盈的烟尘，让湛蓝的天空不时多出几抹淡黄色。周围的大车响、蝉鸣、牲畜的哼叫、马鞭脆响、大人叫嚷以及小娃娃的哭泣声此起彼伏，交叠成一篇杂乱而充满活力的交响乐。

柯罗威教士一只手放在《圣经》的硬皮封面上，另外一只手抚摸着虎皮鹦鹉，他一直观察着这一切，试图理解这混乱中隐含的秩序。他相信，只有理解了这种秩序，才能真正把握中国人的心。会督曾经批评过他，说他缺少其他传教士那种对真理的执着，很容易被蛮荒之地的奇谈怪论所蛊惑、动摇。但柯罗威教士觉得，上帝的爱并非是居高临下的施予，如果总是摆出一副俯瞰而非平视的姿态，那么永远无法真正走进他们。

这个草原动物园，可以视为教士的一次试探，教士希望这些动物能够让草原人袒露心声。他相信，无论是在高纬草原还是热带丛林，好奇心始终是人类最基本的情绪之一。想到这里，柯罗威教士微微呼了一口气，把注意力集中在眼前的车夫身上。

草原居民如何袒露心声，他现在还不清楚，但老毕上路以来，已经袒露了无数次。

大概是为了排遣寂寞，老毕变得特别话痨，一边赶车一边喋喋不休。他那带口音的话语和官话相比，说得又急又快，柯罗威教士只能勉强听懂三四成，不过他大概能从语气猜出，大多数是抱怨。

"柯长老，您说现在这行市，老百姓还有活路吗？我小时候，上好的猪条子肉才四十文一斤，现在您看，九十文钱连老母猪肉都买不来！一天到晚，白菜豆腐，豆腐白菜，肚子里刮不出二钱油。出门赶一趟车，一半都拿来孝敬税卡！

"哎呀，柯长老，我这是看您人老实，才接着这活计。口外我一般是不去的，路不好走，又危险，去一趟保不齐连命都丢了。不过话说回来，如今兵荒马乱，哪儿有安生路走哇，在哪儿都是一样，唉！

"嘿，我跟您说，柯长老，早几年您要坐马车，我还真不敢拉，让拳民给逮着，咱俩一块儿点天灯。现在倒没那么多事儿了，可我得说一句，有些传教的，像您一样；有些传教的，也不是东西，净坑人，变着法儿地捞钱。要不是担心小满这病，我真不想去那教堂呢。

"您问我那个傻小子他妈？唉！一生下来就给克死了。谢三姑说，这孩子前世是他妈的仇人，这辈子是来索债的，要不他妈临死前怎么掐着孩子喉咙呢，结果到现在小满还不会说话，这都是冤孽——不过我这傻小子可有一样儿能耐，牲口见了他都服服帖帖的，跟当官儿的见了洋人似的。要说这事也不奇怪，这龙生龙，凤生凤，还真就得咱这样的老车把式，才能生出这样的儿子。我都想好啦，这次回来就教他使鞭子，早点当家。啊？您说入教啊？这个再说，再说吧……"

老毕絮絮叨叨，手里却不耽搁，车队不疾不徐地朝前开去，一路不曾停滞。车后头的万福牢牢跟着，显得兴致勃勃。

老毕说累了，便从车辕的挂把上摘下一个小嘴壶，咕咚咕咚灌了几口茶水，然后对教士开口道："哎，我说柯长老，这一趟，您使的钱少说也值半套宅院了。您说您费这么大劲儿，把这些野兽运到赤峰，到底图个啥呢？"

这个问题，他在之前已经问了不下十遍。可每次柯罗威教士都笑而不语，只让他安心准备。老毕原本以为他是为了保密，现如今上了路，应该可以说了吧？

柯罗威教士听到这个问题，把《圣经》在膝上合拢，郑重其事地说道："因为赤峰就在那儿。"

"啥？谁在那儿？"老毕有点儿摸不着头脑。

柯罗威教士眯起眼睛，看向远方："我在美国的时候，曾经认识一位博物学家。他最喜欢的，就是去寻找全世界各种各样的动物和植物，从巴布亚新几内亚到刚果，每年都在一些听都没听过名字的偏远地方游荡，好几次都差点丧命。很多人问他：找那些东西根本赚不到钱，为什么还要乐此不疲？是有什么深刻的用意吗？他回答：因为那些珍禽异兽、奇花异草就在那儿。"

老毕"嗯嗯"地点着头，其实还是一片茫然。

教士叹了口气："有些事情，本身的存在就是目的，这是命中注定。赤峰就在那儿，它是我和这些动物的应许之地。我别无选择，只能遵从那一位的意旨。"

老毕没有继续发问。他私下里承认，自己比发问前知道得更少。

第一天他们一共走了大约四十里路，中途休息了四次，给动物补充水分和饲料。太阳快要落山的时候，教士考虑到万福的承受能力，果断决定驻车休息。

老毕在停留的大车店附近，给万福找了一处背风的树林停放。教士亲自打来几桶清冽的泉水，让万福咕咚咕咚喝了个痛快。他随后又检查了一下万福的四个脚掌，发现底部已经磨出了血，爪甲也出现了磨损。教士有些心疼，如果任由其发展，万福很可能会在两三天内瘸掉，那就彻底无法前进了。

最后还是老毕的一个车夫想到一个办法：用土麻布衬着光棉布，两层布裹在脚掌上，再拿绳子绑死。这样一来，万福在走路的时候，脚掌能得到一定程度的保护，不至于磨损过度。就算在行进途中裹脚用的布破了也没关系，换一块就是，方便得很。

毕竟万福不是马匹，只要走完这一趟就够了。

至于其他动物，它们的情绪都很稳定。蟒蛇继续盘睡，狒狒们互相争抢着吃食，两匹虎纹马不住地踢踏。虎贲对这一天也很满意，它吃了五斤羊肉、五斤猪肉，然后在笼子里躺了一天，除了颠簸没什么可抱怨的了。它的存在，还带来一个意想不到的好处，车队停放处周围没有别的生物敢靠近，包括盗贼和野兽。

当晚的云层很厚，没有月光和星光，整个大车店周围都漆黑不见五指。教士睡不惯满是跳蚤和汗臭的大通铺，起身走到树林里来。沉滞的夜色吸纳掉了所有的声音，万福正安静地站在林中，只能勉强看到轮廓。今天一天的跋涉，让她疲惫不堪，早已睡着。蒲扇大的耳朵不时抬起来，旋即垂下去，教士猜测她大概是在做梦，不知在大象的梦里，是否会出现家乡的景象。

虎皮鹦鹉没有睡着，它听到教士的脚步声，就振起翅膀飞了过来，张开大嘴要叫。教士连忙把它捏住，塞进口袋里。

教士先检查了一遍其他的笼子，然后捡起一根树枝，在万福旁边的沙地上画了一张地图，他把一块红色石块放到了上面，代表赤峰。教士靠在万福巨大的身躯旁，喃喃地随意说起未来的期望，不知是说给听不见也听不懂的大象，还是说给自己。

他的眼前出现一个宽阔而精致的大院子，面积起码有二十英亩，里面遍布灌木和柳树，旁边还有一处水源。这是教士希望见到的动物园，这里的正门是一个拱形月门，要涂成绿色，上面缠着藤蔓。拱门的正上方是一个十字架，还要有月桂花冠和一颗孤星，这样人们会像东方的三位贤者一样，赶来这里。万福的象舍就在最中央的地带，旁边是虎贲的假山和虎纹马的跑场。教堂与动物园毗邻而建，要有一个高高的钟楼，游客们观赏的同时，就能听到教堂的钟声召唤……

他一边说着，一边在沙地上勾勒。不知何时，啪嗒一声，树枝落在地上，教士就这样靠着大象，沉沉睡去。次日当他被头顶的阳光晒醒时，发现万福正温柔地注视着自己，身上还盖了一层用鼻子卷来的树叶，小尾巴摆来摆去，驱赶着试图靠近的蚊虫。

"赤峰就在前头，今天还有很长的路要赶。"教士说，也不知道万福是否能听懂。万福没表示什么，反而是那只虎皮鹦鹉嘹亮地喊了一句："死鬼！"然后自己飞进车厢，落在架子上。

接下来几天的行程，没有特别值得一提之处。自从加装了裹脚布以后，万福走起路来越发顺畅，除了速度稍微慢一点外，没什么异状。原先教士很担心她长期营养不良，贸然做这种长途跋涉，健康说不定会出问题。但出乎意料的是，万福的身体非但没恶化，反而因锻炼而愈加健壮，迈步的姿态更加有力，休息的间隔变得更长。

在一些上坡路和不利于行车的沟坎地带，万福还发挥出了那些辕马所做不到的功能，用自己的身躯把马车一一拽过去。万福靠着这种方式，很快在车队里建立起了小小的权威。围观的车夫们啧啧称奇，觉得如果有这么一头大象拉车，好像也不错。不过他们在打听完大象的食量之后，一个个纷纷摇着头离开。

每天晚上车队休息的时候，教士都会跑到万福身边，贴着她的身躯勾画未来，然后一觉睡到天亮。老毕觉得教士总睡在外头，既不安全也不卫生，可他根本没法说服教士，只好也跟着过去，手执一根大棒，防止意外发生。

老毕的担心是有道理的。第五天夜里扎营的时候，附近村子里的一个小偷试图凑近车队，他看上面装满了东西，想占点便宜。结果还没等动手，五只敏感的狒狒就吵闹鼓噪起来，在笼子里又叫又跳。老毕和车夫们都被惊醒，朝这边跑过来。

小偷不甘心，猛地掀开苫布想顺点东西再走，没想到一股带着威胁的恶臭扑面而来，差点把他熏晕。小偷定睛一看，眼前是一头从来没见过的凶猛野兽，正张着血盆大口，齿间似乎还挂着血淋淋的肉块——登时被吓得魂飞魄散，躺倒在地不省人事。

被吵醒的虎贲觉得莫名其妙，打了一个呵欠，继续趴下沉睡。

经历了这么一个小小的插曲之后，接下来的路途变得很是顺畅。柯罗威教士在半路上时不时地跟老毕聊天，打听关于赤峰的各种细节，甚至还学了几句蒙语。

老毕给柯罗威教士解释了一下，北京往西北，出了张家口以外，叫"口外"；往东北，出了山海关以外，叫"关外"。而赤峰恰好位于两者之间，是联系东北、直隶与蒙古的必经之处，五路通衢，商埠云集，是塞外一处重要的枢纽，物产丰富。这次去赤峰，老毕承认自己打算回程时弄点儿正北黄芪，只要能运回京城，利润颇丰。

一谈起生意经来，老毕开始喋喋不休。柯罗威教士发现老毕这个人对外地风土毫无兴趣，只关心买卖能不能赚钱，便放弃了攀谈的打算。他把车厢帘子拉上，想图个清静，却发现还得面对虎皮鹦鹉的不停聒噪。

从北京到承德府，整个车队走了足足七天。这一路除了鹦鹉和老毕的唠叨之外，没有发生任何令人不快的意外。动物们的状况都很稳定，连脾气最恶劣的两匹虎纹马都认了命，老老实实跟在车后头走。

承德府是清朝皇帝在夏季避暑时居住的宫殿，同时也是一条文明的分界线。

它的城门巍峨高大，气度不凡。一进城，柯罗威教士就感觉到，这里的建筑和京城风格差不多，但居民的气质却有了些许变化，他们讲话嗓门变得更高，步伐也大了很多，穿着直率而鲜明。柯罗威教士在中国待了这么久，凭借着敏锐的观察力，已经可以分辨其中的微妙差异——戴瓜皮帽的是北上的山西皮货商人，他们总喜欢眯起眼睛，用细嫩修长的手指捻着唇边的两撇短须；穿蓝色单袍和紫色平顶毡帽的是蒙古牧民，他们脸膛黑红，皮肤粗糙，双腿因为常年骑马而微微外撇；还有些虬髯大汉，他们腰缠紧布带，敞开短衫，冲过路的人投来警惕的目光，多半是来自沧州的镖师了；只有满洲官吏们仍旧冷漠呆板，一如京城。

他们把车队停在了距离承德府衙门最近的一处场子，然后老毕带着柯罗威教士来到当地衙门，办理通行手续。教士拿出总理衙门出具的许可布教文书和公理会总堂签发的介绍信，递给接待他们的一位官员。这位官员带着忌惮和轻蔑草草翻了一遍，深深地打量了柯罗威教士一眼，拿起报关单子，拖着长腔儿问道："大象、狮子、狒狒、蟒蛇和虎纹马？这都是些什么东西，为何要运去赤峰？"

柯罗威教士耐心地解释，他希望能在草原上建一个动物园。官员耸耸鼻子，对这个陌生的名词充满警惕。他问道："这和传教有关系吗？"

"嗯……没有直接关系，您可以把它们当成两件事。"

官员抖了抖那封介绍信："可是总堂开具的介绍信上，只说了让你去赤峰传教哇，并未见到有许可开办动物园的字样。上头既未批准，这关防，如何能盖？"

柯罗威教士这才发现，总堂会督玩了一个小花样，只替他传教的事务背了书。这一下子，让他的处境变得很尴尬。

官员把下巴高高抬起来，似乎抓住了他的痛脚："不要以为我没见过教堂，咱承德府也有一间。里面的洋和尚我打过交道，知道你们洋教是怎么做事的。人家老实本分，除了念经就是种菜，可从来没带着这么多稀奇古怪的动物瞎溜达。"

柯罗威教士一听，眼神倏然一亮："承德府内的教堂，是在哪里？"

官员冷冷地哼了一声，没有回答。站在一旁的老毕偷偷提醒了一句，柯罗威教士才如梦初醒，掏出一枚银圆，动作生涩地放在桌面上。官员发出不满的嘘声，拿起铜烟枪吸了一口，身子纹丝不动。老毕推开柯罗威教士，伸开五指将银圆罩住，慢慢拖回来，然后从桌子底下塞过去。官员这才放下烟枪，接过贿赂，然后缓缓拿起关防，在上头砰地盖了个血红的印章。

柯罗威教士想赶紧把文书取回来，官员却用巴掌给扣住："等一下，我还要查验一下才成。"

洋人的新玩意儿太多了，保不齐又有什么花招。这是有先例的，先前滦平有传教士申请传教，说要额外修建一座贞女院和老头会，没想到他们借着这个名头，在教堂旁边的山上开了矿，差点儿惹出一起教案来。

朝廷对传教这事虽然无可奈何，但具体的管束还是挺严格的。以策万全，官员决定亲自去看看。

在老毕和柯罗威教士的带领下，官员带着几个随从来到停放车马的大场地。他注意到，教士的车队四周很空旷，其他商队都刻意保持着距离。

官员先看到了万福，他此前只在庙里的菩萨造像上见过大象，亲眼看到活的，还是第一次。万福经过几天长途跋涉，风尘仆仆，看起来十分疲惫。四只脚掌上的裹脚布还没取下来，底部几乎被磨穿，脏兮兮的看不出本来颜色。

官员饶有兴趣地围着万福转了一圈，还用手里的烟枪轻轻戳了一下。万福只是不满地甩了甩鼻子，没有做出其他反应。然后官员又检查了狒狒、虎纹马和蟒蛇。官员对那条巨大的蟒蛇兴趣最大，悄悄地问老毕，能不能把这条蛇给他拿来泡酒。教士婉拒了这个请求，让官员有些不高兴。

最后检查的是虎贲的笼子。官员先前被拒绝了，心里有气，习惯性地用烟枪狠狠地戳了一下。虎贲丝毫不给这位大人面子，鬃毛竖起，怒吼着反抓了一把。官员"啊"的一声，吓得整个人往后倒去，一屁股坐到了泥地上。那一根黄澄澄的铜烟枪，咔吧一下被压成了两截。

身旁的马弁急忙弯腰去把他扶起来。官员脸色红一阵白一阵，在确认这头野兽冲不出笼子以后，连连挥动手臂，声嘶力竭地喊着说："快把这玩意儿给我干掉！"

马弁们抽出了腰刀，可是慑于雄狮威风凛凛的模样，谁也不敢向前。他们对石狮子司空见惯，可从来没见过真正的狮子，这头猛兽看起来似乎比老虎还要凶残。官员甩动着沾满了泥水的衣袍，催促他们尽快上前。

柯罗威教士见势不妙，急忙上前，用身子挡在了笼子跟前，质问官员动手的理由。官员也不太敢对洋人动手，沉着脸说这头狮子有伤人的危险，不能在承德府这么重要的地方放任自流，必须立刻处决。

马弁们听到官员吩咐，都纷纷冲上去，要把教士扯开动手。场面眼看要僵，老毕赶紧走到官员跟前劝解，他低声提醒道："您看，万牲园是老佛爷的爱物，这位教士能从里面把动物弄出来运到赤峰，在京城一定是有势力的。如果弄成教案，可就不好啦。"

这个亦真亦假的威胁，让官员的气愤稍微收敛了一点儿。但是他认为自己的颜面受损，要求教士赔偿那一支铜烟枪的钱，同时勒令整个车队都必须停留在城外，不允许进入承德。

　　不进入承德，意味着车队人员和牲畜得不到好的休息，补给也要大费周章。不过这已经是老毕能争取到的最好结果。于是柯罗威教士从官员手里取回盖了关防大印的文书，匆匆带着整个车队出了承德城。动物们还好，车夫们怨声载道，这么炎热的天气，他们本以为可以好好放松一下，这回希望全落空了。

　　失意的车队隆隆地驶出了黑漆漆的城门洞子，柯罗威教士问老毕怎么办，要不要干脆继续沿官道北上。老毕建议说最好不要急于上路，长途跋涉了这么久，无论是人还是牲畜都需要好好休整一天。他知道承德城外还有个合适的地方，让教士尽管跟着走。

　　承德这里的路面用夯实的黄土与石子铺就，里面还掺杂着许多干草梗，因此比南边的京城官道更硬实。车轮轧在上面，发出咯吱咯吱的声音，跑起来颇为平稳。整个车队沿着承德府暗灰色的高大城垣绕了小半圈，然后转向西北方向。一过角楼，柯罗威教士眼前陡然出现一幅壮观的景色。

　　一条用硕大银锭扣连接的青石大堤横亘在面前，堤坝用七层灰青色条石堆砌而成，石块之间都抹着白灰泥浆，狭长而坚固。石堤旁边是一条蜿蜒的宽阔大河，河水庄严流淌，如万马奔腾，直至远方。老毕说这河叫作武烈河，河水丰沛，到了冬天非但不封冻，反而热气腾腾，当地人都叫它热河。

武烈河绵延到承德这一段，河道出现了一个巨大的拐弯。一到夏季丰雨，极易蓄势涨水。这座银锭大堤最北端到狮子沟，南到沙堤嘴，长十二里，正好把城池拢在臂弯内侧，就像一条巨大的石蛇横卧在前，抵挡武烈河对承德府的侵袭。有了这个堤坝，非但承德府得以平安，就连沿岸也受益匪浅。

在河堤向东大约一里的地方，有一道闸门，用来排泄城中积水，泥沙大多积蓄在这里。日积月累，这道闸门附近的河岸抬升，水位很浅，逐渐形成了一片长满芦苇的浅滩子。

这里取水非常便当，又靠近官道，地势很好，完全可以扎营驻留。很多舍不得在城里住店的商队，就把队伍拉到这里露营，叫作驻马石。老毕曾经住过一次，所以知之甚详。

车队抵达以后，老毕打了个呼哨，车夫们纷纷把辕马卸下来，赶到河边让它们喝水。教士想了想，亲自牵着万福走到芦苇滩旁，示意她试着往水里站站。

万福对巨大的水声感到很畏惧，向后退去。她不明白，为什么教士要把她往这么可怕的地方赶。教士没有催促，而是自己先向水里走去，步履稳定，眼神坚定，直到水流没过膝盖才停住。他转过身，向万福做了一个欢迎的手势，像是一位和蔼的父亲在召唤孩子。

在教士的鼓励下，万福战战兢兢地朝前移动。她的脚掌试探着踏入水中，溅起一圈水花，受惊似的又退了回去，过不多时，又一次小心翼翼地迈进去。这一次她走得很踏实，粗壮的脚掌一下子就落到了水底，淤泥和水草打着旋儿浮起来，还跃起一条小小的鱼。

一步又一步，万福慢慢地朝武烈河的中央走去，很快半个身子都沉浸在清澈的河水里。对她来说，这是一种全新的体验，从前万牲园的饲养员最多会泼几桶井水，北京城可没机会让她如此奢侈地在水中嬉戏。

在这个炎热的季节，武烈河的河水显得非常清凉。澎湃的水流不断撞击着大象的身体，丝丝缕缕的凉意渗入万福的意识。万福下意识地试探着把长长的鼻子探入水中，吸进满满一管水，再翘起来，朝着自己身上喷去。高压水流从鼻孔里高速射出，如同一阵暴风吹走了脊背上的层层灰泥，那是这几天长途跋涉所积累下来的汗液与尘土。紧接着，又一束清洁的水流喷涌而来，这次万福把鼻孔放得更近了一些，水流横扫大象厚皮上的每一条褶皱，像耙子一样勾出了沉积多年的硬质污垢，把它们刨松、泡软，然后冲刷一空。

水流持续不断地从万福的鼻孔喷出，一条条黑腻腻的浊水像罪孽一样，从万福的身躯流泻而下，很快散在河水里，消失至无形。随着冲刷，她污灰色的皮肤上出现了一道道浅浅的白痕，而且在不断扩大，那情景，简直让人怀疑她偷了虎纹马的皮披在身上。

万福舒服得简直像要升天一样，自她降生以来，还从未如此舒畅痛快过。那颗几乎已麻木成石头的心脏，因教士而软化，现在因这一条河水而彻底复苏。清凉的温度与沐浴的快感深入骨髓，深入魂魄，似乎连蒙在灵魂上的尘垢都得以洁净。万福忍不住昂起头颅，扬起鼻子，向半空喷出一团散碎的水花，将远方的落日折射成无数奇妙的光芒。水花落下，带走了最后一点污浊，让她彻底显现出本来面目。

那一刻，教士站在不远的地方，半泡在水里，瞪大了眼睛。直到此时，教士才发现万福其实是一头白象，只因为出生后从来没有洗过澡，皮肤上结了一层厚厚的垢壳，掩盖了她的本色。万福那白色的皮肤，好似一条纯白的亚麻布袍子。

一头纯白无瑕的白象浸泡在清凉晶莹的河流中，高高扬起长鼻，朝向天空。穹顶之上，晚霞灿烂，如基路伯（基督教中的智天使）喷吐出的火焰，仿佛远方地平线的尽头就是伊甸园。这一刻的震撼，让教士不由得高举双手，脱口而出："我洗你，因父、子与圣灵之名。"

在完全无意中，他竟促成了一次为万福举办的完美洗礼。

万福并不理解教士的古怪举动，但她确实很享受泡在水里的安静时光。她把自己的身躯清洁干净之后，长鼻子反复伸入河里，把水喷向旁边的车夫们，惹起一阵大笑和怒骂。

很快她就爱上了这个游戏，把注意力放在了其他动物身上。虎贲停留在马车上的笼子里，没人敢把它放出来。万福注意到这边的动静，对着笼子也喷了几下。虎贲觉得很凉快，抖了抖鬃毛，发出一声惬意的低吼。旁边两匹虎纹马吓得一阵跳跃，扯动大车，差点给拽到滩涂上去。狒狒们也享受到了同样的清凉待遇，它们抓住栏杆，又蹦又跳，恨不得自己跳下去。

最倒霉的是那一只虎皮鹦鹉，它被一束水柱直接喷中，从半空跌落到装着蟒蛇的笼子顶上。它抖了抖沾满水珠的翅膀，悻悻地嘟囔了一句："真该死！"——这是它跟车夫们新学的——却不知道，蟒蛇此时悄然抬起了头来，反复吐着信子，似乎觉察到了头顶的异状。

若不是一个好心的车夫把鹦鹉抓走，恐怕它就会变成蟒蛇的一顿晚餐了。在车队上路之前，教士已经给蟒蛇喂了一只鸡和一只兔子，它至少一个月不用进餐。不过它也绝不介意偶尔来点小零食。

河滩上的喧腾持续了很久。天色渐暗，牲畜们喝足了水，被陆陆续续拽上岸来。车夫们开始扎营做饭。万福也心满意足地朝岸上走来，她已经把自己洗得干干净净，一尘不染。恢复了白色的大象，走起路来异常庄严。车夫们窃窃私语，觉得她和庙里的神兽很像。

教士亲手牵着万福走到宿营地，给她抱来了一大捆香喷喷的干草。万福晃动着耳朵，埋头大吃起来。教士站在极近的地方，注视着她的表皮。这是一种纯洁的白，内敛祥和，微微发暗。皮肤表面不算光滑，呈现出密密麻麻的网状纹理，沟壑纵横。上面还有一层刚硬的短毛，每一根毛尖上都带着一滴晶莹的水珠。在白色背景映衬之下，水珠更显剔透。

"渡过这一条河，你变得完全不一样了。"教士伸手去抚摸万福，喃喃自语。

正在这时，一只手搭在了教士的肩膀上。他回头一看，原来是老毕。老毕神秘兮兮地对柯罗威教士说："我带你去看一样东西。"

于是两个人离开宿营地，朝着堤坝走去。老毕没说去看什么，但教士觉得这人不会无缘无故做这个举动，便老老实实跟在后头。他们从河滩旁边走到堤坝底部，沿着一条小石阶爬到了堤顶。

堤坝有七层青石那么高，可以俯瞰远近几十里的风景。老毕抬直手臂，让他朝武烈河的上游望去。教士顺着老毕的手指眺望，只看得到郁郁葱葱的森林和一道隐约的峰峦曲线，似乎在那里横亘着一道更为巨大的堤坝。在落日的照耀下，那一片远方半明半暗，似是神秘国度的入口。

教士把疑惑的眼神投向老毕，不明白他到底想表达什么。

老毕热情洋溢地说："沿着这条河一路北上，前方就是皇家猎苑——木兰围场。打从康熙爷开始，历代皇上打猎都在那里，地地道道的草原风光。过了围场，就到赤峰州了。"

"可以看到草原吗？"柯罗威教士对自己的梦想念念不忘。

老毕快活地说："您想看草原还是想看山，都没问题，全看是走哪条路了。"说这话的时候，他语速有点儿放缓，看向柯罗威教士的眼神中却多了几丝狡黠。

"嗯？这是什么意思？"教士问。

"从那里走，也许比官道更近一些，能更早抵达赤峰州。"老毕说出了真实的用意，然后盘着腿坐下，给教士详细地讲解了一下。

承德到赤峰州之间，被崇山峻岭阻隔，其中最雄壮高大的一道山岭叫作茅荆坝。所谓的"坝"并非是真的堤坝，而是说山岭平整宽大，横亘百里，如堤坝一般牢牢阻挡在面前，山势雄峻，极难翻越。所以官道一般都向东绕到卓索图盟的平泉、塔子沟、建平，再到赤峰州。这条路上的巡检税卡太多，商队走起来要缴好几次税。

此前柯罗威教士跟老毕约定的是一次性付清所有费用，

然后所有开销都由车队自己承担。所以走这一条路，对老毕他们来说，并不合算。

而武烈河西北方向的木兰围场，本来是皇家御用，不许老百姓接近。但这年头不太平，天子自顾不暇，那地方已经好多年没人来了，就剩几个守荒场子的满营和汉户佃农。从那里穿过一条叫作塞罕坝的山岭，可以更快地抵达赤峰州。因为沿途没有税卡，总有人偷偷从围场往来蒙古与承德，逐渐形成一条非法的便道。

老毕总跑口外，这些弯弯绕绕的道儿都清楚。他看出柯罗威教士对草原怀有很大的兴趣，便极力游说他从围场走。他在解释的时候，隐瞒了税卡，只是反复强调这是一条更近的路，而且可以看到更漂亮的草原。

在老毕看来，这么走对教士来说没有损失，而对自己来说，路上少交点儿税，自己就能多落下点儿，是两全其美的事，不算陷害。自己也从来没撒谎，每一句话都是真的，只是有点儿避重就轻罢了。

柯罗威教士被这一连串地名搞得有点儿晕头转向，既然老毕说可以尽快看到草原，而且还能早一步抵达赤峰州，他也没什么要反对的，便欣然答允下来。

不过如果要走围场那一条路，他们暂时还不能出发。

走木兰围场，那一路上人烟稀少，补给点不多，必须得把物资备足。之前几天的跋涉，车队消耗很大，急需大量补充。因此老毕得去承德府重新采购一批货，大约得花一天的时间。

教士觉得多休息一天也未尝不可，可以让万福在武烈河里多泡泡澡，去一下暑气。

老毕说到这里，不由得骂骂咧咧。若不是承德府那位矫情的官员下达了禁令，车队今天在城里就能直接把事办完了，省得还得进城出城多一道手续。

好在这道命令只限于车队本身，却没有限制人身自由。老毕决定明天进城去采办，他顺便问了一句柯罗威教士要不要去城里转转，可以带他去吃驴肉火烧。教士犹豫片刻，还是婉拒了一同进食的邀请，那种东西他可吃不来。但对于进城，教士却显得很有兴趣。

"今天听那位官员说，承德府里也有一座教堂？"教士忽然问了一个问题。他的记忆力很好，记得官员曾经提到过这件事。

老毕"嗯啊"了几声，这事他知道，那座教堂应该就在大北沟，好像有些年头了。不过具体是个什么教堂、里面有什么人，他就不太清楚了——毕竟这事跟买卖没关系。

"怎么？您想过去看看？"

"是的，我希望多了解一下赤峰州的情况。"

教士觉得，承德是北京前往赤峰州的中点，如果福音能在这里扎根，那么对他接下来的工作一定大有裨益，有必要去拜访一下。

到了次日，其他车夫和动物都停留在武烈河的河边休整。老毕带着教士，两人步行来到了承德城。进城以后，老毕先把教士带到大北沟，然后自己去忙采购的事情了。

那座教堂矗立在一座浅绿色的小山丘脚下，造型是传统的哥特风格，砖木混合结构，约有三层高。教堂周围没什么居民，只有稀稀拉拉的几片树林掩映，看起来有些落寞。教堂顶端有一座小铜钟和天使像，两侧的玻璃窗都是彩色的，这些细节都让教士感到分外亲切。

这座教堂是圣公会所建，已经很有年头了，教民不算多，勉强维持而已。现在的主持者是一个五十多岁的英国司铎。他听说有公理会的人来拜访，亲自拄着拐杖迎出来。

这位司铎的皱纹比教堂里的蜘蛛网还密集，整个人衰老不堪，深陷的眼窝透着点儿对尘世的厌倦。他礼貌而冷淡地把柯罗威教士请进教堂，并亲手为他泡了一杯咖啡。

在承德这个地方能喝到地道的咖啡，可真是意外的收获。柯罗威教士迫不及待地一饮而尽，意犹未尽地咂了咂嘴。咖啡豆有点儿陈腐，应该珍藏了很久，苦味颇重。"很抱歉没有加糖，我想苦咖啡对提醒我们的处境更有意义。"

老司铎颤巍巍地用英文说道。

教士为这个绝妙的比喻鼓掌喝彩，然后又要了一杯。两个人一边啜饮，一边谈起话来。司铎问教士这是要去哪里，柯罗威教士很自然地向他吐露了要去赤峰州传教的决心。从他小时候读《马可·波罗游记》到地图上那座红色的山峰，从华国祥到万牲园，教士把自己的计划说得满怀豪情，司铎却始终保持着沉默。

很快教士结束了热情洋溢的演说，然后谦逊地表示，自己对这片土地不是很熟悉，希望司铎能够分享一些在承德以北地区传教的经验，要是能听到他在赤峰州的一些亲身经历，那就最完美不过了。

司铎听到这个问题，慢慢站起身来，把黑色的长袍唰地拉开。柯罗威教士看到，这个老人的脖颈右侧有一道极深的刀痕，从脖颈一直延伸到左胸腋下，刀痕两侧发黑，如同一条绳子把整个人吊在绞刑架上。

"我的上帝，到底发生了什么？"

"您刚才问我，我亲身经历过的赤峰州的情况，这就是答案。"

司铎告诉柯罗威教士，赤峰州原本并非如他想象中的那样，而是被上帝遗忘的蛮荒角落。早在十几年前，草原曾一度被主的光辉所笼罩。此前负责蒙古地区传教的是法国遣使会，先后在苦力吐、马架子一带设立传教点，可惜毁于拳乱。后来荷兰的圣母圣心会进入这一地区，圣心会的传教士都是意志坚定的人，利用庚子赔款，在马架子修建了一座哥特式的东山教堂，发展信徒。鼎盛时期有将近三千人，每周都有瞻礼。

可是那些传教士总带着欧洲式的固执和傲慢，屡次与当地人起冲突。数年之前，他们试图向当地商铺强行借粮，结果导致了一场冲突。冲突中，一位教士枪杀了当地金丹道和在理教的一名宗教领袖，并扬长而去，官府亦置若罔闻。消息传出之后，引发了一场席卷整个草原的大叛乱。（事实上，金丹道叛乱的真实原因与教会关系不大，司铎显然有他自己的视角，将两件事情之间的因果夸大化了。）

这一场金丹道的叛乱规模十分庞大。叛军从赤峰州、喀喇沁、土默特一直打到巴林，巅峰时占领了几乎整个东部草原。叛军在控制地区实行近乎残酷的铁腕政策，逮到不服从他们的牧民和农夫就杀，抓到为朝廷效力的官吏和士兵也杀，至于传教的和信教的，更不会放过。

那些人并不关心圣公会和天主教的区别，只要戴着十字架，就会被揪出来处死。在这场混乱中，先后有十几名教士和几百位教民被杀，教堂、公所等传教场所也被焚毁了数座。教会在赤峰州与两盟十几年的垦殖成果毁于一旦。

司铎恰好在那时候作为教会使者，前往草原办事，在翁牛特旗一带遇到了金丹道的小部队。随行的人全数被杀，司铎的脖子也被砍了一刀，几乎丧命。他趴伏在一辆勒勒车下方，奄奄一息。就在关键时刻，前来镇压叛乱的朝廷军队赶到，及时击溃了那支队伍，司铎才算捡回一条性命。

这场叛乱终于惊动了朝廷，朝廷派出了一位叫聂士成的将军以及精锐部队。聂将军把行营扎在了喀喇沁旗的王爷府内，与叛军激战数月，整个草原血流成河。最终官军成功击毙主事的几个首领，把这场叛乱镇压了下去。

可是，群龙无首的叛匪们并没有全数伏法，那些侥幸逃脱的金丹道和在理教的信徒逃去了草原深处，他们变成了马匪，如同狼群一样四处游荡，看到落单的人就扑上去狠狠吞噬。在黑夜里，他们会呼啸着冲入村落城镇，屠戮一空，并在天亮前迅速离开。

草原太过广袤，即使是朝廷的势力，也无法彻底控制。军队只能勉强保护商路的畅通，至于商路之外的辽阔地带以及那些游荡的马匪，他们无能为力。

从此以后，赤峰州的周边地区变成了一个不可理喻的蛮荒世界，没有规则，没有律法，甚至没有道德，只有最贪婪和最残忍的人才可以生存下来。每一个深入其中的人，都要面对充满危险的未知。

在这次叛乱之后，教会在草原的影响力一落千丈，当地人对他们的敌意前所未有地高涨起来。信徒势力要么被连根拔起，要么转入地下。据说在遥远的林西和巴林，还有为数不多的比利时人在传教，可这只是传言，无法确认。欧洲各差会纷纷发出通告，告诫传教人员在局势好转之前，不要轻易接近这个地区。结果从那一次叛乱开始，整个赤峰州几乎回到了法国遣使会抵达前的状态，甚至更恶劣几分。

司铎本人得到了朝廷军队的庇护，侥幸回到承德养伤。那一道触目惊心的伤痕，就是上帝赐予他的考验。他痊愈之后，本来打算申请归国，可严重的肺部后遗症让他无法长途跋涉，圣公会干脆指派他接手北大沟教堂，止步于承德这个文明世界的边陲。

于是，司铎就成了这条边境的守关人，提醒每一个试图深入其中的人，不要进去，不要进去。

"从那以后，我再也没回过赤峰州。"司铎的声音里带着淡淡的遗憾。

司铎的故事讲完了，柯罗威教士感叹连连。他没想到，此时的赤峰州居然是这么一番局面。教士忽然理解了那个官吏在盖关防大印时的眼神，那是一种目送羔羊步入死亡界域的眼神。

他抱怨了几句公理会总堂的无能。他们在中国的影响力实在是太有限了，这么危险的事情，传教圈子里应该早有预警，他们居然没有提前告知，实在是太不应该了。

"这倒是可以理解。你们公理会的人可没什么好名声，这都要拜那一位会督所赐。"司铎略带嘲讽地说。

教士有点儿尴尬地举起咖啡杯，啜了一口。他知道司铎指的是什么事。

那是在庚子事变时发生的。联军进入北京城以后，公理会北京会督梅子明趁乱抢劫了一座蒙古王府。他将抢劫来的赃物进行了公开拍卖，从中牟取了大量好处。他还找到一批自称遭到了迫害的教徒，以代言人的身份，带领他们大张旗鼓地找到当地衙门，要求高额赔款。他还冒充军队，前往四处的乡村进行劫掠，把当地农民抓过来，先敲诈一通再强迫入教。梅子明甚至还私设公堂，用非法的手段构陷了许多无辜民众。

这些事做得太过露骨，以至于连联军随行的记者都看不下去，在新闻中予以披露。很快此事被著名作家马克·吐温在北美《民友报》《论坛报》登报揭露，梅子明被迫公开道歉。这导致公理会陷入一场严重的名誉危机，不得不召回梅子明，尽量低调处理。可这则新闻已经在中国散播开来，以各种形式传到了整个北方地区，其中不乏添油加醋的内容，以至于公理会一度成了诈骗犯的代名词。

公理会之所以从美国调拨了一批像柯罗威教士这样的新鲜血液来中国，正是想弥补梅子明的愚蠢过失。

柯罗威教士对梅子明事件充满了愤慨。这个无耻之徒的恶劣勾当，让会中一部分虔诚的牧师遭到了连带的名誉损失。但他没想到的是，这件事居然比主的福音传播得更快，连赤峰州这样的边陲都知道了。

真应了那一句古老的中国谚语：好事不出门，坏事传千里。

"在一个充满敌意的地方，一个声名狼藉的人很难展开局面，更不要说你那个荒唐的动物园计划。我建议你从这里返回京城吧，反正那里还有很多空白等着填补。蒙古草原就在这里，它不会跑掉，即使晚一点也没关系。"司铎这样劝道。

可柯罗威教士非但没露出怯懦，反而眼睛闪闪发亮。未知对他来说，充满了诱惑，尤其是听说前方荆棘遍布，让他的信心愈加高涨。不正是因为那里艰难，所以上帝才会给予启示吗？大家都坐在自己的无花果树下休憩，总得有一个人起身远行，迈向沙漠。

再者说，他可不是一人只身前往，他还有一支坚不可摧的信仰大军。这支军队也许打仗不成，但对于传播福音来说，绝对是强劲的助力。一幅画面浮现在他的脑海里，无数动物站成一排，徐徐走过茂密翠绿的草原，引来无数围观的牧民，这也许才是他欲罢不能的真正原因。

柯罗威教士坐在座位上，一时间竟然神游天外。司铎再三呼唤他的名字，他才如梦初醒。

"即使局面如此艰辛，你还是坚持要去吗？"司铎提醒他，那条伤疤一鼓一鼓，至今还隐隐作痛。

柯罗威教士竖起一根指头："我们美国人有美国人的办法。"他的右眼眨了眨，露出不太像是教士的轻佻神气，然后把杯中的咖啡一饮而尽。司铎见这个家伙如此固执，叹了一口气。他倒忘了国籍的问题。以一个英国人的视角来看，美国人几乎都是像柯罗威教士这样，天真烂漫，胆子和想象力都远超理性。

司铎没有继续劝阻。不过他提醒到，赤峰州不同于其他地方，它诞生的时间太短了，这个国家根深蒂固的传统还不足以深入它的骨髓魂魄。这对传教是件好事，可同时也增加了许多不确定的因素。

听到这个提醒，柯罗威教士连忙请他具体说说。司铎没有什么保留，一一作了回答。赤峰居民的信仰始终处于一种模棱两可的状态，平时模糊不堪，无法捉摸，可一旦试图去探究、去接近，他们的精神世界立刻凝结成形态不一的信仰支柱，甚至每次呈现的形态都不同。此前的金丹道叛乱，队伍里同时存在着十几种信仰和教义，有道教、佛教、喇嘛教和一些十分简陋的民间信仰，它们彼此融合渗透，连不同体系下的神祇都可以并肩供奉，这在基督徒看来，实在是一件不可思议的事。

此前去传教的人，要花费大量时间理解这个状态，并学会如何应对。

可惜这些辛苦开垦的前人都是天主教的，不然，柯罗威教士所代表的公理会就可以直接将成果继承下来。事实上，公理会正是意识到自己在东蒙一带太缺乏存在感，所以才会把赤峰也纳入传教备选名单。

柯罗威教士还仔细地询问了司铎，当初的教士们是如何传播福音的。结果他发现大部分传教者——无论是天主教还是新教——只是照本宣科，对着民众朗诵《圣经》布道，举办祝圣仪式，发放圣餐等，不屑去了解当地的情况，更不愿意花费心思去调整。

他们的做法，就像刚刚抵达归化城的华国祥那样，用力甚勤，却只是自说自话。如果你都不能深入民众的内心，又如何能说服他们跟着你走呢？到底是该走向信众，还是让信众走来，这在公理会内部也是一个充满争议的原则问题。

每次想到这个，教士就一阵得意。他始终认为，草原动物园是个非常绝妙的主意，是解决这个困惑的最好途径，甚至比电影放映机还好。因为这是最古朴的交流，当初亚当和夏娃在伊甸园里就是这样做的。

柯罗威教士无意批评遣使会、圣心会和圣公会之前在赤峰州的做法，但他相信自己将开创一个新的时代。他挺直了身子，像一位检阅军队的将军，又像是带领部族离开埃及的摩西。教士知道谦卑是重要的美德，可有时候也忍不住会流露出小小的得意。

面对这位信心满满的传教士兼饲养员，司铎无话可说。但他必须承认，这是十几年来所有前往赤峰州的教士中最有活力的一位。司铎虽然风烛残年，对于生命力的强度反而更加敏感。他仿佛看到，眼前一片草原上的熊熊野火，明快耀眼，火苗不时幻化成各种动物的样子，试图把接触到的一切都投入到燃烧中来。

老人沉思片刻，颤巍巍地起身，为这位胆大妄为的美国人做了一次祈祷。然后他伏在桌子上，用毛笔写了一封中文信，仔细地折叠好。

司铎告诉柯罗威教士，他当年在赤峰州只来得及发展了一个当地信徒，姓汪，金丹道闹起来以后，他们的联系就断绝了，再没什么消息。如果这个人现在仍旧信心坚定的话，也许可以帮上柯罗威教士的忙。

柯罗威教士向司铎鞠躬表示感谢，毕竟两人分属不同教派，能够如此不吝援手，已经算是意料之外的收获。

此时外面的阳光非常灿烂，透过彩色玻璃射入教堂空旷的空间，营造出一种迷离圣洁的氛围。柯罗威教士忽然又异想天开了一下，冲动地握住司铎的手，问他是否愿意一同前往赤峰州。

"我来帮你走完当年的那条路。"他这样说。

司铎苦笑着回绝了这个提议，他已经太老了，从精神到肉体都不能承受这样的重任。司铎转过身，拉开柜橱，把剩下的半罐咖啡交给柯罗威教士："我会为你的前程祈祷，不过这些苦涩，只能由你自己在未来慢慢品尝了。"

柯罗威教士怀揣着咖啡罐和书信，离开了大北沟教堂。当他迈下台阶时，背后忽然响起一阵洪亮的钟声。

钟声很生涩，似乎已经很久没有敲响过了，韵律里还带着一丝丝忧伤，就像是即将开始的送葬，就连天上偶尔路过的白云都稍稍放缓了脚步。柯罗威教士回过头去，抬高视线，看到钟楼上一个佝偻的身影正奋力敲着铜钟。

教士有一种强烈的感觉，那不只是在为自己送别。

事就这样成了。

第四章

———

海
泡
子

车队在次日的清晨再度启程。

在老毕的带领下，他们偏离了官道，沿着武烈河朝西北方向的木兰围场而去。车轮在高低不平的路面上隆隆地滚动着，承德府那高大的城垣在身后逐渐远离。教士坐在车厢里，可以听到旁边武烈河哗哗的巨大水声，这让旅途显得不那么寂寞，更能带来一种微妙的安全感。

沿河而走，可以解决重要的水源问题，这一点对夏日运送动物来说至关重要。变回白象的万福跟随在老毕的马车后头，步履轻快，心情愉悦。只要视野里能看到白色的水花在河心泛起，万福的眼神就很沉静。她已经爱上了在河中沐浴的感觉，连带着对这条河充满了好感。

只要车队一停下来，万福就会迫不及待地站到河边，用长长的鼻子吸足一管水，冲洗自己身上的灰尘。偶尔她也会帮着虎贲和其他动物降降温，就连最桀骜不驯的虎纹马都愿意主动凑到她身边，只有虎皮鹦鹉躲得远远的。

车队中途停留的次数比之前要频繁得多。不是因为万福的玩心太重，而是路况太糟糕了，车夫们不得不每走一段就停下来检查一下轮毂和车轴，防止可能出现的崩裂。

老毕说，从承德到围场的路况原本并不差。从前皇帝经常过来打猎，无论是庞大的扈从、仪仗、辎重还是天子的威仪，都需要一条体面的大路。这条前往皇家猎苑的御道很宽阔，两侧依稀还能见到凸起的路肩和排水沟渠。路面上的土被精心地夯实，密实到连草籽都无法在其中生长，上头还铺着一层大小均匀的碎石块。

可惜天子很久不来，似乎把这里遗忘了。这条路和万牲园一样，长期缺少必要的维护，慢慢变成了荒弃的植物乐园。在夏季的大雨、洪水和冬季风雪的轮番侵袭之下，土黄色的路面变得坑坑洼洼，褶皱丛生。一段路突涌起一片凝固的土浪，另外一段路突然凹陷成一个歪斜大坑。顽强的野草从路面的裂隙里钻出来，把整块硬土顶了起来。

在这种路上行走，马车不可避免地发生剧烈颠簸。教士生怕司铎送的咖啡罐被撞碎，只好把它抱在怀里。头顶的虎皮鹦鹉紧紧抓住架子，嘴里哼哼唧唧，似乎对此深表不满。

车子颠簸的另外一个原因是，所有的马车都从榆木箍铁轱辘换成了花轱辘。这种花轱辘是杨木造的，很便宜，质量却很差，坏得很快，不过修起来也快。老毕知道接下来要走草原，草原没有路，对轮子损耗比较大。他舍不得用贵的榆木箍铁轮，于是就趁进承德城采购的机会，顺便把车子换了装。

教士对车马行完全不懂，任由老毕去安排。不过他明显感觉这条路走起来不舒服，便略带担心地问老毕会不会有问题。老毕拍着胸脯保证，只是这一段比较难走，只要一进围场就顺风顺水了。教士将信将疑地坐回到车厢里，抿住嘴唇，把轻微的晕眩压抑下去。

就这样，车队朝着围场的方向又走了四天，移动速度大不如前。好在他们沿河而行，至少不会被酷暑和干渴困扰。更幸运的是，天空始终是一片近乎透明的湛蓝，偶尔有点云，并没有下雨的迹象——否则路上会变成一片泥泞，搞不好还有河水泛滥，那可就是最糟糕的局面了。

在这趟旅途中，周遭的风景始终在变化。时而变成灰黄色的丘陵沟壑，时而又延展成一片带着粉白花边的茂密森林，还有阴森的青色峡谷和深藏在道路尽头的精致湖泊。教士每次拉开车厢窗帘，都感觉像是在阅读一本跌宕起伏的惊险小说，你永远不知道接下来会发生什么。

只有远处连绵不绝的塞罕坝山岭巍然耸立，像长城一样庄严。那里是蒙古草原和直隶森林的分界线，分割两个世界的边界。无论车队怎么走，这道山岭始终遥遥出现在地平线上，似乎永远无法接近。

这里到底是曾经的皇家猎苑，在人类退出之后，其他生灵趁机焕发出了勃勃生机。林中的鸟类极多，动辄成群结队掠过天空，叫声嘹亮。只要在满缀着浆果的灌木簌簌抖动之处，必能发现狍、鹿、兔、獐，偶尔还能看到野猪。如果把狮笼的苫布揭下来然后打开笼门的话，虎贲恐怕会觉得自己置身于天堂。这些动物藏身于密林之间，被层层叠叠的绿色所遮掩。教士第一次发现，原来绿色有那么多种，他几乎想不到足够的词汇去形容它们。

这一带人迹罕至，车队在沿途几乎没看到什么行旅，甚至很少看到人类活动的痕迹。越往深处走，教士越有一种错觉：他们已经远离现代，文明的颜色逐渐褪去，逆着时间朝着莽荒的古代前进。

有一次，教士发现前方出现了一小片平原，上面排列着几块不均匀的田地。凑近一看，田地里开满了淡黄色的小花。教士的博物学成绩还不错，立刻辨认出这是罂粟花。老毕说这是围场的佃农们种的，他们早不在这里居住，只在收获季才回来查看。

在罂粟田的尽头，是一座青色的小山，它向两侧伸开双翼，拢住了这一小片平原地带。教士本来以为已经没有路了，结果一转过山脚，眼前豁然开朗。原来在小山的另外一侧，居然是一片小小的湖泊。车轮声碾过土石，惊起水面一大群黑白色的长尾喜鹊。它们拍打着水花飞去，遁入湖边废弃的皇家别墅里。别墅墙壁歪斜，只留下漆黑的秃窗孔洞供飞鸟进出，像是一个生前受尽委屈的骷髅头。

这是教士这几天里唯一看到的人类痕迹。

万福已经完全适应了长途跋涉的节奏，她还是那么瘦弱，身体却比从前更加敦实。她的脚步轻快，劲头十足，对周围的一切都感到好奇。四只厚实的脚掌早已磨出厚厚的一层茧子，她再也不必像那些人类女子一样用布裹住脚。

如果说有什么美中不足，围场适合万福食用的东西太少。

京城临行前，饲养员曾经叮嘱过，大象虽然吃素，但并非任何一种植物都能吃。别看围场郁郁葱葱，满目活绿，适合万福的几种牧草在这里都不太容易找到。那些山坡上、树林间生长的鲜嫩多汁的一丛丛野草，万福要么根本不碰，要么一吃就呕吐。教士很担心，万一她吃到有毒的东西，比如花彩蘑菇，在围场连个兽医都找不到。

有一次，入夜的山风带来松树特有的清香，她循着味道过去，用长鼻子撅下一根枝条，把上面的松针塞进嘴里，然后全吐出来。还有一次，她一抬头，看到一串紫红色的浆果挂在眼前，欣然卷下来吃掉，结果足足腹泻了一天，整个车队不得不停下来等她恢复。

为此教士不得不腾出大量精力盯着万福，一旦发现她有乱走乱吃的迹象，就及时喝止。饮食上，教士也严格控制进食来源，只让她吃大车上带入围场的干草。时间一长，教士疲惫不堪。

更糟糕的是，马车上储存的大象饲料几乎快要见底了。

这是老毕擅自改动计划的后遗症。原本走官道的话，人烟密集，沿途干草和鲜草供应管够，如今走木兰围场，可就没那么多村子提供补给。老毕不懂大象的饮食习惯，想当然地认为围场里到处都是青草，足够万福吃，就没往大车上装足够的草料。结果没料到这些植物都不符合万福的胃口，导致补给危机悄然浮出水面。

如果在三天内还找不到合适的草料，万福就要断粮。五天之内，万福就会慢慢变得虚弱，无法长途跋涉。

柯罗威教士不得不找到老毕，问他大概还有多久可以抵达草原。老毕知道这件事过失在自己，也很焦虑。他眯起眼睛估算了一下，说："我尽量把车赶得快一点，争取在三天之内通过塞罕坝。"

"通过塞罕坝之后呢？"

"那边就是草原啦，给牛羊吃的牧草应有尽有。"老毕拍着胸脯说。

"希望上帝保佑诚实的人们。"教士说，把头缩回车厢，语气里隐隐含着疑惑和不满。

老毕和其他车夫商量了一下，决定选择一条更偏僻也更近的路。这条土路延伸至围场猎苑的最深处，那里是绿莽的国度，一个完全与世隔绝的桃花源，大部分禽鸟与野兽都在那里繁衍、聚集，为天子提供足够的猎物。即便在最热闹的时候，也极少有人接近，让这里保持着最原始的状态。

据说这个地带的尽头能直通到塞罕坝的一处隐秘隘口。

过了隘口，就可以进入草原。尽管这条路会让抵达赤峰的行程延迟，但可以早一点看到草原，不然万福就要挨饿。

于是车队再一次转向，偏离围场里的御道，告别武烈河，朝着西北方向一条支线荒路而去。周围的植被越发茂密，经常蛮横地把大路截断，或者干脆遮住前方视野。连绵不断的绿色囚墙始终围绕在车队周围，拘束着人们的行动和心情。车夫无所适从，不得不放慢速度，摸索前进。他们已经完全丧失了方向感，这些误入迷宫的孩子唯一能信任的，只有太阳。

轻松的旅途气氛一扫而光，车夫们不再高声谈笑，沉默地挥舞着马鞭，疲惫的辕马把头尽量低垂，拽着沉重的车架朝前走去。

就连动物们都受到这种压抑气氛的感染。狒狒们缩在笼子里老老实实待着。两匹虎纹马一到上坡的地方就胡乱踢踏，直到挨了好几鞭子才老实。虎贲趴在黑漆漆的笼子里，无法透过苫布看到外面的景象，当然它也不关心，只要能吃饱就成了。

万福的饲料受到了严格的限制，她的摄入量开始不足，走起路来不如从前带劲儿。讽刺的是，别看大象草料不足，给狮子的肉倒是一点儿不缺。老毕在承德府买了几头羊，而围场本身也提供了大量猎物。车队里有一个打猎的老手，钻进森林一会儿工夫就能打到一串兔子或山鸡，让虎贲大快朵颐。这头狮子可不像大象那么挑食，只要是肉就可以，何必在乎它的种类和产地呢？

教士相信，如果现在就这么把虎贲放出来，它会在这里生活得很美好。

在车队行进过程中，教士能明显感觉到，整个地势在不知不觉中逐渐抬升，车队爬坡的时间已经多于走平路的时间。不止一匹辕马差点扭伤脚踝，若不是万福的鼻子帮忙，恐怕这几辆马车都未必能坚持下来。杨木质地的花车轮也频频发生问题，车夫们有时候不得不就地取材，从附近的林子里砍取木料，现场加工，质量自然不必说了。

老毕安慰教士，说坡度增加是好事，说明他们的方向是对的，确实正在朝着塞罕坝的隘口方向攀登。在这种处境下，柯罗威教士无法判断这句话是真的还是安慰，不过他就算知道答案，也没什么能做的。他把更多注意力放在万福身上——这一路上没有合适的水源可供清洗，这头可怜的白象几乎又变回原来的灰色。

车队艰苦卓绝地跋涉了三天，就在所有人都濒临崩溃的前夕，终于抵达了塞罕坝顶端的一处小小隘口。

这个隘口两侧都是高大的石质山梁，狰狞而挺拔，刀砍斧凿的峭壁向内对倾，像一只鳄鱼仰天张开了大嘴。隘口附近堆积着大量散乱石块，它们分布在一片不规则的半圆锥形区域，其上满布青苔。可以看得出来，这个隘口并非天然形成，不知何年何月，这里应该发生过一次坍塌，把山壁震塌了一半，露出一个缺口。后来又经过人类刻意的搬运和疏通，形成了一条连接内地与草原的隐秘通道。

隘口通道只有七八丈宽，勉强能容两辆宽板马车并行，入口居然还立着一块歪歪斜斜的石碑。石碑看起来年头很久远，上面的凿痕早已模糊。

老毕说这里叫刀豁口，名字起得很形象，这里的地貌恰似一把中国大刀猛然劈在什么硬东西上，导致刀刃崩开了一个小小的口。

车夫们重新把货物包扎了一下，加固所有的绳结，还在车轮上压了一道闸口。车队排成一列，车夫拽着缰绳，压着车闸，徐徐通过隘口。

轮到万福走过去的一瞬间，她突然停下脚步，长鼻子垂在脚掌旁的地面，眼神里透出一丝犹豫。大象似乎升起某种预感，这个隘口不只是地理的分界线，也是很多人和动物未来命运的分界线。只要迈过这一条线，原本暧昧模糊的命运会立刻凝结成清晰的图景，梦也会朝着更现实的世界呈现。

对此她感到惶恐、畏缩、胆怯，不过更多的是一种对不确定的担忧。这只聪明的动物凭借直觉知晓，迈出这一步以后，将不可能再退回去。她一降生就被禁锢在象园之内，外面的世界是完全凝固的。之后，在这十几天里，四周的高墙轰然崩塌，洪水涌入，呼啸着把万福冲进急流。以她迟钝的感受，简直无法承受这么急速的变化。

教士注意到了万福的异状，他让老毕停下车，然后走过去安抚她。这一次，万福并没有及时做出回应，她只是烦躁地甩着鼻子，把地面上的小石块踢到峭壁上，对教士的话语无动于衷。

这时负责运送虎贲的大车也晃晃悠悠地开过来。整个车队里，这辆车负担最重。狮笼搁在车板上，四角用粗大的绳子紧钉在边栏上，外面依旧罩着一层苫布，以防发生意外。

这时万福突然做了一个出乎意料的动作，她横过身子来，就像是在象园一样面对山壁，把狭窄的隘口通道挡了个严严实实。后面的车夫大为惊慌，大声叫前面的老毕赶紧把她拉走。教士和老毕两个人手忙脚乱地去拽万福的鼻子，可根本拽不动这么沉重的躯体，反而连前方的大车也倒退回来。

两辆车越来越近，无论是教士的祈祷，还是老毕的怒喝，都对万福毫无影响。野象特有的倔强脾气让她牢牢站在原地，一点儿跨过隘口的意愿都没有。

以防与万福发生碰撞，后车的车夫只能强硬地死拽闸口。可地势实在太陡峭了，这个突发的意外让马车的车轮向右边偏斜，突然咔嚓一声，车子右侧的花辂辘被一块凸起的尖状石块顶成了两半。两匹辕马发出嘶鸣，车板登时失去平衡，朝一边侧翻。

在巨大的晃动之下，绷紧的几根绳子相继崩断。苫布飞起，狮笼从平板上挣脱了束缚，滚落到地上，沿着斜坡咣当咣当连翻了几个滚。当初为了减轻重量，狮笼用槐木打造而成，根本耐不住这种冲击，半边笼门被生生撞掉。

那一瞬间，所有人的动作都停住了。他们带着惊骇的目光，看着那一扇歪斜敞开的笼门。笼门的栏杆上沾着腐臭的肉屑与骨头残渣，还散发着肉食动物特有的粪便恶臭味。但这不是最可怕的，最可怕的是笼门另外一侧的动静。

这可不是万福，而是虎贲，一头不折不扣的雄狮。这一路上，车夫们亲眼看见大块大块的鲜肉填入它的血盆大口，知道这是不可轻易接近的猛兽，比老虎还凶残。全靠牢笼阻隔，他们才能保持着镇定去欣赏，去谈论。可这个拘束已然失效，猛兽恢复了自由，随时可以从笼子里走出来，在场没有人能阻挡它——包括莫名其妙发了脾气的万福。

虎皮鹦鹉拍动着翅膀，从前车的车厢里飞出来。它落在大象的脊背上，对着笼子竖起翎毛，发出尖利的声音，不知是在催促，还是在警告。万福也微微侧过身，朝歪倒的马车看过来，目光中闪动着懵懂的光彩。

在笼子周围，教士和车夫们目露恐惧，屏气凝神。没人敢挪动脚步，生怕成为猛兽的第一个目标。整个隘口陷入一片寂静，那种因过度惊慌而生的寂静。每个人的视线都被牢牢地钉在半敞的笼门口，等待着它现身的一刻。

只要虎贲一迈出笼子，周围的人都会陷入灭顶之灾，无人能够幸免。然后这头猛兽无须越过隘口，大可以转头钻回到围场密林。那里有丰沛的活食和宽阔的活动空间，没有人类，没有天敌，简直是一头狮子所能想象最美妙的地方。在冬天第一场雪降临之前，它可以自由自在，肆意享受。

这可比去草原动物园快活多了。

慢慢地，众人看到一只毛茸茸的大爪子伸出来，先踏在笼门下缘，速度很慢，尖锐乌黑的爪尖划在木笼门上，留下一道深深的抓痕。接着另外一只爪子朝外试探着抓了一下，突然又缩了回去。良久，这只狮腿才犹犹豫豫地再度向前延伸，踩到一块斑白的片状岩石上。

很快虎贲三分之一的躯体都露到了笼子外头，只差一步就可以摆脱牢笼。可等了半天，它却没有进一步动作。直到鹦鹉又一次大喊，虎贲这才漫不经心地扫视了一圈外面的世界，然后打了一个大大的呵欠，居然又走回到笼子里，叼起一截羊骨头，重新趴了回去。

周围的人有些迷惑，不知这头狮子到底打的什么算盘。

自由难道不是每一只野兽都向往的吗？如今近在咫尺，它怎么又趴回笼子里去了？

只见虎贲嚼了几下羊骨头，把两只爪子抱在一起，头一歪，呼呼大睡过去。那懒散的样子，完全不似百兽之王，更像是谁家炕头上养的一只懒散大猫。

尽管如此，车夫们还是不敢贸然靠近，生怕它突然转了性子，暴起伤人。站在万福旁边的柯罗威教士忽然之间有所明悟，他不顾老毕的阻拦，迈步朝着翻倒的兽笼走去。

老毕大惊，低声让他赶紧回来。教士却摆了摆手，表示不要紧。虎皮鹦鹉扑棱扑棱地飞落到他的肩膀上，用尖喙去啄他的脖颈。万福轻轻挪动脚掌，巨大的身躯仍旧把通道堵得严严实实。

教士一直走到兽笼旁边，这才收住脚步。这个距离，只要虎贲伸出爪子一挠，教士那孱弱的身躯就会被撂倒。可虎贲眯着眼睛一动不动，兀自沉浸在美妙的睡梦中。教士观察了一下，兽笼整体没有受损，只是半扇笼门被撞掉了。

这种兽笼的固定方式，是在笼门左右各设两个木楔，插入笼子主体两侧的销口。如今只要把笼门重新插回去，就可以发挥作用了。美中不足的是，右侧的销口被崩掉了一个，导致笼门比从前更松垮。

教士抬起那半扇笼门，尽力朝着兽笼装回去。这时在旁边的两匹叫吉祥、如意的虎纹马声嘶力竭地叫了起来，它们被拴在大车上，无法跑开，只得用前蹄不停踢踏，小石子乱飞，有几粒飞溅到这边来，砸到虎贲身上。它们大概是所有动物里最渴望获得自由的，眼看虎贲即将放弃这大好的机会，它们大概觉得既羡慕，又愤慨。

可虎贲却无动于衷，只是敷衍地抬了抬眼皮，用一连串低沉的呼噜声表明态度。教士的动作加快，随着咔嚓一声，笼门的三处木楔都插入销口，周围的人纷纷长舒一口气。

尽管这笼门不太牢靠，虎贲一撞即开，可从心理上来说，多一道门总是多一点安全感。

危险暂时解除，车夫们这才聚拢过来，收拾残局。他们把翻倒的马车重新掀正，把兽笼抬上去，还得重新再换一个车轮。有一匹辕马摔坏了脚踝，恐怕没法继续用了，只好从别的车里调一匹过来，重新套挽具。

教士任由他们去忙碌，重新走回到万福的身边。他没有责怪万福，而是像第一天晚上一样，蹲在大象身边，用一根树枝在土地上画起一幅动物园的草图。画完以后，教士抬起手臂，指向隘口另外一侧的远方，口中喃喃道："我会陪你一起，那里是我们的应许之地。"

万福终于挪动脚掌，缓缓把身躯直了过来，不再挡住隘口的通道。她看向教士的眼神里，透出几丝歉疚。这时旁边传来呼号，那是几个车夫一起抬笼子的呐喊声。万福甩动鼻子，对虎贲发出一声低低的吼叫。

教士在那一刻忽然有一种错觉。万福刚才那奇异的举动，不是为了她自己，而是为了虎贲，她希望虎贲能够在抵达草原前重获自由。可教士随即笑着摇了摇头，动物可不会聪明到这地步，何况还跨越了两个物种，大概是自己习惯把万福当成一个人去看待，所以不自觉地把人类的思维强加于她身上。

教士牵引着万福，把她拽到隘口旁边，彻底让出道路。这时老毕搓着手，走到教士跟前，满脸讪笑。他支支吾吾地说了半天，中心意思是：那些车夫受了惊吓，希望能够加一点酬劳。

教士点头表示同意，但同时叮嘱老毕，接下来的路途要多加小心，他不希望为了别的原因改变计划。他们会有这么多麻烦，归根到底都要怪罪于当初老毕在承德府改道。老毕知道教士已经觉察到了自己的私心，心虚地"哎哎"答应下来。

重新整顿车队，花了足足两个小时。然后车队再度启程，隆隆地穿过隘口。

猎苑的山林逐渐远离，虎贲失去了寻求自由的最后机会。但它看起来一点儿也不后悔自己的选择，安详地在笼子里舔着爪子，双目微眯。

看着这头狮子的慵懒模样，柯罗威教士忽然想起来，他曾经读到过一份宫廷档案，那是在康熙十四年发生的事情。当时葡萄牙派遣了一个使团来华，同时还带来了一头非洲狮子作为礼物——中国方面称之为贡品——当时还不存在什么万牲园，皇家不知该拿这头野兽怎么办，只好把它拴在了后苑的铁栅栏上。这头狮子非常暴躁，不停地发出吼声，马厩里的马匹都吓得瑟瑟发抖。没过几天，它不知用了什么办法，居然挣脱了绳索，扬长而去。

按照目击者的描述，这头狮子"行如奔雷快电"，竟然穿过整个北京城，朝着西北方向而去。没过几天，边关守将送来报告，说他们看到一头淡黄色毛发的狮子越关而去，进入草原，不知所踪。

那头狮子最后的结局如何，档案里并没有提及。但它孑然一身，又缺乏御寒皮毛，未必能熬得过第一个寒冷的冬天。教士心里猜测，说不定那头狮子的魂魄一直徘徊在草原边缘，警告每一头试图靠近的同类。虎贲大概就是感受到了这个警告，才决定留下来。

这个猜想，让教士对即将抵达的草原多了一分好奇，又多了一分不安。

一过塞罕坝的刀豁口，景色陡然变得不一样。四周的绿景逐渐变得稀疏起来，土黄色又重新占据了优势，山体斑驳。一路都是长长的下坡，因此车队的速度陡然加快，车轮欢快地滚动着，朝着山麓行进。半路上，他们还找到一条蜿蜒的小溪流，让车队及时补充了水源。

他们在山麓简单地休息了一夜，次日一早迎着朝阳上路。教士起得有点儿早，现在正在车厢里昏昏欲睡，他梦见自己回到了美国，还把万福带了回去。伯灵顿的市民全都涌出家门，来看这一头神奇的白象。万福来到伯灵顿动物园内，虎贲、吉祥、如意两匹虎纹马和其他动物早已安置妥当，动物园正中修起一座教堂，教堂顶上响起庄严的钟声……

这时老毕的声音突然在耳边响起："柯长老，柯长老！"

柯罗威教士一激灵，猛然醒过来，以为又出什么意外了。老毕喜气洋洋地挥动鞭子，朝前一指："前面咱们就到草原啦。"

柯罗威教士这才发现，马车窗外的景色和之前大不相同，没有了跌宕起伏的山势和丘陵，全是一马平川。他从车厢里探出头来，希望能看得清楚一点，却发现眼前的景色和他想象的不太一样。

在教士的想象里，草原应该是一望无际的绿色茵毯，平坦如台，不掺一丝杂质。可此时在眼前展现的草原的样子，却不是那种纯净的绿色，而是像野餐桌布一样的杂色。在大片大片的绿原中，夹杂着褐色与灰黄色的丘陵斑点，连绵起伏的地势曲线像是时时翻卷起海浪的洋面。

但这个想象的落差并没有让教士失望。至少有一点他没想错，草原真的非常宽广，仿佛连头顶的太阳光芒都无法覆盖整个地域。教士兴致勃勃地站在马车的前端，举目四望，发现远处的地平线一目了然。当人的视线可以投射很远时，会忽略掉这些杂质，所以越往远看，颜色就越清澈，寥廓的空间将一切杂色都稀释了。

尤其是他刚刚穿过围场逼仄的密林，陡然被投入如此开阔而没有尽头的空间，一瞬间觉得整个蜷缩起来的灵魂彻底舒展开来，化为缥缈的云和风，浮荡在空间里。望着这一番景象，柯罗威教士感到心脏开始剧烈跳动，咚咚，深远的回声在胸腔里回荡，仿佛胸怀也变得和草原一样无限宽广。

"这里就是草原了，我们的应许之地……"教士对自己说，手指虔诚地握住胸口的十字架，希望能从中汲取力量，获得褒美。

草原正值盛夏，是一年之中最好的季节。翠绿色的牧草肥腴鲜嫩，散发着淡淡的清香。它们密密麻麻地铺在原野上，几乎全无空隙。一有风吹过，就慢慢摆动起来，有如一只巨兽脊梁上的绿色绒毛。

万福闻到香气，发出一声恳求似的号叫。教士连忙让老毕停下车来，松开万福，让她去试试这里的草是否合她的口味。车上的草料补给已经不多，如果这里的牧草万福不吃，那可就麻烦大了。

万福一获得自由，就迫不及待地用长长的鼻子卷起一束草，放在嘴里咀嚼起来。咯吱咯吱的声音传出来，表明这头大象吃得非常欢快。

在过去几天里，万福的饲料被严格限制，她只能靠啃一点儿树皮和树叶度日，偶尔吃错几束有毒植物，嘴还会麻上半天，胃也极不舒服。现在她就好像一个看到山珍海味的乞丐，饥不择食，放开肚皮大吃起来。美味的汁液顺着嘴角流下去，绿色的草屑残留在嘴角。

吉祥、如意两匹虎纹马也低下头去，开始啃食草料。对它们来说，这地方和故乡很像，能带来些许安心。

教士见它们吃得开心，终于放下心来。老毕也长出一口气，这个主意总算没出错。

趁着万福进食的当儿，车队也停下来休息。车夫们见惯了草原的美景，并不以为异。他们先把辕马散开，让它们在附近吃草，然后骂骂咧咧地开始更换车轮。之前要穿过围场的山地，他们换了花轱辘，现在到了草原，可以换回箍铁榆木大轱辘了。

只有教士闲着没事，他变回一个好奇的孩子，饶有兴趣地朝前走去，想要感受一下来自草原的野性气息。

他边走边看，不知不觉已经离开车队很长一段路了。教士站在一处小小的丘陵顶端，有些迷醉地吸了一口空气，结果闻到的是混杂着青草香气和牲畜粪便的气味。他低下头仔细寻找，结果看到就在丘陵下方有一堆黑影。

待到走近了，教士才发现，那是大团大团的牛粪。它们堆成扭曲的雕像，黑色中夹杂了几丝青草，有苍蝇萦绕其上。它们的表面油亮油亮的，在阳光下默默发酵，不时还会啵地泛起一个泡儿来。

这可让教士有点儿恶心，他本以为草原是无比纯净的地方，可这只是远观的错觉。草原看起来一望无际，坦坦荡荡，走近了就会发现，野草之下全是密密麻麻的小坑和各种牛羊粪便，还有许多土拨鼠挖的洞穴。稍不留意，辕马就会把蹄子陷进去扭伤——这就是老毕要更换马车车轮的原因。

教士小心地走下丘陵，脚下一踉跄，差点被一个鼠洞绊倒。他慌乱地直起腰来，陡然发现在土包的另外一侧，居然有一处池塘。

如果老毕在旁边，就会告诉他这在当地叫作海泡子，其实就是一个方圆只有二十多米的塌陷大坑。夏天雨水多的时候，里面会积满雨水，成为一个个泡子。

这一处海泡子的边缘，青草倒伏内卷，水面浮着一层厚厚的绿苔，散发着腥臭油腻的气味，像是马戏团里那些脸上涂彩油的小丑。池子表面看起来和周围的草原并无二致，但绿得让人发毛，不是生绿，而是死绿。它没有通往别处的水道，而且坑底有一层腐烂层叠的草植，会阻止水渗入土壤。所以海泡子里的水是永远静止、无从逃遁的。

海泡子的旁边有一条不显眼的小路，野草被无数脚印压倒，想必是草原上的动物来喝水时踩出来的。

柯罗威教士站在海泡子边上，心想马可·波罗可没提过这样的景色。他好奇地蹲下去，随手捡起一根树枝，想去搅动水面，看看水底到底隐藏着什么。可他还没把树枝探过去，就听到老毕那边发出一声惊呼。柯罗威教士连忙回头去看，一下子呆住了。

在车队休憩的地方，不知从哪里冒出四个陌生的骑手，把马车团团围住。他们每个人都穿着灰土色的蒙古短袍，斜露着右侧的黝黑肩膀，头戴毡帽，胯下的坐骑毛色斑杂。这些人腰间的马刀连鞘都没有，却磨得雪亮，还有人肩上扛着一把旧式火铳。

老毕知道，这是碰到马匪了，连忙战战兢兢地打躬作揖。那四个人呵呵笑起来，先是好奇地看了看车上运送的那些动物，然后又朝远处张望了一眼。万福浑然不知即将到来的危险，仍旧埋头嚼着青草。为首的人手一指，问那是什么，老毕说是大象，是传教士带来的。

他趁着这个话题，又赶紧补充了一句："几位爷，这是传教的车，里头除了书和粮食，就只有外面那头送给知州的大象，别的啥值钱的都没有。"说完还抬头看了一眼车顶的十字架。

这是个隐晦的警告，告诉马匪们这位不光是洋人，而且还和官府有关系。如果是一般的匪徒，不愿多事，会就此退去。可这些人却哈哈大笑起来，让老毕觉得胆战心惊。

其中一个人从怀里掏出一尊小金佛，在老毕眼前晃了晃。老毕双脚一软，瘫坐在地，嘴里高声惨号起来："金丹道！"

老毕一半是吓的，一半是在提醒柯罗威教士，让他别靠近。

柯罗威教士刚刚从承德司铎那里听到这个词，现在听老毕一喊，立刻意识到自己遭遇了草原上最危险的匪帮。他们自从被政府军击溃之后，就逃入草原深处，没想到居然在这里碰到了。

教士被恐惧攫住了意识，双脚在海泡子旁根本挪不动。所幸这里有丘陵遮挡，马匪暂时还发现不了。教士谨慎地把身子蹲下去，只露出半个脑袋，哆哆嗦嗦地观察着眼前的动静。

这个距离，不大声喊叫是没法听见的，所以接下来发生的事，柯罗威教士感觉就如同在看一部默片电影。

先是马匪们对老毕说了几句，老毕扑通跪倒在地，连连叩头，涕泪交加。然后其中一个马匪掏出火铳来对准他的后脑勺，又被另外一个人拦住，从腰间拔出一把精致的银匕首，正要去抹老毕的脖子。老毕不知从哪里来的勇气，猛然推开那人，跳进教士乘坐的马车车厢里，拿出一把枪来。

那是一把史密斯-韦森的M586转轮手枪，里面塞满了六颗子弹，是教士从美国带来防身的。这一路上虽然意外不断，总体来看还算太平，所以教士随手把手枪搁到车厢里，一直没机会使用。老毕知道这把枪的存在，还好奇地把玩过一下。

老毕紧张地握着手枪，手腕直抖。可那黑洞洞的枪口，是个真真切切的威胁。马匪们没料到这个车夫居然还有枪，一下子都不敢上前。老毕喝令他们后退，其中三个人只好倒退了几步。可就在这时，为首的马匪突然手臂一振，一道银光刺中了老毕的咽喉。

老毕浑身一僵，下意识地想要去扣动扳机。可他根本没受过训练，不知枪上的保险还没打开。马匪们先是躲了一下，一看对方根本没开枪，便重新狞笑着聚拢过来。从人群的间隙里，教士看到老毕的咽喉插着一柄匕首，嘴巴一张一合，双眼流着泪看着丘陵这边。

教士心中一阵抽搐，那一瞬间他看懂了。老毕的眼神是在恳求自己，似乎还有什么放心不下的事情要托付。还没等教士想到是什么事情，老毕整个人先是骤然一紧，嗬嗬发出几声虚弱的呻吟，然后扑倒在草原上，两条腿一顿一顿地抽搐。

其他车夫早已经四散而逃，可在无垠空旷的草原上，他们怎么跑得过马匪们。很快那些可怜人就被追上，一一被杀。一时间惨号声四起，鲜血泼洒在草叶上，风中透着浓浓的血腥味。

为首的马匪没动，他蹲下身子，从老毕的尸身上取走那把手枪，简单地玩赏了一下，满意地点点头，别到了自己的裤袋里。

教士以为他会就此离开，可那个马匪首领却转头，朝丘陵这边看过来。原来老毕临死前的眼神，根本没逃过这家伙鹰隼般的眼力，轻而易举地就判断出教士藏身的位置。

马匪首领直起身来，似笑非笑地朝着丘陵走过来。教士浑身紧绷，巨大的恐惧让他不知所措。当首领走得足够近了，教士能看到他的面相很沧桑，唇边有一圈络腮胡子。不过这人的右侧眼眶上没有眉毛，整个脸庞像是两片不相干的油画拼接而成，看上去扭曲而狠戾。

他走路的姿势和人类不太一样，弓腰屈腿，脚尖点地，活像是草原上的一头孤狼。走得越近，笑意越发狰狞，仿佛对接下来发生的凌虐满怀期待。

就在马匪首领即将接近丘陵时，柯罗威教士手里握着十字架，试图向后退去。这并不代表任何有意识的逃脱，只是人类在面对死亡时最自然的反应。

可是丘陵后头别无他路。教士一不留神，脚下一滑，整个人滑过长满了嫩草的坡面，扑通一声跌落到丘陵下的海泡子里。

几乎在一瞬间，他就被浑浊的水和带着腥臭味的绿苔包围。柯罗威教士闭上眼睛和嘴巴，试图向上帝祈祷，可人类本能的慌乱让他手舞足蹈，随即大团大团的腐液灌进了他的耳朵和鼻子里，令他痛苦不堪。这种体验，如同坠落地狱一样——说不定比那还糟糕。

这个海泡子口径不宽，里面却深得很。柯罗威教士的身子经过片刻挣扎，继续朝水底沉去。他很快发现，油腻的渣滓只浮在表面，下层的水质似乎变得纯净了一些。柯罗威教士在水里睁开眼睛，居然还能勉强看清周围，如同置身于死寂的鱼缸。他惊恐地发现，在壁边杂乱的水草之间，居然还纠缠着一具暗白色的人类骨架。这大概是海泡子的上一个牺牲者。它的下颌张开，肋骨尖漂荡着几缕看不清颜色的破布。随着柯罗威教士四肢划动带动水流，它在水草间也缓缓移动，像是不甘心自己的沦亡。

柯罗威教士绝望地控制身体和恐惧，努力让自己不要浮上去。他知道，只要浮出水面，就会被等在旁边的马匪首领杀死。他只能尽量潜在这死绿的水下，寄希望于那些匪徒没什么耐心。

他坚持了一分多钟，肺部开始火烧火燎，窒息的痛苦让眼前发黑。为了让自己能坚持得久一些，柯罗威教士伸出手去，抓住了那具骸骨的脖颈，却因为用力过度，使整个骨架脱离了水草的束缚，伸开双臂朝他压过来。这个变故击溃了柯罗威教士的坚持，他猛然间张开了嘴，一连串水泡从肺部喷出来，随即夹杂着泥土和绿苔的臭水猛然地灌入。那一瞬间，柯罗威教士觉得自己真的看到了一束圣洁的光芒，要蒙主恩召了。

不过这束光芒没有持续多久，柯罗威教士的身体不由自主地浮起来，突破肮脏的水面，重新接触到了空气。柯罗威教士无法抗拒这个诱惑，狠狠地吸了一口气，再也没有沉下去的勇气。这时候只要任何一个匪徒还在海泡子边上，就可以轻易把他打死。

不过周围静悄悄的，只有远处传来匪徒们肆无忌惮的笑声。他们大概是觉得他掉进海泡子死定了，所以失去了围观的兴趣。柯罗威教士强忍住痛苦，在水中一动不动，尽量不发出声响。一直到马蹄声逐渐远离，他才勉强游到海泡子边缘，拽着青草爬上岸来，瘫倒在地。他上岸后第一件事就是双手撑住地面，疯狂地呕吐，吐到几乎要把整个胃都翻过来。吐完以后，柯罗威教士这才注意到，一截臂骨还紧紧抓在自己的胳膊上，五个指头绝望地勾住外袍。

柯罗威教士拿开臂骨，惊魂未定地环顾四周。马匪们还没走，不过他们大概以为教士肯定会淹死在水里，乐得节省一颗子弹，于是转过头来搜检马车，看有没有战利品。

教士看到，那些马匪像是过狂欢节一样，他们从车夫们的尸身上摸出为数不多的一点儿金条和鹰洋，然后一脸厌恶地捣毁教士的工具仪器，《圣经》和其他一些书被撕碎焚烧。货车上的粮食与日用品都被丢弃在草原上，口袋全部被撕开，靴子在上头肆意踩躏。

马匪们对着其他几辆马车发泄得差不多了，紧接着把注意力放在了最后一辆。这辆双辕马车上装着一件大东西，上头还用苫布蒙着。马匪们的眼睛闪闪发光，觉得这将是一笔巨大的横财。

马匪首领走上前去，伸手把苫布撕扯下来。还没等苫布落地，一个巨大的黑影轰的一声撞开笼门，把马匪首领撞飞开来，然后从马车上跳落到地面。

马匪们没有急忙去把首领扶起来，他们全都惊呆在原地。这是一头什么野兽啊，草原上可从来没见过这样的家伙。它的身躯比老虎还要庞大，脖颈旁边有一圈威风凛凛的棕黄色鬃毛，胡须戟张，血盆大口，两只绿油油的兽眼，能勾出人类内心最深处的恐惧。

它的模样让马匪们想起王爷府前那两尊石狮子，可是两者又有很多不同之处。其中一个马匪忽然想起来，之前似乎在喇嘛庙的壁画里见过一头灵兽，和眼前这头差不多——不过画像可远不如亲眼见到这么真切而有威胁。

与此同时，万福也从远处走过来。她一路小跑，焦躁地扇动耳朵，长鼻子像旌旗一样高高翘起，脚掌交替踩踏，连地面都为之微微颤动。马匪们想起来了，这一头白象的模样似乎也在喇嘛庙的壁画里频频出现。

他们都是胆大妄为之徒，敢做一切残忍之事，可对于神灵还是有敬畏之心。陡然间两只灵兽现身于草原，马匪们有点儿惊慌，都把视线投向首领。首领是他们之中最凶悍的人，他从地上爬起来，面无表情地翻身先上了马，然后把那把新得到的手枪掏出来，稍微掂量了一下，拉开保险，准备射击。

就在这时，虎贲动了。

也许是这里的景象和它在非洲的故乡太像了，触动了这只狮子的本能，又或许是这些陌生人的动作刺激了它的凶性。总之，虎贲先是抖了抖鬃毛，然后脑袋猛然一晃，顺势张开大嘴，发出了一声兴奋的大吼。充满野性的强烈音波从它的咽喉骤然炸裂而出，如同一声巨雷扩散到整个草原，震耳欲聋，无远弗届。

这一声狮吼中蕴含着与生俱来的威严和威胁，马匪们和他们胯下的坐骑同时哆嗦了一下。那些草原雄骏发出阵阵嘶鸣，躁动不安，个别还试图掉头跑掉。亏得马匪们拼命拽住缰绳，呼喊着口号，才勉强控制住它们。

马匪首领一手拽住坐骑缰绳，一手端平手枪，准备给这头猛兽致命一击。他从来不相信任何神灵，只相信自己的眼睛和手里的武器，别人面对神仙菩萨的灵兽可能会畏怯，他可不会。在那一双缺少眉毛的冷酷双眼里，什么都是猎物。

虎贲似乎感觉到了这边的威胁，它在草丛里缓缓伏低，双肩耸起，头颅慢慢朝前垂下，这是扑击猎物的姿态。马匪首领正要扣动扳机，却不料万福在不远的地方发出一声号叫，一枚石子远远飞来，砸中了他的手腕。

马匪首领握枪握得很稳，这一片飞石并没砸掉枪支，只是让他狠狠地晃了一下。这点时间对虎贲来说足够了。它遽然一跃而起，挟着腥风和滔天杀意扑了上去。这一路上，这头野兽懒散地趴在笼子里，好像已经忘记了自己作为百兽之王的尊严。自从进入草原之后，它古老的记忆慢慢苏醒，凶性也慢慢展露。

几百斤重的庞大猛兽跃至半空，连太阳都在一瞬间被巨大的阴影遮住。面对这样一头可怕的怪兽，马匪首领对危险有天然的直觉，知道自己根本无法抵挡，便第一时间飞身跳下马，在草地上连折了三四个跟头。

下一个瞬间，虎贲扑到了他的坐骑后头。两只利爪死死抠住骏马的臀部，整个身躯抱在了后半截马背上。它张开大嘴，狠狠地一口咬下去，再猛然甩动头颅，两排尖利的狮牙几乎把半个马臀都撕下来，登时鲜血四溅。

骤受剧痛的马习惯性地飞踢一脚，把狮子踢下马背。那狮子见到了鲜血，凶性更加勃发，又一次扑了上去，侧身猛抓。这一次利爪直接划开了骏马柔软的腹部，鲜血和内脏稀里哗啦地从一道触目惊心的口子往外流泻。骏马拖着肠子向前跑动了十几步，终于无法支撑，哀鸣一声，轰然倒地。

趁着狮子把注意力放在坐骑身上，马匪首领飞快地朝自己部下聚集的方向跑去。他的右侧胳膊弯成一个奇怪的角度，大概是落马时摔折的。手枪自然也不能用了，这么近的距离，就算能把子弹全数射出去，发疯的狮子恐怕也会在死前干掉自己。

可他的部下现在也陷入危机。坐骑们看到同类被吃掉的恐怖场景，情绪彻底崩溃。它们嘶鸣着，颀长的脖子前后发疯地摇摆，上面的人无论如何呵斥都不管用，哪怕马嚼子把嘴角勒得出血。只要骑手稍微一松手，它们就会毫不犹豫地朝着远处逃去。

马匪的一个部下勉强拽住缰绳，侧身把首领救上马背，一不留神手松了一下，那坐骑弹簧似的跳着远远跑开了，谁都拦不住——其实马匪们也想尽快逃离这个地方，该抢的都抢了，该杀的都杀了，谁会跟一只没好处的猛兽缠斗？

于是，几乎是一瞬间，马匪们被炸了毛的坐骑带着往外跑去，比来时还要快。那些红了眼睛的骏马撒开四蹄，奔驰在平坦的草原上，一会儿工夫就不见了踪影，只留下混乱与血腥。

直到确认马匪确实远离而且不会回转，死里逃生的柯罗威教士才从小丘后站起身来。他脸色惨白，浑身发抖，几乎连十字架都握不住。刚才那一幕太过惊悚，简直像是一个噩梦，直到现在，教士都不敢相信这一切是真的发生了。

司铎警告他的话，没想到这么快就应验了。

教士蹒跚着走过去，眼前忽而清晰，忽而模糊。车队休整地一片狼藉，到处都是还未装好的马车零件和零散行李，被砸碎的地球仪散落在草地上，种子、灯笼、车轮与书籍潦草地混丢在一边，被大量碎布条和衣物覆盖。车夫们的尸体横七竖八地躺倒在地，教士看到老毕仰天躺着，双眼兀自瞪得溜圆，咽喉上有一个大大的血洞，鲜血还咕嘟咕嘟地往外冒着。他的上下颌张开一个夸张的角度，不知是为了吸入最后一口气，还是想最终喊出一句什么遗言。身下的绿草已经被染成了半红色，看起来有一种浸透了死亡的妖异美感。

柯罗威教士感觉到一阵晕眩。要知道，仅仅一天之前，他们一起穿过隘口，兴致勃勃；仅仅十几分钟前，那些车夫还在谈笑风生，一边更换车轮一边议论着女人；教士还在和老毕商量接下来的路程。可现在，他们却变成了冰冷的尸体，天人永隔，就像电影胶片被剪去了一截，极其突兀地跳到了结局。

此时虎贲开心地抱着骏马的尸体，肆意啃食着。空气中弥漫着浓浓的血腥味，鼻子无法分辨这气味是来自于马匹还是人类。柯罗威教士整个人迷茫而迟钝地走着，丝毫没意识到自己身处危险之中。虎贲已经重获自由，随时可能过来把他吃掉。他甚至没注意到，万福远远站在车队另外一侧的边缘，一动不动，仿佛也被这一切吓到。

世事的剧变往往超过了人类思维的反应速度。一旦人类无法适应变化的速度，就会产生错觉，认为这一切都是虚幻，并不真实。这是为了阻挡负面情绪的侵蚀而做出的自我保护，只有认定世界是虚幻的，才不会让自己真正受到伤害。

可人类一旦冷静下来，开始理性思考，这一层障壁便失去了保护作用。他必须直面残酷的现实与艰难，去计算得失，去权衡利弊，去把自己最脆弱的地方祖露出来，任凭伤害。信仰使人安详，思考会带来痛苦，可每个人都有从梦里醒来的一刻。

柯罗威教士此时就是这样。他双眼茫然没有焦点，就这么佝偻着背，围着车队残骸转了一圈又一圈，活像个虔诚的牧民在敖包前转山祈祷。在他的内心，满心指望老毕把他突然推醒，继续赶路；或者让伯灵顿大教堂的钟声，把他从家里天鹅绒的床垫上吵醒，发现这一切只是读完《马可·波罗游记》的梦。

可这一切，只是徒劳的逃遁。他转的圈数越多，眼前的意象就越清晰。死者满布血丝的眼白、半红半绿的倒伏野草、虎贲咀嚼骨头的咔嚓声、太阳自天空抛下的热力，每一个细节都是一根铁铸的冰冷尖刺，刺入教士的脑海，带来钻心的剧痛，让他遍体鳞伤，反复提醒这一切都是真的，是真的，是真的。

不过虎贲没有袭击他，吃饱的狮子对周围的一切都没兴趣。万福一动不动地停留在边缘，她第一次对教士产生了畏惧的情绪。狒狒们焦躁不安地互相撕扯，吉祥、如意两匹虎纹马还是没放弃逃跑的企图，可它们的牵绳被死死缠在大车板上，动弹不得。只有巨蟒一如既往地安静趴伏，但它吐信子的速度加快了，似乎也对血腥味产生了些许兴趣。

至于虎皮鹦鹉，最后一次见到它的身影，是在老毕的大车前。它落在了那一枚三清铃上，然后又振翅飞向天空，不知所踪。只有铜铃兀自响起喑哑的声音，如丧钟叫魂。

动物的阵容都还在，并没有什么损失。可教士知道，失去了车夫和马车，补给又被抢光，所有的积蓄和物品都没了，他和这些动物绝无可能走出这一片深邃的草原。赤峰变成了遥不可及的妄想，顷刻之间，这个异想天开的草原动物园便在诞生前灰飞烟灭。那些马匪毁掉的不光是现在，还有美好的未来。

教士一圈一圈地走着，脑子里一片空白，从正午时分一直转到太阳即将落山。一直到双腿酸痛得走不动时，他再也无法坚持，扑通一声，双膝跪倒在地，恰好面对着老毕那绝望惊恐的遗容。

一瞬间，与死亡擦肩而过的惊悚、过度的恐惧以及愤怒、沮丧、茫然等，无数种负面情绪一起喷涌出来，让教士不由得号啕大哭起来。在哭泣中，绿色原野、湛蓝天空和落日余晖开始扭曲褪色，整个世界变成黑白，大地与天空的分界线化成一团团旋涡。时间不再是长河流逝，而是化为严整的石岩，一块块被旋涡吸入其中，不停围绕着一个原点旋转。时空搅成一团，让他无从分辨真实与虚幻。

教士丧失了对时间和空间的判断，他一动不动地跪倒在地，任凭脑中的惊涛骇浪一遍遍冲刷着意识。恍惚之中，明暗交替，教士听见施洗约翰在旷野中呼喊，耶稣在十字架上呻吟，看到索多玛城俄然崛起又轰然崩塌，诺亚的方舟穿过太平洋的波涛，自西向东……而现在柯罗威教士跪倒在空旷的蒙古草原上，在这些动物和车夫尸体面前，也开始拷问起自己的灵魂。

如果他依循总堂的建议，也许现在已经抵达赤峰，开始平庸而安稳的传教生涯；老毕和其他车夫也会各自忙着自己的事情，不会暴尸荒野。无数念头纷至沓来，教士濒临崩溃的内心产生了一丝怀疑。当初的那股热情是否真的出自上帝的意旨，还是魔鬼的诱惑？

仁慈的主啊，您让我远跨重洋，来到中国，又给予我启示，让我把这些动物从京城带来草原，难道只是为了在这片荒郊把一切都毁灭吗？如此宏大的一个计划，却在行至半途的草原戛然而止，我前去赤峰的意义又是什么呢？

这些问题，一遍一遍地在教士空洞的内心回荡，却没有回响。

不知过了多久，天色缓缓暗淡下来，阴影在草原上迅速扩大。这附近没有任何灯火，太阳的余晖一收，周遭的空间陡然收紧，整个世界都跌入一口漆黑逼仄的井。

今晚是个多云的天气，连月亮和星星也看不见。草原上悄然出现了几只绿色的眼睛，它们被血腥味吸引而来，围着车队打转。可是这附近弥散着一种危险的味道，黑暗中似乎还隐伏着一个巨大的影子。绿眼睛们不认识这是什么动物，但它一定很危险。于是它们没有靠近，始终保持着一段安全距离，但也不愿意轻易离开。

柯罗威教士就这么静静地跪在地上，垂着头，闭着双眼，枯槁如行将化为飞灰的一尊雕像。不知过了多久，肉体的疲惫终于压倒了一切。他的身子晃了晃，几乎要瘫倒在地上，昏昏欲睡。

忽然，那只虎皮鹦鹉不知从何而降，它似乎能看透黑暗，一边发出清脆的叫声，一边准确地落在教士的肩膀上，用尖利的鸟喙啄他的脖子。教士感觉到疼痛，勉强抬起沉重的眼皮，然后看到了一幅他完全想象不到的情景。

不知何时，厚厚的云层已被夜风吹散，深邃的夜空中露出一轮明月。它浑圆柔和，笼罩在一圈幽敛的淡光里，让人始终无法捉摸它的真面目。在淡光起伏中，月亮那一圈模糊的边缘形成乳白色的光晕，不断流动，仿佛有奶与蜜在表面流淌。

没过多久，月亮靠近大地的下缘发生了微微的变化。先是那一圈银白的淡光逐渐凝实，待到凝至极致，光变成了水，从饱满的圆盘里溢出来，自下缘缓缓滴落。一滴、两滴，无数光点逐次飘洒在整个广袤而寥廓的草原上，漫延到每一株青草的草尖，深入每一粒沙土。在这神秘的光雨笼罩之下，黑暗被逼迫到了远方的地平线，稀释成一道灰色的影。无论是人和动物还是整个大地，都像是披上一层疏离的白纱，彼此之间既亲近又漠然，似极远又极近。月光是最诚实的凝望，它能映照出一切本性。

此时的草原，正展现出最本原、最静谧的模样。同样被袒露出来的，还有柯罗威教士最深处的本我。

隐隐地，似乎有女子缥缈的歌声不知从何处传来，却衬得草原更加静寂。教士如同被催眠一样，缓缓站起身，朝前走去。他的双目空灵，不凝聚在任何一个点上，肉体极度疲惫，意识亦告崩溃，没有了世俗杂念与信仰的缠绕修饰，潜藏于内心深处那种最初的意识，轻而易举便被月光和歌声唤醒。

教士晃晃悠悠地走到车队中央，为狒狒们和蟒蛇打开笼门，解开虎纹马的绳子，让每一只动物都重获自由。动物们有的兴奋不已，有的却有些畏怯。它们不解地望着这个奇怪的人类，不明白到底发生了什么。

教士没有去束缚或驱赶，而是伸开双手，对着它们喃喃道："走吧，走吧，前面的路还长呢。"

说完这些话，他转过身去，一个人恍恍惚惚地朝营地外面走去。很快身影就隐没在黑暗中，他步履踉跄，方向却很坚定，似是被什么力量感召而去。

那一刻，草原上的月光掀起夜风，将混杂着草籽的尘土吹入每一个生灵的鼻孔。

每一只动物似乎都和之前不太一样了。它们眼神变得深沉，有火和月光在瞳孔里跃动。

最先跟过来的是两匹虎纹马——吉祥和如意，它们一改顽劣的脾气，谨慎地跟在教士身后，脖子上的小铃铛还会叮叮当当地响。接着是五只橄榄狒狒，这里没有大树可以攀爬，它们高举双臂站成一排，一摇一摆地跟过来。那条蟒蛇也在教士的侧面游走，长长的牧草完美地遮蔽了它的身形，旁人只能听见鳞片滑过草地的咝咝声。

最后一个跟过来的是虎贲。它还是那么一副懒洋洋的样子，趴在地上漫不经心地嚼着骨头，就连月光都没办法让它变得勤快。一直到教士和动物们走得很远了，它才抖动慵懒的身躯，追上队伍，慢条斯理地吊在队尾。虎贲的一双绿眼睛，颜色变淡了。它对前方那些可口的动物毫无兴趣，只偶尔瞥一眼教士的身影，抖动鬃毛。那只虎皮鹦鹉不知何时飞了回来，落在虎贲的臀部，得意地左顾右盼。

至于万福，她始终如一地跟在教士身旁，沉默前行，眼神安详而温柔。那白色的巨大身躯，几乎要和月光融为一体。

歌声始终未曾停歇，它似是一只灵巧的雪兔，当你侧耳聆听，它便倏然不见；你一旦放下心神，耳畔就会再次响起。

于是，在银白色的暗夜草原上，一位身着黑袍的传教士踽踽前行，后面跟随着一队来自远方的动物：大象、狮子、虎纹马、狒狒、鹦鹉与蟒蛇。它们没有争斗，没有散乱，站成一列严整如军队般的队伍，沉默地跟随着柯罗威教士。在月光的映衬之下，每一只动物和人都化为一个庄严的黑色剪影，走过地平线，走过硕大的月亮，走向草原的深处。

这一幕难以言喻的奇幻景象反复出现在许多赤峰人的梦里，但没人能说清楚为什么。

事就这样成了。

第五章

——

疯喇嘛

这一次马戏团式的草原巡游不知持续了多久，也不知走了多远，更不知是朝着什么方向。它就像梦一样，没人知道从何时开始，只知道何时结束。

晨曦的第一束金黄色光芒自东方投下之时，月亮终于隐去了身形，那神秘的力量也随之被屏蔽。柯罗威教士陡然停住了脚步，双眸恢复了焦点。他第一眼看到的，是一个头缠红色手帕的美丽女子，她正掀开蒙古包的帘子，探出半个头来观望天色。

教士和女子四目相对，两个人一时都愣住了。女子的视线很快越过教士的肩膀，看到他身后跟着的那一长串动物。动物们此时也恢复了正常，它们茫然地左顾右盼。在队伍末尾的虎贲似乎有点儿累了，朝阳让它很想睡一会儿，于是它张开大嘴发出一声低沉的吼声，就地趴下。

那女子被虎贲的吼声吓了一跳，发出一声惊恐的尖叫，连忙把头缩回去，把帘子重新放下。

直到这时，教士才顾得上观察一下眼前的建筑。

这个蒙古包是蓝白两色，体积不大，坐落在草原上一处微凹的洼地里，这样可以避风。教士曾经在京城研究过这种游牧民族的居所，还特意找了几个蒙古人请教。眼前这顶蒙古包，支撑整体结构的哈纳用的是细木条，沙柳制成的乌乃在顶上形成一圈伞盖式的椽架，两者之间用棕红色的驼绳捆扎住，再铺上一层毛毡。包门开向东南，天顶奥尼很小。

这个规制比正式的蒙古包要简陋得多，应该是旅人在途中临时扎的宿营地。不过那铺在外面的一圈毡子可一点儿不简陋：蓝色来自于染青厚毡，白色来自于白毡胎，上面还绣着符号一样的花纹与鸟兽，可见这个蒙古包的主人出身一定很高贵。教士还闻到一股奶茶的清香，从帐篷里飘出来。

教士还没来得及研读那些符号的寓意，远处就传来急促的马蹄声和叫喊声。他抬起头，循着声音朝草原的方向望去，看到七八个身穿浅黑袍子的骑手匆匆朝这边赶来。他们手里拿着火枪和马刀，用蒙语嚷嚷着什么，看起来颇为着急。

他们的衣着和装备要比昨天的马匪强得多，身上却没有什么血腥味和杀气。教士猜测他们是那位身份高贵女子的护卫，清晨正牵着马出去吃草，听到女子尖叫，这才急忙赶回。

这些护卫从蒙古包背面的西北方向过来，然后突然扯住缰绳，马匹前蹄仰起，发出唏律律的嘶鸣，竟然全数停住了脚步。

刚才被蒙古包挡住视线，他们以为只有教士一个人，可一绕过帐篷才看到，教士旁边还站着一头巨大的长鼻子怪物，还有两匹花纹古怪的马。最可怕的是，远处一头杀意肆起的猛兽正盯着他们胯下的坐骑，那一对绿色瞳孔正在收缩，随时可能会扑过来。

护卫们犹豫了片刻，可责任心还是驱使他们硬着头皮冲了上来。教士连忙高举起双手，用汉语大声表明自己的身份，表示并无任何恶意。可骑手们在高度紧张之下根本没有听见，他们迅速围成一个圈，想把教士和动物们团团包围。还没等包围网形成，万福突然发出愤怒的号叫，用长鼻子把其中一个人狠狠地抽下了马。

　　这个举动让其他护卫大为紧张，四五把火枪同时举起，对准了教士的胸膛，准备随时扣动扳机。就在千钧一发之际，那女子再次从帐篷里探出头来，大声用蒙语交代道："住手！"

　　护卫们对女主人的声音反应迅速，纷纷放下火枪，后退了一步，可脸上的戒备仍在。其中一人跳下马去，查看那个被象鼻子抽飞在地的倒霉鬼。女子看向教士，居然说出一串流利的英文："请你的野兽安静下来，不要伤害我的人。"

　　她的发音不算标准，可意思表达很清晰。教士惊喜之余，伸手去抚摸万福的耳朵，小声地说了几句。万福从鼻子里喷出一股气，后退了几步，可看向护卫的眼神仍旧充满敌意。在她心目中，这些人和昨天的马匪是完全一样的。

　　误会解除以后，双方都谨慎地收起自己的武器，隔开一段距离。女子从帐篷里走出来，她是个二十岁出头的少女，穿着一件红边绉绸短袍，头上缠着一块赤霞色的手帕，与乌黑的长发形成鲜明对比。长发朝两边分开，扎成两条粗大的辫子，辫子里还绞着几根红丝线，缀满玛瑙和细碎的玉圆珠。

女子警惕地问教士能否先把这些猛兽控制住，再来谈话，不然没人会放心。教士自然不会拒绝，他自从发现她会说英文，心中大为释怀，像是回到了自己家乡一样。

在护卫的帮助下，教士将万福等动物用绳子拴在蒙古包附近的拴马桩上。这是一种楔形木桩，一头盖着一层薄薄的铁皮，敲进草原的泥土里，可以作临时拴马之用。其实这种拘束对万福来说形同虚设，只消轻轻一扯就能连根拔起。可是为了消除护卫们的戒心，这个处置还是必要的。

至于虎贲，教士向女子借了半扇羊肉，丢给它。吃饱喝足的虎贲比猫还要温顺，随便你怎样拴捆都无所谓。

等到所有动物都安顿好了，护卫们这才彻底放下心来，各自散开。女子对教士嫣然一笑，邀请他进帐篷里共进早餐。

在蒙古包的正中央，一个铁锅正咕嘟咕嘟煮着奶茶。女子从随身褡裢里掏出一把炒米和两团馃子丢进去，搅了搅，再用一个镶着银边的木碗盛满，递给教士。

教士经历了一天一夜的磨难，早已饥肠辘辘。他不顾礼貌，稀里呼噜地连吃四碗，感觉一股热流在全身弥散。第五碗见底以后，他打了一个饱嗝，然后满脸羞惭地为自己的粗鲁道歉。

看到教士孩子一样的窘迫模样，女子大笑。她有着一张蒙古人的典型面孔，眉长眼细，颧骨很高，年轻的五官弥漫着鲜亮的活力，一笑起来如同草原上所有的鲜花都同时绽放。

女子先做了自我介绍。她叫萨仁乌云，蒙语里是"像月亮一样"的意思，是喀喇沁亲王贡桑诺尔布的一个远房侄女。

这位贡亲王的头衔有喀喇沁右旗札萨克和卓索图盟协理盟长，是赤峰周边最有权势的人。他是个开明的人，并不抱残守缺，积极向外界学习。在他的主持下，报纸、学堂、电报等新生事物被引入漠南蒙古，给这个古老的地区注入新鲜活力。作为开化的举措之一，贡亲王开办了蒙古第一所新式女校——毓正女学堂。萨仁乌云的英文正是在这所学堂里学来的。

和大部分蒙古人一样，萨仁乌云生性好动，喜欢四处游走。趁着七月这个最好的时节，学堂又放了假，她决定深入到这一带的草原，勘察地理情况。贡亲王担心会遇到马匪，特意派遣了几个王府最精锐的护卫跟随。

没想到马匪没遇到，她反而撞到一个落难的教士。

萨仁乌云眼神闪动，充满了好奇。她之前曾经接触过不少教士，也在博物图册上辨认过大象、狮子这些草原没有的动物，可是她怎么也想不明白，为什么一个教士会和这么多动物突兀地出现在草原深处，连一辆马车都没有。

说起这个话题，教士的脸色黯淡下来。他先说了自己前来中国传教的经历，然后说到在前往赤峰的途中遭遇了马匪。萨仁乌云听得很认真，中途还把护卫队长叫进来，告诫他要加强戒备，那批马匪可能还没远离。

　　"可你是怎么走到这里来的？"萨仁乌云发问。

　　根据教士的描述，他是翻越了塞罕坝之后的次日，遭遇了马匪。可是现在两人相遇的地方，距离塞罕坝有很长一段距离，失去了车队的柯罗威教士，怎么可能徒步带着这么多未经驯养的动物，在一夜之间横穿草原？那一夜到底发生了什么？

　　柯罗威教士困惑地摇了摇头，那一夜的经历他完全不记得了，脑中一片空白，记忆似乎被强制抽取出来。他自己都说不清楚，到底是怎么做到这一点的。他绞尽脑汁地回想了半天，只模模糊糊记得有一片神秘的月光洒下来。

　　萨仁乌云以为教士有什么难言之隐，便没有继续追问。可她还是很好奇："那么，你为什么要千辛万苦把这些动物送到赤峰呢？"

　　教士长长地叹了一口气，从华国祥的电影放映机说起，讲到教堂的那一场火灾，讲到万牲园的变迁，然后摊开双手，平视着萨仁乌云，说出了自己的计划："我想在草原上建一个动物园。"说出这句话时，他原本黯淡的双眼重新放射出光芒。

　　萨仁乌云睁大了眼睛，忍不住赞叹道："这是个多棒的主意呀！"她接受过新式教育，在书上见过动物园，但她没想到居然有人有勇气在草原上建一个。

　　"可是主并不赞同我的想法。"

　　说到这里，教士重新陷入沮丧。他的面部肌肉抽动了一下，昨天的遭遇实在太可怕了，那恐怖的感受仍旧残留在记忆里，像一道不易痊愈的伤口。他下意识地双臂抱住自己，嘴唇颤抖，一半是因为恐惧，一半是因为他意识到，所谓的启示也许并非神的本意。

　　萨仁乌云歪了一下头，似乎想从另外一个侧面观察柯罗威教士。在铁锅腾腾的蒸汽中，教士的表情不停发生着细微变化，这个人的内心一定处于纠结与矛盾之中。

　　她为自己盛了一碗奶茶，却只是沾了沾嘴唇："可你一个人带着这些动物，穿行了这么远的草原夜路，而且遇到了我。要知道，最大胆的牧民也不敢在夜里这么做，而你却带着这么多野兽做到了——我不知道你是怎么做到的，但它确实发生了。"

　　柯罗威教士怔住了。他对那一夜的事情实在是没什么记忆，事实上，他刚刚才从那种空灵的状态中脱离出来，还没来得及重新用理性审视自身的处境。经过萨仁乌云一提醒，他才觉察到这其中的微妙味道。

教士闭上眼睛，努力地回忆，可最终还是没有想起来。他脑海里浮现的最后画面是跪倒在老毕的尸体前方，任由崩溃的情绪淹没自己。

"车队遇袭确实发生了，老毕和他的同伴都死了，建动物园这件事已经注定无法实现。如果方便的话，希望你能把我带到赤峰州，我要跟总堂联络……"柯罗威教士虚弱地说道。信心是一回事，现实则是另外一回事。

萨仁乌云突然俯身凑近柯罗威教士，让他有点儿猝不及防。女孩的声音很执着："你的动物都在吗？"

"嗯，是的。"

"你还活着，对不对？"

"没错。"

"那么，你到底想不想在草原上建一座动物园？"

"想。"

"是因为别人让你这样做，还是你自己想这样做？"

"当然是我自己。"

萨仁乌云拍了拍身旁的羊毛靠垫，无比认真地说："我不了解你所信奉的神明，可我是这么想的，如果你的神不愿意这样做，他在一开始就会阻止你，不是吗？"

柯罗威教士注视着姑娘的双眸，她并非基督徒，可他能感到一股力量传送过来。他忽然明悟，这不是一次挫折或否定，这是一次试炼。上帝从来没有抛弃过他，只是在试探他的信心是否坚定。

他深深地为自己的软弱感到羞愧。这是多么明显的一件事，任何一个信心坚定的教士都应该在第一时间想到。可自己呢？在遭遇挫折时完全崩溃了，居然还去质疑上帝的意旨，需要一位异教徒提醒才如梦初醒。

柯罗威教士仰起头来，朝蒙古包的天顶看去。金黄色的光芒变成一条狭窄的光束垂落下来，刺痛了他的双眼，让他泪流不止。去赤峰州的意义难道不就在此吗？教士跪在地上，忏悔自己的软弱和动摇过的信心，乞求主的宽恕。

萨仁乌云安静地等在旁边，直到教士完成忏悔，才露出一个灿烂的笑容，她拍了拍教士的肩膀："昨晚长生天给我托了一个梦，梦见有一头白象从西方而来，它化成一条哈达披在我的肩上。这是我的神给我的启示，这就是所谓的缘分因果吧——我会帮你实现这个梦想的。"

教士对这个承诺感激不尽，只是他对蒙古女孩口中的"神启"略有不解。长生天是蒙古人的神祇，它怎么会对一个传播福音的基督徒发出启示？不过他一转念，想起了老毕拴在大车旁边的三清铃和卢公明评价中国人的话，他们确实沉迷于各种信仰，彼此相处融洽，毫不介意，这种性格自然会反映到他们所信奉的神明身上。

这是柯罗威教士的宗教精神所不能接受的。于是教士向萨仁乌云表示感谢，并谨慎地说了一句："愿主保佑您。"他偷偷抬眼去看，发现女孩并无不悦，反而很高兴地接受了。

萨仁乌云决定帮助教士，不光是因为梦见白象的缘故。她相信缘分，也挺喜欢这个有点儿呆呆的教士，尤其是当他说起动物园时那发自内心的兴奋，让她想起自己的叔父贡亲王。

她记得贡亲王从日本考察回来以后，在王府与她聊了很多见闻。一说到那些外界的新鲜事物，贡亲王就兴致勃勃，说一定要找机会把它们都引入到草原来。他絮叨了许多方案细节：这个学校建在哪，那个工厂建在哪，道路该如何修整，怎么从外面聘请教师——贡亲王说话时那孩子一样兴奋而好奇的神情，和柯罗威教士一模一样。

"我先带着你去趟赤峰州，那边的知州和我叔父很熟悉，他应该能帮上忙。州里有电报局，跟京城联系很方便。"萨仁乌云高高兴兴说着自己的计划。教士看着这个蒙古姑娘，苦笑着摇摇头。运送动物可不是件容易的事情，光凭她和几个护卫帮不上什么忙。

他提醒说，最困难的是如何把这些动物从荒渺无人的草原运走。萨仁乌云骄傲地伸长手臂，向四周一划："太阳光所及的草原，都会向萨仁乌云这个名字献出祝福。"

不待教士详细询问，萨仁乌云已经行动起来。她把护卫们召集过来，宣布这一次的出猎提前结束，接下来先护送教士和那些动物前往赤峰州。护卫们面面相觑，觉得这实在有些诡异，但是又不敢违背女主人的命令。于是他们拆掉蒙古包，扔掉不用的物资，派出一个最快的骑手去附近的苏木（蒙古旗下一级军事行政单位），征调能用的大架车。

　　在等待期间，教士带着萨仁乌云简单地参观了一下动物们，他一一进行介绍，算是为日后的动物园做一次预演。教士说了它们的产地、种类以及一些基本习性，蒙古姑娘听得饶有兴趣，不时发问。

　　萨仁乌云最喜欢的是那头狮子，第一眼看到时就很喜欢。它那股懒惰皮囊下汹涌的野性，和这个蒙古姑娘产生了某种奇妙的共鸣。可惜的是，虎贲对她显然没兴趣，眯着眼睛睡得正香——昨晚的长途跋涉对它来说，实在是破天荒。

　　她最不喜欢的是那条蟒蛇。萨仁乌云一看到这条可怖阴沉的动物，就像被针扎了一样跳开，浑身颤抖。教士知道有些人天生惧怕蛇，这是夏娃遗留下来的心理阴影。他连忙把萨仁乌云带开，去看万福。

　　萨仁乌云看到这一头白象，脸色变得严肃起来，她相信这就是梦中从西方走来的那一头。她走近白象，万福没有闪避，任凭萨仁乌云抚摸自己的耳朵和长鼻子。萨仁乌云想了想，从右侧辫子里捋下一条挂满珊瑚和彩石的红丝线，系在了万福嘴边的凸起处——万福是一头母象，没有象牙，只在嘴两边有微微的肉包凸起。

少女把额头贴在万福白皙粗糙的肌肤上，她细嫩修长的手指滑过红线上的一枚枚饰物，好像在数念珠。她开始低声念诵着什么，教士听不懂，大概是什么玄奥的经文，然后诵经声演变成了歌声，或者说两者本来就是一回事。

萨仁乌云的歌声忽高忽低，悠扬中还带着一股苍凉的忧郁，只有草原上的风能配合上这节奏。正在姑娘的声音逐渐低沉之时，万福抬起长鼻子，搭在萨仁乌云的肩上。这头母象仿佛把握住了风的节奏，知道歌声何时结束，挪动肥厚的脚掌，让姑娘贴得更紧了。

教士站在旁边，发现万福的眼神更清澈了，透亮明快，所有的光芒都收敛在瞳孔中，就像月光。他忽然想起来，似乎昨晚在草原上听到的就是这样的歌声。

"你昨晚是否唱歌了？"教士略显鲁莽地问道。

萨仁乌云的脸颊贴在象鼻子上，笑着回答："我每天晚上都会唱歌啊，这是我在草原上的使命。"

这个回答有些奇怪，不过她没有进一步解释，教士不好追问。他暗自揣测，也许昨晚就是萨仁乌云的歌声把自己引到帐篷附近来，那些幻象不过是过度疲惫而产生的幻觉。

那些护卫手脚麻利，很快就拆完了蒙古包。又等了一阵，找车的人也回来了。萨仁乌云这个名字在草原上确实相当有影响力，附近苏木一口气派出了四辆大架子车和四辆勒勒车，几乎倾其所有。

在装卸这些难伺候的乘客时，其他动物都还好，只有虎贲着实费了一番周折。其实它只要吃饱了，并不介意在哪里待着，可是那些拉车的辕马却不肯配合。它们一闻到野兽的气味，就吓得魂不附体。萨仁乌云建议干脆让她牵着虎贲走算了，就像教士牵着万福一样，但教士坚决反对这个鲁莽的行为。

最后萨仁乌云决定把搭建蒙古包的染青毡子拿出来，盖在虎贲四周，再在旁边堆了一大堆香料。这样勉强可以遮掩身形和气味。

这个临时组建的车队，在正午时分隆隆地上路了。和之前不同的是，教士这回没有坐车厢——因为没有车厢给他坐——而是骑在了马上。萨仁乌云给了他一匹青灰色的骏马，教士战战兢兢地伏在马鞍上，一点儿都不敢撒手，生怕掉下去。护卫们都哈哈大笑，示威似的在周围来回跑动。只有万福看起来不太高兴，她大概对另外一只动物与教士如此亲近有些不满。

接下来的一整天，再没有什么意外发生。没看到马匪，补给也十分充足。沿途牧民听到萨仁乌云到来的消息，都纷纷跑出蒙古包，双手献上哈达和最美味的羊羔。不光是虎贲，就连教士也慢慢习惯了羊肉的腥膻味道，骑术也越发熟练。不过无论他怎么努力，还是赶不上萨仁乌云，她轻盈得就像是一朵大风吹动的白云，轻轻一纵，便骑出去很远，浑身的活力根本挥洒不尽。

当天晚上，车队停留在一处避风的凹地中心，周围是一圈椭圆形的草丘。护卫们七手八脚地把帐篷再次搭起来，还额外给教士搭了一个小的，离萨仁乌云的住所不远。至于那些动物，都老老实实留在车上，停放在帐篷后头。只有万福和虎贲身躯太大，教士特意把它们松开，只用绳索牵在地上的橛子旁。

这些工作做完时，太阳恰好没入地平线一半。教士深深吸入一口已然变凉的青草气息，向远方看去。那昏黄晦暗的光芒像溺水者的手臂，绝望地从草原的边缘伸出来，高高举起，想要抓住灿烂的云霞，仿佛不甘心自己的沉沦。可暮色正徐徐涌上来，不可阻挡地将光芒吞没。

萨仁乌云走到教士身旁，轻轻说道："你知道吗？这是草原上最美妙的时刻，既不是白昼，也不是黑夜，牧民们把这一刻称为卜瑞——生者和死者会在这段时间看到彼此，任何人在此时祈祷，都能同时让神祇和恶灵听到。"

教士一边努力理解着萨仁乌云的话，一边注视着眼前逐渐暗淡的光线。他从小就很迷恋黄昏，那种感觉像是走进一座暗房，他脑子里那些异想天开的幻觉，在昏黄光线的冲洗下，慢慢在现实的底片中显现出来，彼此叠加。

　　"来，我带你去看个东西。"萨仁乌云拽着教士的手，朝着夕阳落下的方向走去。

　　他们越过沟坎，爬上草丘。教士看到在草丘的顶上，矗立着一个大大的圆锥体石堆。它大约两米高，尖顶上插着三根柳条枝，石块彼此镶嵌得很巧妙，缝隙之间还夹着几条几乎褪掉颜色的破烂哈达，正随风飘舞。

　　萨仁乌云告诉教士，这种东西叫作敖包，是寄寓着神圣魂魄的神物，同时也是茫茫草原上的路标，为旅人指引方向。每个牧民路过时，都要停下来祈祷，并亲手添加几块石头或几捧土。此时黄昏笼罩，天地之间的边缘都模糊起来，唯有这个不知何时建起的敖包，形体依旧清晰，与周围格格不入——就像是混沌大海中的一座灯塔。

　　雕着花纹的皮靴踩在草皮上，萨仁乌云一步步走到敖包近前，从腰带里掏出几块形状各异的石子，虔诚地把它们一一塞进敖包的石堆里。要知道，在草原上，石块并非唾手可得，她一定是在白天赶路时就在刻意搜集了。

　　教士忽然注意到，这些石头的形状与他带来的动物颇为相似。最大的那块，拱起一条如同万福臀部的大曲线。次大的石头圆滚滚，如鬃毛完全展开的虎贲。其他的也各有神韵，能与这些动物一一对应。他数了数，一共是十一块，最后那一块石头的样子很像自己。

有那么一瞬间，他感到有些不安，想起从前读过的一些博物书籍，似乎非洲或南太平洋的某些原始部落会用这种方式诅咒仇敌。不过这个念头稍现即逝，这里是草原，萨仁乌云不会做这样的事。柯罗威教士虽然只与这个女子相处不到一天，但对她却抱有莫名的信任。

萨仁乌云并不知道教士的心思，她在敖包前认真地摆布着石块，嘴里还喃喃念诵着什么。过不多时，所有的石块都放入了敖包，使它的形状发生了一点点改变。

她起身对教士道："敖包是一扇大门，走过它，你就能看到真正的草原。"

教士开口问道："你现在要祈祷吗？"

萨仁乌云唇边露出一抹微笑："不，我要跳舞。"

还没等教士有所回应，她舒展双臂，居然在敖包前跳起舞来。

她的舞姿相当缓慢，两条长长的手臂交替在半空划过，动作玄妙，体态婀娜，头上的小挂饰叮当地响起来。也许是黄昏光线折射的原因，以她白嫩的手指为中心，一圈圈肉眼可见的涟漪正在向四周扩散开来。教士感觉，整个草原都开始变得不太一样了，模糊扭曲，仿佛一位失望的画家正在用抹布疯狂地擦去画布上的油彩。所有的东西都化为一抹含混的颜色，唯有萨仁乌云和敖包还保持着清晰的形体。

在迷乱中，柯罗威教士恍惚看到一个小小的黑影从敖包的石堆空隙里钻出来。它就像是缩小了几十倍的虎贲，先是探出脑袋懒散地晃动一下，然后跳出敖包，发出一声小小的嘶吼，朝着草原深处狂奔。那个深褐色的身影，很快就融入一片不断旋转的斑斓色彩之中，再也无从分辨。

随后其他动物的身影也纷纷跳出敖包，义无反顾地投入到旋涡中去。最后只有两个身影留了下来，一个体形巨大，似是一头大象，还有一个人影站在大象旁边。它们围着敖包转了几圈，似乎有些犹豫。

柯罗威教士的嗓子似乎被什么东西堵住了，他想呐喊，却喊不出声音。萨仁乌云的舞蹈越发快速起来，似乎在催促它们。终于，那两个黑影相互依靠着，一步步离开了敖包。那一瞬间，它们的形体跟随周围的涟漪一起颤动起来，逐渐溃散、消融……

就在这时，夕阳的最后一束光芒奋力地照射过来，它们的身形一震，再度凝结起来。它们想要调转头，可萨仁乌云的舞蹈倏然中止，涟漪消失了，纠结在一起的色彩和形体再度散开。柯罗威教士从恍惚中恢复过来，整个草原已彻底落入暗夜之中。

"刚才一定是我的幻觉。"柯罗威教士心想。他定定心神，再次朝前看去。远处可以看到隐约的火光，那是护卫们点起了篝火。整个世界恢复到他所熟悉的样子。一直到现在，他都无法确定，到底是黄昏导致的恍惚，还是萨仁乌云施展了什么奇怪的法术。

萨仁乌云从敖包旁走开，双颊有些泛红，呼吸急促。她对着教士妩媚一笑，拖着他朝营地走去。一路上，她轻轻哼着歌调，脚步轻快，却没做任何解释。教士也不好意思去追问。

回到营地之后，那些动物一个个睡得很香甜，只有万福还醒着。她对刚才的异象似乎有所感应，直到教士摸了摸她长长的鼻子，她才发出一声安心的低号，继续埋头吃草。

"你会明白的，教士先生，晚安。"萨仁乌云钻进帐篷，把帘子挂了起来。

在接下来的日子里，这个车队跨越了数不清的草原与河流，先后七次看到太阳和月亮，也看到很多敖包。然而那种幻象再没有出现过。

很快风景发生了细微变化，丘陵与山地逐渐增多，草原的颜色也渐渐斑驳起来。当教士第八次在清晨跨上马，迎着第一缕晨曦朝远方望去时，他看到一座巍峨的红色山峰矗立在地平线边缘。它的每一块石头都是红色的，像一团凝固的火焰，直冲天际。

无须言语，柯罗威教士一下子就明白了，那里就是赤峰，他的应许之地。

他泪流满面。这一段堪比摩西出埃及的史诗旅途，终于要结束了。

赤峰是一座奇特的城市。它首先给人留下印象的不是建筑，而是城市里洋溢着的一股奇特味道。这味道混杂着青草、牲畜粪便、烟土、火药和酥油，穿行于大街小巷，渗入每一户人家。即使你把窗户关紧，也无济于事。

味道里的每一点儿成分，都来自于不同的过客。赤峰城里有出关的参客、走口的老西儿商贾、翁牛特旗的牧民、光头的喇嘛、关内的农民、扛着土铳的旗丁护卫与蒙古王爷的仪仗。黄土道面上满布宽窄不一的车辙，就连房屋也个性鲜明。灰瓦山脊屋顶是自由平民的居所，有彩雕和红柱子的都是贵族，如果院子里还高高竖起竿子，那么这个家族一定属于皇室（这里，柯罗威教士理解错了满族和皇室的区别）的后裔。蒙汉混居，各自都强烈地彰显着存在感。

这些高高低低的建筑堆积在一起，形形色色的人穿梭其间。整个城市，就如同柯罗威教士跌落的那一片海泡子，里面混杂着极纯净和极污浊的东西。它们搅和在一起，不分彼此，却又泾渭分明。

另外一个让教士印象深刻的，是赤峰的风。

无论四季，赤峰城上空始终吹着大风，人的眼睛可以轻易分辨出风的形体，因为它裹挟着大量黄沙，时而在天空飞舞变化，时而穿行于大街小巷。狭窄的街道如冬天的枯树枝杈一样密布城区，两侧是一片片低矮的汉式房屋。为了防沙，每一栋房子的窗户都开得很小，用宽宽的木檐遮住。远远望去，像是一群对外界充满警惕的草原沙鼠。

柯罗威教士想起了自己刚离开北京时，在官道上看到的那一片混乱。虽然杂乱无章，其中却蕴含着微妙的秩序。他相信，只有从乱流中将这条规律捋清楚，才能真正把握这座城市的脉动。

就在柯罗威教士好奇地审视这座应许之城时，城里的居民也在好奇地观察着他们。

运载奇特动物的车队进入城市，还是大名鼎鼎的萨仁乌云带头，这个奇异的组合轰动了整个城市。居民们争相涌过来，无论是商铺掌柜、伙计还是工匠、小贩，都簇拥过来，就连一些披着红袍的喇嘛也混在其中，向大车架上看过来，指指点点。

万福毫无意外地成为重点，所有人看到这头白象都毫不掩饰地发出惊叹。还有一些牧民对虎纹马心存疑惑，他们从来没见过这种花色的马匹，怀疑是不是用泥灰涂抹的，想伸手去摸，结果被吉祥、如意喷着响鼻踹了回去。狒狒们从笼子里伸出手来讨要吃的，居民们慷慨地扔过去一些瓜果，然后乐呵呵地看这些家伙争抢。

幸亏虎贲被毡子给遮挡住了，不然可能会引起更大骚动。

在整个游行过程中，车上的动物们面色淡然，人类却不时发出惊叹和欢呼。教士发现，居民们看到这些不属于草原的动物时，浑浊的眼神里会透出一丝明亮的光芒，那是孩童式的好奇——单纯、清澈，不掺杂任何用心，纯粹是对未知事物的憧憬。那一张张常年被风吹成皱皱的脸膛，被笑容短暂地抚平。

这对教士来说，是个好消息。好奇心是个伟大的品质，只要还没失去它，无论是斯堪的纳维亚半岛的渔民还是南美雨林里的原始部落，都有机会点燃内心的火花。教士的信心缓慢地恢复，他甚至冒出一个令他自己都很惊讶的想法：即使只是为了这样的笑容和好奇心，而不是福音，他也会前来赤峰。

车队在人群中行走了很久，花了一个多小时才抵达位于头道街的一处大车店。这个店铺是王爷府的产业，所以对萨仁乌云言听计从。动物们都在这里卸下来，临时安置在一处马厩里。这里的干草和羊肉敞开了供应，无论万福还是虎贲都挑不出什么毛病。

那些动物经过一系列长途跋涉，已经筋疲力尽。环境变化对动物来说是最可怕的杀手，如果不好好休息的话，恐怕会大量死亡。

安顿好动物以后，教士决定先去拜访赤峰州的知州。萨仁乌云还有别的事，就给他写了一封书信，代表王爷府对这件事很关心。

知州姓杜，是个六十多岁的汉人儒生，留着一缕长长的花白胡须。一般这个年纪的儒生都比较守旧顽固，对西洋事物普遍怀有畏惧和排斥。不过杜知州却不是这样的人，他曾经生过一场重病，后来被西医治好了，因此对西方文明的各种事物很有好感，鼻梁上还架着一副精致的玻璃眼镜。

听说教士的到来，杜知州很高兴，大开衙门中门，予以热情接待。尤其是接到萨仁乌云的书信之后，态度便更加和蔼了。

教士先简单地讲述了一下在草原上遭遇马匪的事情。听完他对那个马匪首领的描述，知州面色凛然。他告诉教士，袭击车队的马匪头目叫荣三点，是整个草原最凶残同时也最悍勇的匪徒，官府数次围剿，都被他逃掉了，他手上的人命少说也有几十条。

教士希望官府能够派人去现场看看，好歹把老毕等人的尸身收起来。杜知州详细询问了出事的地点,然后叫进一位捕快,吩咐派人去查看。同时他拍着胸脯说,已经在周围盟旗发了海捕文书,这些金丹道余孽不日即可归案。

说完了这件事,杜知州不露痕迹地把话题转到动物上来,问教士带着它们来赤峰到底要做什么。教士犹豫了一下,想起了萨仁乌云之前的叮嘱。

她说过,不要跟这些官僚讲借助动物园传播福音的事,他们厌恶一切未知的东西,因为未知意味着风险,风险意味着不安稳。

但是柯罗威教士不愿撒谎,他特意准备了一个圆滑的回答:它们是已故皇太后的遗产,这一次运来赤峰,是为了让更多臣民"体沐慈恩"——他很费力地用中文说了这四个字。

这个答案并没有撒谎,经得起查证。杜知州一听是已故皇太后的遗产,面色变得严肃起来,立刻表示一定会尽全力配合。他又查看了一下教士带来的许可布教文书和公理会总堂介绍信,在上面盖了一个官印,整个流程就算是顺利完成了。

"赤峰州里曾经有过几个教堂,可惜在之前的骚乱中都被焚毁,现在那些地方都被居民所占据。如果教士您有相关地契文书,我可以让他们尽快搬离。"

杜知州说得很委婉,教士明白,他这是在暗示城里已经没地方了。不过没关系,教士原本也是打算把动物园和教堂建在城外的开阔地，以示区分。于是他谦卑地表示，不必如此麻烦，只要在城外拨一片无主之地作为教产即可，他无意和当地居民发生冲突。

听到这个回答，知州便放下心来。这个教士和其他教士不太一样，对于抢夺热门地段没那么热衷。他慷慨地摊开一张赤峰州周边地形图，教士凑过去，看到无数线条弯弯绕绕。知州沉思片刻，拿起一管毛笔，点在了地图上的某一处。

这是红山脚下的一片浅浅的盆地，方圆大概二十多亩，距离赤峰城约有两里半。这里名叫沙地，因为一铲子下去全是黄沙。英金河就在不远处流淌而过，这里却连一点儿水都存不住，连草原上最耐活的胡杨都活不成，放眼一望，极度荒凉。所以没人在这里耕种或放牧，很久之前就是无主的荒地。

知州诚实地把实际情况告知教士。教士对此并不介意，当年圣彼得也是在一块磐石上立起的教堂。更何况这片沙地足够宽阔又安静，对于动物园来说最合适不过。

杜知州甚至还准备了一小笔钱，作为教士遭遇马匪的补偿。

看到这笔钱，教士想起了一个非常棘手的麻烦，如坐针毡。不过他没有当场表露出来，而是谢过知州，先行告辞。杜知州热情地说，过两天衙门会派专人向导，带教士去实地勘察一下，再办地契，七天之内就可以把所有手续走完。

柯罗威教士回到大车店时，萨仁乌云还没回来。他走到自己的房间，关上房门，开始仔细地盘算这个棘手的麻烦。即使是当年的圣彼得，恐怕也会面临同样的窘境。

麻烦只有一个：钱。

教士在美国的身家很丰厚，不过他带来中国的钱几乎都用来买动物和准备车辆了，只剩下很少的一笔，和公理会的拨款以及会督的私人馈赠搁在一起，存放在老毕马车的一个箱子里。这些自然全都被马匪抢了个精光，此时教士身上只剩极有限的一点点银圆，连维持动物们的日常开销都不够。

好在赤峰州已经通了电报，他可以通知北京的公理会总部，让他们重新汇一笔款子过来。不过公理会本身的预算有限，尤其是会督曾经激烈反对运送动物，从他们那儿得到的援助不会太多。这些钱，再加上杜知州的补偿，教士很快得出一个结论：

短期内能凑出来的经费，只够修一个建筑。

要么是教堂，要么是动物园。二选一。

对于普通传教士来说，如何选择显而易见，但柯罗威教士却犹豫起来。建教堂是他的职责，可刚才进城时赤峰居民注视动物的好奇眼神，让他在茫茫草原上看到一条金黄色的道路。柯罗威教士想起《浮士德》里的一句话："多么美好啊，请让我停留一下。"

"你究竟是为了建动物园而去赤峰传教，还是为了去赤峰传教才建动物园？"会督的质问又一次回响在教士的耳边。柯罗威教士没了头绪，他抓了抓头，把计算过的纸揉成一团丢进垃圾筒，然后起身前往马厩。

此时马厩里一片安静，那些可怜的动物在经过将近一个月的艰苦跋涉之后，这才能够在一个安稳有遮蔽的地方休息。从虎贲到虎皮鹦鹉都沉沉睡去。淡淡的干草味弥漫在四周，狭窄的窗格有阳光照射进来，透着一丝温馨。

教士在畜栏里一一检查过去，打开笼门，把食物投到它们面前，说着它们听不懂的话。最终他停在了万福的身边。她非常疲惫，可依旧保持着站立。教士一走近，她立刻睁开了眼睛，温柔地发出一声低吟，挪动巨大的身躯朝教士靠近。

一阵风吹过窗格，吹进马厩。一人一象视线交错，那一晚的月色似乎就停留在万福的眼睛里，盈盈欲滴。教士感觉自己就像来自东方的三个贤者一样，被圣灵感召，来到这个马厩。他几乎在一瞬间就做出了选择。他俯下身子，摘下胸前的十字架亲吻了一下，然后把它挂在万福的另外一侧牙包上，和萨仁乌云的红丝线左右相配。在这个狭窄的马厩里，教士决定，先建一个动物园。

这是个惊世骇俗的选择。他默默地向上帝祷告，请求主原谅并做了解释：他觉得与其把教堂建在沙地上，不如建在人心里。柯罗威教士对上帝的笃信毋庸置疑，可这一刻，他朴素的好奇心却超越了信仰本身。

晚上萨仁乌云返回客栈，听到教士的这个决定，并不觉得意外。经过这么多天的交往，萨仁乌云早就了解柯罗威教士的秉性——这就是一个善良顽皮的孩子，有着无穷的好奇心，并渴望与人分享。

她当即表示，以个人名义捐赠一笔钱给教士，然后会尽量说服贡亲王，说不定还能获得王爷府的拨款。柯罗威教士非常感激，可是他摸遍了全身，除了挂在脖子上的十字架，没有什么值得送给她的礼物——而且她膜拜的是长生天和佛祖，送十字架是不是有些冒犯？

萨仁乌云倒是完全不在意，她笑盈盈地接过十字架，在手心摩挲了一下，郑重其事地收好，然后回赠了一条哈达。教士浑身像触电一样，猛然哆嗦了一下，试图后退。可是萨仁乌云的动作太快，轻轻一撩，就挂在了他的脖子上。

一身黑袍的教士脖子上挂着白巾，看起来并不违和，反而有一种异样的庄严。萨仁乌云拍手笑道："下次我带个相机来，你这个扮相可真不错。"

教士只得站在原地，苦笑以对。

萨仁乌云忽然抬起头来，朝着马厩外面望去，似乎感应到了什么。然后她把视线收回来，略带忧虑地说："城市和草原是不一样的，在这里我的力量很难庇护你，你可要多加小心。"

"这里难道会比草原更危险吗？"教士反问。

"人心可是比草原的风还难预料。"萨仁乌云的手指向窗外，"你看，云在动。明晚的月色大概会和那天晚上一样吧？你做好准备了吗？"

"一切听凭上帝的安排。"

她看教士一副如释重负的模样，叹了口气，没再说什么。

为了尽快落实拨款的事，萨仁乌云没有多待。次日一早她就匆匆赶回喀喇沁。她刚一走，赤峰州衙门的长随就到了客栈门口，要带教士去实地勘察情况。

正如杜知州描述的那样，沙地是红山脚下的一小片沙漠，幅员不算广阔，却显出拒人千里的凛然。它的周边有星星点点的稀疏树林与草地，可任何坚韧的植被都没办法再前进一步，它们全被顽固的黄沙挡在了边境。

整个沙地上，铺满了颗粒均匀的灰黄色沙粒，高低不平，形成浪花一样起伏的沙丘群。只要有风吹过，整个沙漠就会沙沙作响，好似精灵藏在沙下吟唱。长随告诉教士，这里的位置正对着红山的一个垭口，所以日夜风力都很足。尤其是一到晚上，能听到鬼哭一样的呜呜声，还有好似妖怪小步疾走的窸窸窣窣的声音。居民们都嫌不吉利，就连最擅长找水的野骆驼都不愿意靠近。

唯一能给沙地带来一点儿活力的，是附近的英金河。它在夏季丰水期的水量很丰沛，浪花翻腾，跟武烈河比起来并不逊色。教士仔细观察了一下，发现英金河岸距离沙地也就两里路的样子，而且前者的地势更高一些，为什么没人挖一条水渠过来呢？长随回答，这里不临近商道，沙地又种不了什么作物，谁会花那么大代价挖条用不上的水渠？

柯罗威教士点点头，用随身的一把铁铲往下挖了数尺，土层始终是黄沙，只是颗粒变得更加细腻。长随说："您还是别费力气了，从前不少人都看上这片地，也打过好几口井，可惜一点儿水花都没冒出来。只要一刮风，黄沙就能把井口填满，白白浪费人力。"

教士对地质学略有了解。他总觉得这种地质条件，应该有丰富的地下水才对。于是他围着沙地转了几圈，不时抓起几把沙子放进口袋。直到长随开始觉得不耐烦了，教士才走回来说："我们回去吧。"

回到客栈之后，教士也没闲着。他把采集来的沙子样本倒出来，仔细地研究了很久。他的肚子忽然发出咕噜的叫声，教士才意识到该吃饭了。他吩咐客栈伙计送点吃的过来，一转身，无意中想起一件事。

司铎曾经写了一封信交给他，收信人姓汪，就住在赤峰，曾经是司铎的信徒之一。可是这封信在马匪劫掠中遗失了，柯罗威教士除了知道那位信徒姓汪之外，其他一无所知。

赤峰州没有自己的报纸，教士又不可能直接去贴启事，想要找到这位汪信徒，恐怕只能再请承德的那位司铎写一封信过来了。于是他简单地吃了点东西，走出客栈，想要去找电报局。一来联络承德司铎，二来向公理会总部报告自己平安抵达，还要请他们转达噩耗给老毕以及其他车夫的家属……一想到那些家属悲痛欲绝的脸，教士都觉得胸口发闷。

柯罗威教士走在街上，发现赤峰的市容比想象中要文明得多。道路用碾碎的煤渣铺就，被络绎不绝的过往大车碾压得极为硬实，就算下雨也不会造成泥泞。两侧商铺多为二层灰瓦小楼，招牌旗幌鳞次栉比，教士居然还能认出几家洋行。在这些建筑的间隙里，还能看到一些电线杆，说明电力已经延伸过来了。无论是横平大街还是竖直小巷，街面都很干净，很少看到大堆大堆的垃圾——当然，一部分原因可能是常年大风吹拂——唯有空气里的那股腥膻味挥之不去。总之，相比京城，赤峰州的个性更为单纯，它很年轻，没有历史包袱，因商路而起，因商路而活，一切都以商业便当为要，而商人从来都是最活泼的。

赤峰的街道分布简明扼要，头道街，二道街，三道街……就这么按照数字排列下去，一直到九道街，这是自乾隆年间就有的规模。柯罗威教士对此特别欣慰，靠数字记忆，总比去记那些典雅而富有内涵的名字更容易。

电报局就在二道街的东头，是一间不大的绿色门面，院内有高大的电报线杆。它的东边路北，是一座简易的天主教堂，这是数十年前圣母圣心会修建的，现在早已挪为他用，成了一处会馆。杜知州之所以那么慷慨地把沙地划给教士，就是怕他来争这块地。

教士走进电报局，里面很安静。他很快填写好了两张单子，递给电报员。电报员接过去看了一眼，抽出一张道："你要找这个姓汪的，不必发报去承德了，我恰好认识他。"

教士喜出望外，连忙请教。电报员先收下半吊铜元，然后慢条斯理地说："那人叫汪禄文，原先是我的邻居，在教的。后来闹金丹道，他吓坏了，为了自保就进了马王庙，呶，就在隔壁。"他朝电报门外一指。

教士一愣，一个基督徒怎么去了庙里？可电报员已经把身子伏下去，开始译码了，他只好保持沉默。等到电报发好，教士离开电报局，出门抬头向右一看，果然看到一座和尚庙。

这座和尚庙与京城那些庙宇并无太大差别，上面挂着一块匾，匾上写着"马王庙"三个字。但柯罗威教士走进去才发现，这庙的结构非常古怪，一进门是一面墙——不是照壁，而是一堵封天截地严严实实的砖墙，只能右转直行，才到达正殿，中轴线和庙门成九十度角。这可是一个诡异的布局，教士可从来没见过这样的情景。

之前老毕特意告诉过他，即使是佛教，也分成不同教派，赤峰有汉地寺庙，也有密宗喇嘛庙，两者之间区别很大。眼前这座庙，应该是汉地寺庙。

绕过这道砖墙，就能进到一个轩敞院子。院子三边各有一座殿，正面大雄宝殿里供奉的是佛祖，左右偏殿分别供着灵官马元帅和土地爷。在院子正中央的槐树之下，是一尊巨大的方口香炉，上头密密麻麻地插着香柱，香气缭绕。这些香少说也有百余根，大体可分为三堆，大部分在土地爷这边，佛祖和马王爷两边却寥寥无几。几个身穿僧袍的光头和尚懒洋洋地坐在一棵槐树下，面前摆着张破桌子，桌上凌乱地搁着几捆生香，供香客们购买。

教士更加迷惑，就算是对信仰保持宽容态度的中国人，也不会在同一个神庙里供奉这么多不同体系的神祇。可他观察到香客并不少，那些和尚也一副无所谓的样子。教士还从来没见过这么懒散的神职人员。

教士走到摆满了生香的桌子面前。为首的一个胖和尚抬起眼皮，扫了他一眼，拖着长腔儿问什么事。教士说明了来意，本来以为胖和尚会刁难一番，没想到那胖和尚不以为意地摆了摆衣袖，指着身后道："小汪……哦，不，慧园，有人找。"

在那一堆昏昏欲睡的懒和尚堆里，一个光头猛然抬起来。教士看到一张微胖的圆脸，双眼略凸，大鼻子，头上的戒疤痕迹尚新。他说："贫僧俗家名字叫汪禄文，法号慧园。请问……"

刚说完，他就注意到教士的黑袍和脖子上的十字架——柯罗威教士把随身十字架送给萨仁乌云以后，又给自己做了一个简陋的——表情立刻不太自然。教士觉察到他的尴尬，便没有直接说破，而是朗诵了《罗马书》中的一段：

"神的事情，人所能知道的，原显明在人心里，因为神已经给他们显明。自从造天地以来，神的永能和神性是明明可知的，虽是眼不能见，但借着所造之物就可以晓得，叫人无可推诿。"

他的声音很大，连槐树叶子都震得扑簌作响。几个和尚被吵醒，揉着惺忪的睡眼，旁边的香客也好奇地看过来。

教士朗诵完之后，不置一词，就这样平静地看着汪禄文。

任何一个在中国传教的教派，都会在第一次布道时向信徒宣读这一段文字。文字浅显易懂，言简意赅，能最快开启人们心中的灵知，感受到主的存在。教士相信，司铎当年也一定向汪禄文宣读过，而且不止一遍。

果然，汪禄文眼神闪过一丝感慨和怀念，准确地捕捉到了教士的意思。可是他站在原地沉默良久，然后双手合十深施一礼："阿弥陀佛。"

无须太多言语，教士已经知道汪禄文的选择，他微微地叹了一口气，后退一步。汪禄文抬起头来，忍不住多问了一句："司铎……他可还好？"教士回答："还好，他一直在为你的健康祈福。"

汪禄文近前一步，解释说："当时金丹道挨家挨户搜教内之人，我没别的办法，只有这家庙肯收留……"他话还没说完，胖和尚忽然拍了拍桌子，发出砰砰的声音："快吃饭了，快吃饭了。慧园，你赶紧去鹿鸣春结个善缘。"

鹿鸣春是赤峰州最好的饭庄，远在四道街口。胖和尚这么说，明显就是要把汪禄文支开。汪禄文听到师父吩咐，一缩脖子，只得把话咽下去，跟教士行合手之礼，匆忙离去。

教士以为胖和尚怕他强行把汪禄文重新拉回教堂，想解释几句。不料胖和尚突然耸了耸鼻子，像是闻到什么味道。他把肥嘟嘟的身躯费力地从椅子上拖起来，几步走到教士跟前，又闻了一下，抬脸笑道："你身上有一股有趣的味道，应该不止是来自人类。看来随你而来的，还有几位朋友啊。"

盯着胖和尚沁着油汗的鼻子尖和额头，教士镇定地回答："我们都是神的子民，希望来这里传播主的荣光。"胖和尚第三次深吸一口气，陶醉地闭上眼睛，似乎在分辨或鉴赏那股有趣的味道，还咂了咂嘴。末了他睁开眼睛，变得很热情："我们这庙里没什么忌讳，如果你有兴趣，把教堂开过来，一处供奉，四面香火，你那几位朋友也自在些。"

这座马王庙里供了佛、道、杂几家，胖和尚看起来并不介意再多一家的香火。教士礼貌地谢绝了这个请求，告辞回身。他已经快走到那堵砖墙旁边，胖和尚不阴不阳的声音忽然从背后响起："赤峰这个地方，立足不易，人心难测。如果教士你的朋友碰到麻烦，小庙随时虚位以待。"

这段话说得又快又急，柯罗威教士只能听懂五六成。他停下脚步，回过头去想听得更清楚一些。一阵悚然的凉意突然爬上脊背，让他忍不住打了一个激灵。

教士急忙转头，看到大槐树下那七八个和尚，正保持着同一个姿势盯着他：脖子向前伸长，嘴巴微微咧开，两只手端在胸前，手掌下垂。这些和尚虽然面相各有不同，可他们有一个共同的特点：眼神里都藏着两把绿色的钩子，看人的时候仿佛伸出利爪掏向对方的胸膛。

教士一瞬间想起来了，那一夜在草原上，他在车队附近看到过同样的绿色目光。那些目光像魂灵一样，萦萦绕绕，没有靠近也不曾远离。

好在这个异状稍现即逝，那些和尚一下子又恢复成原来的慵懒模样，该躺的躺，该靠的靠。胖和尚吧唧两下嘴，重新把身子塞进椅子里，仰着脖子等慧园讨斋饭回来。

教士走到街头，觉得背心几乎被冷汗浸透。他一回到客栈，客栈掌柜的便问他是不是去了马王庙。教士说是。掌柜的赶紧把柯罗威教士拉到曲尺柜台深处，压低声音告诫他不要离那太近。

原来那座马王庙，本是一座普通寺庙，里面只供奉着佛祖，有那么两三个和尚，香火不怎么旺。后来忽然来了一群挂单的和尚，为首的正是刚才那个胖方丈。

这些和尚最初是从哪里请来的，没人说得清楚。有外地的皮货商人路过，说听和尚口音像是关外的，指不定是逃过来的胡子。他们来了以后，这庙里不知不觉就多了一尊马王爷和一尊土地爷，一个香炉三处烧香。原来那几个和尚慢慢都不见了，问起来就说外出云游了，总之庙里就剩下胖方丈和他带来的七八个僧人。又过了一阵，庙门口便修起了这么一堵砖墙。

这些和尚有两个特点：一是懒散，既不做早课也不做晚课，每天开了门，就横七竖八在庙里或躺或坐，从来没人看他们干活或诵经；二是馋，特别馋，荤素不忌，酒也能喝，偏偏胖方丈鼻子还特别灵，闻到谁家吃请，就厚着脸皮过去化缘。赤峰的居民们时常能看到这些和尚买酒肉回来，他们还时常出去下馆子，尤其喜欢去最高级的饭店鹿鸣春。

好在除了这两点之外，马王庙的和尚从来不惹是生非。不愿意施舍的，骂出去他们也不生气，平时只是懒在庙里，从不出去捣乱。那个胖方丈据说还会点医道，能帮左邻右舍看个头疼脑热，赤峰居民也就这么容忍了这个庙的存在，只是告诫小孩子们不要去。

这庙里供奉的那尊土地爷，和别处土地爷不一样，两只眼睛往外撇，几乎都快到脑袋两边了。居民们都说邪性，但也认为有法力，很灵验，所以香火颇为旺盛。赤峰人对这个地方，可谓是又信又怕。

汪禄文被金丹道逼得走投无路了，才被迫投奔马王庙，削发为僧。果然金丹道叛军不再为难他，很快便退去。马王庙在那场叛乱中毫发无伤，不知是土地爷保佑还是胖方丈有什么手段。

柯罗威教士听完掌柜的讲述，大为感慨。难怪汪禄文拒绝回归主的怀抱，原来还有这么一层渊源。他完全能理解这个做法，只是可惜司铎一番苦心，却连最后的种子都失却了。

不过这正是他前来赤峰的意义所在。柯罗威教士想到这里，振奋精神，把这件事抛在脑后，全部精力投入到另外一件事情上来。

之前去沙地考察的时候，教士随身带了纸和笔，已经把附近地形简略地做了记录。接下来，他必须要勾画出动物园的详细设计图。

这份图纸已经在教士的脑子里存在很久了。从北京出发的第一夜开始，他就依靠在万福的身边，给她讲述自己想象中动物园的样子，然后沉沉睡去。几乎每一天晚上，教士都会这么做，动物园的规划就这样一夜一夜地丰富起来。

现在教士要做的，就是把它在纸面上呈现出来，结合地形勘察记录，绘出一张真正的图纸。

教士伏在桌子上画了一阵，发现思路窒涩，似乎有什么东西堵住了大脑，没办法从中掏出那份想象中的图纸。他看看窗外，已经天黑了，不方便外出，于是收起纸笔，来到关着所有动物的马厩里——柯罗威教士发现自己已经养成了习惯，不依靠着万福，便无法下笔。

万福独自挤在马厩最宽敞的地方，面对着大门。她的头顶有一盏昏黄的油灯，给巨大的白色身躯涂上一层浅浅的黄。教士推开马厩，像旅途中的每个夜晚一样，先是轻轻呼唤一声万福。万福听到召唤，默契地朝旁边挪动一点儿，留出一块空间给教士。她一动，牙包上的红丝线和十字架就一起晃动。

教士剔亮油灯，踏进马厩，伸手摸了摸万福的长鼻子，然后坐下来，把那条粗粗的右前腿当作靠背。万福贴心地把鼻子卷过来，半盘在教士旁边，方便他搁墨水瓶和稿纸。

一切准备妥当，教士开始挥笔画起来。

柯罗威教士的兴趣十分广泛，学过素描，也懂一点儿建筑设计。一会儿工夫，他就勾勒出了动物园的总图。这是一个很小的动物园，包括几间兽舍与活动院落、一个连在一起的厨房和仓库、一间饲养员的住所。本来还有一处小喷泉，不过考虑到水源问题，很快被划掉，改成了一个蓄水池，用一道水渠与远处的英金河连通。

很快夜幕降临，柯罗威教士的兴致却丝毫不减，他给油灯续了一点儿油，继续埋头画着。随着午夜的临近，细节不断丰富，一座草原上的动物园慢慢从纸面上浮现出来。

这里的正门是一个拱形月门，要涂成绿色，上面缠着藤蔓；拱门的正上方是一个月桂花冠和一颗孤星，人们会像东方的三位贤者一样，望着星星赶来这里；万福的象舍外面画着棕榈树的纹路，旁边有一个漆成粉红色的小门通往蓄水池，这样她可以在夏季尽情地洗澡降温；邻近的虎贲拥有一整座石制假山，而如意、吉祥两匹虎纹马则拥有动物园最宽阔的圆形跑场，以供驰骋；狒狒们的笼子要足够高，以防这些家伙攀爬出去；至于蟒蛇，教士特意设计了一个封闭木屋，用一道墙分成两半，墙上有三到四个观察孔，镶嵌上透明玻璃，供游客们安全地观察。

在动物园正中央，还应该有一座简易的平顶布道堂，墙壁漆成纯白色，就像天使的颜色，里面有四五排座位和一个高台。游客累了，可以在此休憩，顺便听听布道，了解一下这些动物的真正创造者。

他原来设想过教堂与动物园毗邻而建，还有一个高高的钟楼召集游客们前来聆听布道，可惜资金有限，暂时无法实现。那个布道堂虽然不合教堂规制，但也算是一个非正式的布道场所。

当这张图纸即将完工时，教士忽然想起来，它还没有名字。他想了一个名字，很快否决，然后又想了一个，还是觉得不好。柯罗威教士感觉自己成了新生儿的父母，为了给孩子起一个好听的名字而绞尽脑汁。他心想，当年亚当、夏娃在伊甸园里，为上帝的造物一一命名时，是否有这么头疼过。

教士冥思苦想，忽然有一阵强烈的疲惫感侵袭过来。他今天在赤峰城里跑了一天，又熬夜到现在，精神其实已经消耗殆尽。他握着笔，想着想着名字，头一歪，居然就这么靠在万福身旁沉沉睡去。

教士在睡着前忘了一件事：他没有把马厩的门锁好，结果每一个隔间都是敞开的，一推即开。

正值午夜时分，天气晴朗。当一丝淡淡的云霭散去之后，和草原上那一夜同样光华的月色，悄然透过马厩的一排狭窄窗格，流泻进这间简陋的屋舍里。那一道道乳白色的丰腴月光，好像温柔女神的一双皓腕，抚摸着每一头动物，抬起它们的头颅，向它们的鼻孔吹着神秘的气息。

虎皮鹦鹉再度出现。它振动翅膀，在马厩半空盘旋，好似向着太阳跳舞的蜜蜂一样指明了方向。狮子、虎纹马、蟒蛇与狒狒同时昂起脖子，它们的眼神同时发生了变化。在无形力量的感召之下，这些动物走出自己的隔间，排成一列长队，跟随鹦鹉离开马厩，离开客栈大院，鬼使神差地走到大街上。

只有万福没有走，她也感受到了那种神奇的力量，可是她的长鼻子正垫在教士的脑袋下面。万福看着教士熟睡的幸福面孔，摆了摆头，不忍走开。

动物们一走出客栈大院，短暂地互相对视片刻，然后各自掉头，朝着不同方向跑去。一会儿工夫，全都跑散了。黑夜给了它们勇气，月光唤起了它们的灵智，这些来自异域的生物此时对这座草原上的陌生城市充满了探索的欲望，渴望走遍每一条巷道，嗅遍每一寸角落。

此时整个赤峰城已陷入沉睡，浑然不觉多了几个陌生的闯入者。这是一个仪式，在它们满足这座城的好奇心之前，这座城得先满足它们的。

最兴奋的莫过于那五只橄榄狒狒。它们的毛皮是偏灰的橄榄色，因此而得名。早在万牲园里，这五只狒狒已经约定好了这个小群体的次序，最强壮的那一只冲在最前方，引导前进的方向，其他四只紧紧跟随。它们在第一时间跃上墙头，踏着瓦片，踩着脊兽，飞快地从一个屋檐荡到另一个屋檐。狒狒王迎着夜空的风，发出阵阵吼叫，不时扫视着脚下急速掠过的院落与摆设，看有什么东西更值得玩。它们所到之处，宛如刮过一阵横风，装满小米的簸箕被掀翻，捆扎好的柴堆被踩乱，井栏边的辘轳咕噜咕噜地空转起来，然后扑通一声，井绳转尽，水桶落入井底。这些狒狒一路闹腾，很快便冲到了六道街的西屯东口。

这里是赤峰的大菜市，被一圈歪歪扭扭的木栅栏圈住，进口处是一栋负责收税的燕子楼。此时一些赶早市的菜农已经推着小车早早来占地方，靠着车辕，双手笼在袖口里沉睡。燕子楼顶悬起一串黄皮灯笼，为他们提供微不足道的一点儿光亮。空气中弥漫着蔬菜瓜果的清香。狒狒王跃到燕子楼上，伸出爪子扯落下那一串黄皮灯笼，其他狒狒按捺不住兴奋，嗷嗷地冲向一辆辆菜车，大快朵颐。

与此同时，吉祥、如意两匹虎纹马正在五道街南门里飞跑。它们一直抗拒着束缚和牵引，这次终于获得彻底的自由，毫不犹豫地撒开蹄子，沿着最宽的街道飞奔，因为过于兴奋，它们一路上遗留下一堆堆粪便和浑浊的尿液。这两匹马一口气便跑到了位于南门外的小驴市，这里是赤峰城中骡马交易的地方，有十几个宽阔的露天畜栏，里面常年存着几百匹等待交易的骡马驴驼。吉祥和如意闻到了同类的味道，凭着直觉跑来这里。它们跑得太欢快了，身上那黑白相杂的条纹就像是奔跑速度超越了昼夜变换后，时光留在身上的印迹。

那些牲畜从未见过这么奇特的毛色，全都紧张地骚动起来，�踏声和低哼声此起彼伏。吉祥、如意围着畜栏转了几圈，想要啃扔在缝隙里的胡萝卜，可是失败了。守夜人听到动静，睁开惺忪的睡眼，被突如其来的黑白怪物吓了一跳。他正猫腰去摸打火石点灯笼，两匹虎纹马早已飞奔而去。

至于那条蟒蛇，表现得最为沉静淡然。它慢慢把盘卷的身体伸成一条直线，划着优美而危险的曲线游过长街，不动声色地来到了三道街的楞色喇嘛庙前。庙门虽然紧闭，可墙边有好几个鼠洞，蟒蛇悠然自得地挑了一个洞钻进去，进入庙内。附近所有的老鼠都伏在地上瑟瑟发抖，发出数钱似的哆嗦声。蟒蛇对这些食物不屑一顾，径直游向庙里最高大的一尊石制经幢。

经幢细长高耸，上面雕刻着一瓣瓣莲花。蟒蛇一圈圈地缠上去，当整根柱子都被蛇身覆盖时，蟒蛇的头恰好高过幢顶的顶尖一点儿。在月光照耀之下，蟒蛇与经幢几乎融为一体。如果此时有起夜的喇嘛偶然抬头，他会看到那高大的经幢居然浮现出一圈鳞甲，时不时还会吞吐信子。

所有的动物里，只有虎贲依旧保持着慵懒的本色。它晃着威猛的鬃毛，踱着步子在二道街上闲逛，从西头的札萨克行辕转到东头的天雅轩大茶馆。它想找一个能够趴下睡觉的地方，可煤渣子路面实在太硌了，不舒服，于是它又踱去了东横街旁边那迷宫似的胡同里。

胡同狭长，围墙逼仄，只夹出一条极窄的石面通道。正好一队巡夜的差役经过，灯笼往前一撞，虎贲不太高兴地喷了喷鼻子，带队的差役这才发现眼前多了一对绿色兽眼。整个巡夜的队伍登时大乱，前队往后撞，后队不明就里，还要往前探头，一时间吵嚷声四起。

虎贲不喜欢混乱，也不喜欢这么狭窄的地方，更不想吃掉眼前这些奇怪的"狒狒"。它不耐烦地伸出爪子，把队前的两个差役拨倒，然后踩着他们的身体朝前移动。这个举动加剧了差役们的惶恐，纷纷朝后头退去。可胡同太过狭窄，一下子就被堵住了。

虎贲倒退了几步，伏下身子，两条矫健有力的后腿猛然一蹬。它就像在非洲草原上捕猎羚羊一样，整个身躯高高跃起，在半空划过一条完美的弧线。差役们只觉得头顶被一片巨大的黑影和腥臭掠过，他们回过头去，惊讶地看到：在胡同尽头，月光之下，一个雄伟而孤独的身影落在地上，傲然直立，高傲地瞥了他们一眼，然后摆动鬃毛，发出一声恢宏的怒吼。

这吼叫声，像是把一块石子投入水中，震出一圈一圈的涟漪，逐渐扩大，延伸至远方。

整个赤峰城猝然被狮吼惊醒。居民们一个接一个地从炕上爬起来，纷纷点亮油灯，推开窗子的木挡，胆战心惊地朝外窥探。昏黄的灯光从无数小窗口陆续亮起来，像是整个城市睁开了无数双好奇而惊恐的眼睛。

走水锣声和鼓声同时响起，更夫们扯大了嗓门，凭借自己的猜想警告着附近的居民。每一种警讯都带给老百姓们一个不同的故事，这激发了越来越多人的好奇心。他们披上衣服，想要推开门看个究竟。而动物们也被突如其来的喧腾吓到，纷纷凭借本能夺路狂奔。

这些来自非洲的生灵在草原城市的巷道里肆意钻行，仿佛闯入一个陌生的梦境。静谧被撕扯成碎片，酣睡被打断。前所未见的人们和前所未见的动物在同一座城市的黑暗里肆意奔跑，他们对彼此心怀恐惧，却又渴望相见，这让赤峰被一团矛盾交织的情绪笼罩。只有乳白色的月亮高悬在天空，安静地俯瞰着这一番奇景。

在这场混乱中，只有马王庙保持着安静。和尚们呼呼大睡，对外面的一切充耳不闻。不过当虎贲的吼叫传来时，那尊古怪而诡异的土地爷微微晃动了一下，脸颊两侧的眼睛似乎发出幽幽的绿光。

整个小城足足喧腾了一夜，一直到太阳初升，这些动物才被重新收拢起来。这不是一件容易的事：虎贲的样子太凶恶，狒狒们太过矫健，至于那条蟒蛇，根本没人发现它藏身何处。兵丁们费尽九牛二虎之力，总算把它们全数捉拿归案，一股脑儿关在头道街中央的一处露天畜栏里。

只有虎皮鹦鹉获得了礼遇，它被一个商人的女儿小心翼翼地收在笼中，和两只鹩哥关在一起。

衙门的捕快粗暴地冲到客栈里，推醒教士，然后把万福也强行牵了出去，和其他动物关在一起。动物们都在，只少了一匹叫如意的虎纹马。有人看到它踏出了城市边缘，没有丝毫犹豫，义无反顾地迎着月光向草原奔去。

经过清点，城内没有人员伤亡，只有一头骡子被虎贲咬死，以及损失了一些瓜果蔬菜。但民众很愤怒，他们不能想象昨晚到底是怎样一番混乱场景，那些古怪陌生的动物岂止惊扰了清梦，简直要把他们拖进噩梦。最重要的是，赤峰可从来没出过这样的怪事。

老百姓聚在衙门前大声抗议，这让知州很头疼。他派人把柯罗威教士请来，和颜悦色地询问怎么回事。柯罗威教士有些惶恐，他承认是自己忘记关门，并表示一定会赔偿所有损失。知州端起茶碗啜了一口，委婉地表示，传教没有问题，但动物园还是不建为好。

在金丹道叛乱之后，赤峰的居民变得十分敏感，他们像草原上的沙鼠一样，每天谨慎地从狭窄的窗户探出头，嗅着周围的空气。如今一大堆陌生而危险的变数突然闯入，又缺少护栏保护，这让他们惶恐不安。知州不得不考虑子民的情绪。

柯罗威教士瞪大了眼睛，再三保证等动物园建起来以后，绝不会出类似的纰漏。可知州客气而坚决地说："要么把这些上天眷顾的动物们如数送回京城，要么就地为慈圣殉葬。否则闹起事了，我也很难护你周全。"

柯罗威教士自然不肯接受这个建议，可他孤身一人，并没有别的什么好办法，只能昂起头来，拒绝离开签押房。慑于他的身份，知州不能派人把教士拖开或下狱，只得软语相劝。教士倔强地摇头，宣称自己与那些动物们一同进退，如果它们要被杀掉，那么自己也将死在这里。

知州可不敢承担一位教士身亡的风险，他绞尽脑汁，最终想出一个折中的方案："我们让整个赤峰城的居民来决定这个动物园的前途。如果你能说服他们中的一半，我就批准这个计划。"

这个方案不太令人满意，但已经是教士所能争取到的最好结果。知州给了他七天时间——比上帝创世还多了一天——来说服赤峰居民。教士别无选择，硬着头皮站在畜栏前方，向居民们大声疾呼。那些动物簇拥在畜栏里，骚动不安，就连万福都变得烦躁，数次试图用长鼻子把围观的人甩走，幸亏被教士及时制止。

这个畜栏位于大路旁边，本来是临时停放牲畜的，现在关了这么多奇怪的动物，吸引不少居民过来围观。他们的恐惧逐渐褪去以后，好奇心又重新回来了，三五成群，饶有兴趣却又充满疑惑地站在围栏附近，对里面指指点点。汉民也有，蒙古牧民也有。教士觉得这是个机会，试图先说服前来围观的人们。

第一天，他说得口干舌燥，可是根本没人听，那些人发出哄笑声，说这个洋鬼子在念什么符咒。第二天，教士想了一个办法，他在一张纸上画出了动物园大门的效果图，试图给对方建立起一个直观的概念。观看的人不少，可他们还是一脸警惕。有小孩子朝畜栏里丢石块和泥土，让虎贲很不高兴。

第三天，教士用泥土捏成一个简易的动物园沙盘，用美国式的兜售语调告诉围观者，这将会成为多么美妙的园林。他甚至还违心地强调，这是已故皇太后最喜欢的动物，它们全都受到过皇家的祝福，带着玄妙的福气。皇太后的名字，在赤峰还是相当有影响力，一部分居民的态度有所松动。教士心中略感欣慰，他发现有一个人听得最为仔细，尤其是听到已故皇太后的名字，频频点头，似乎完全被教士说服。柯罗威教士与他攀谈片刻，没想到那人开口询问这些野兽的皮毛和骨头是否可以出卖，皇家出品的兽骨应该会很受追捧，教士沮丧而愤怒地拒绝了。

第四天，一位喇嘛出现在头道街。

这位喇嘛瘦得好似一具骷髅，身披一件破破烂烂的绯色僧袍，背着一具扁背架，手里还拿着两根柳条子。他一边走一边大笑，疯疯癫癫地来到畜栏跟前。教士注意到这位喇嘛的异状，下意识地向后靠去，让开一条路。喇嘛却没有走，他先扫视了一圈畜栏里的动物，然后转身面向大街，对着来往行人放声唱了起来：

我的祖先是在哪里？
是巴林的原野哟！
想知道家乡的名字吗？
是宝日勿苏的风哟。
想知道我是谁吗？
我是没有来历的游方僧人。
沙格德尔，沙格德尔，这是个好名字哟。
问我远行要干什么吗？
背着扁背架，拿着柳杖行走四方，
来寻找佛祖赐下的机缘。

我找到了吗？

找到啦，找到啦，就在这里呀。

这些可怜的牲口是什么？

它们比我们要高贵得多。

这头威猛的青色雄狮哟！

是文殊师利的坐骑。

这头六波罗蜜的大象哟！

是普贤菩萨的灵兽。

问它们来到凡间是为了什么？

这只有佛祖才能知晓吧。

　　这个自称沙格德尔的喇嘛是用蒙语演唱的，教士根本听不懂。他嘶哑的嗓子如同破锣，韵律里却蕴含着缥缈神秘的魅力。随着两条柳枝互相敲击的声音，他一遍一遍地唱着这奇妙的歌曲，响彻整个头道街。教士发现，赤峰城的居民似乎都认识这位疯疯癫癫的喇嘛，而且对他很信服，很快便有一大批人聚集在畜栏附近，不敢大声惊扰，个个面带虔诚。

　　柯罗威教士不知道，这个人是在东蒙远近闻名的"疯喇嘛"。他是个脑子有点儿问题的云游僧，在昭乌达、哲里木、锡林郭勒一带的草原游荡。沙格德尔不讲经说法，也不吃斋礼佛，他最擅长把那颜贵族们的丑事随口编成歌谣，在城镇牧场之间吟唱，许多小段子在民间广为流传，颇受百姓喜爱。不过沙格德尔的行踪飘忽不定，在任何地方都不会停留太久，就像是草原上空的一片云——所有人都没想到，他居然在这时候出现在赤峰城里，而且还一口道出了这些奇怪动物的来历。

随着沙格德尔的歌声一遍一遍地旋转，汇聚而来的居民越来越多，很快便把畜栏围了一个水泄不通。这里的牧民多笃信喇嘛教，受到沙格德尔的歌声指引，再去看畜栏，里面真的有两头灵兽。还有人从庙里取来两位菩萨的画像做对比，发现普贤、文殊的坐骑果然和这两只动物很像，你看那长鼻子，你看那一圈鬃毛……这个发现引起了更大的轰动。

在民间本来就盛传沙格德尔是罗汉转世，他既然能认出两位菩萨的坐骑，那一定错不了。当场就有信徒跪拜在地，焚香祝祈，更多的人纷纷敬献哈达，把它们盖在万福的身上。一条条哈达盖上去，很快便让这头大象变得一片雪白。有人试图接近虎贲，不过被它的眼神一瞪，吓得立刻缩了回来。他们只好远远地叩头，乞求菩萨恕罪。

除了万福和虎贲之外，就连其他动物也享受到了高规格的礼遇。蟒蛇也罢，狒狒也罢，虎纹马也罢，虽然居民们一时半会儿还没在佛典里找到相应记载，但它们既然与狮子、大象同在，想来都是佛祖降下的灵兽，理应接受供奉和膜拜。一排排牧民叩拜得十分诚心诚意，让其他围观之人也有所动摇。他们疑惑地对视一眼，表情也都变得肃然。

沙格德尔站在围栏边，坦然接受着人们的膜拜，却谢绝了牧民们奉上的酥酪和果品。他悠然自得地唱着、跳着，偶尔会从怀里掏出一个破旧水囊，将清水倾倒进喉咙，恍若置身于空无一人的旷野。

不到两天时间，沙格德尔的歌声已经传遍了赤峰的大街小巷。人们兴奋地口耳相传，佛祖派遣了两头神兽下凡，它们已来到了赤峰城内，只等罗汉点化慧觉。大家回想起前几天车队入城，又想起那一夜人与野兽在城中不期而遇，都纷纷涌去头道街，在沙格德尔的歌声中顶礼膜拜。

更有知晓内幕的人声称，衙门不能把神兽赶走，这是赤峰的福缘。这个说法赢得了越来越多人的支持。

看到这些热烈的支持者，柯罗威教士虽然松了一口气，可隐隐觉得不妥当。他不明白那位突如其来的喇嘛为何会帮这个忙，明明彼此的信仰截然不同。更令教士不安的是，他带着这些动物前来，是为了宣扬主的福音，现在动物们却被百姓奉为密宗的神兽，有悖初衷。

让柯罗威教士哭笑不得的是，那些狂热的民众连他都开始追捧起来，认为他是牵引神兽之人，一定福缘深厚。有人过来叩拜，有人请他的手摩头顶，还有人特别严肃地问，如果入教是不是能得到神兽保佑。

柯罗威教士试图解释，可无论他说什么，听众们都鼓掌喝彩，场面热烈而尴尬。

沙格德尔的出现，让僵持的局面出现了巨大转变。到了第六天，不需要教士出手，已经有热情的民众自发涌到衙门前，要求尽快赦免这些神兽，避免佛祖降灾——几天前严重抗议野兽威胁城市安全的也是这批人。

杜知州面对汹涌的民意，无可奈何。他本人很清楚，这些只是普通野兽，但长期为政的经验告诉他，不要试图跟民众解释。既然民间已流传它们是两位菩萨的灵兽，那么它们就是。杜知州可不想引发另外一场宗教骚乱。

于是在第七天，赤峰州衙门正式发出一份公函，通知柯罗威教士从畜栏领回他的几头野兽，并批准了沙地动物园的建造计划。不过杜知州特意叮嘱了一句，务必要严加管束，万一再酿成类似事故，严惩不贷。

柯罗威教士在衙门拿到公函后，长长地舒了一口气。无论如何，这次糟糕的局面总算挨过去了。至于解决这个问题的手段是否合乎教义，柯罗威教士却陷入苦恼，他不期然想起了彼得的遭遇。

当年弥赛亚被抓走之后，有追捕者质问彼得是不是耶稣的门徒。彼得为求自保，先后三次不认主。难道为了自保，就要拒绝承认主对万福、虎贲所做的印记，对它们成为别家信仰这件事坐视不理？

让教士觉得不可思议的是，无论是杜知州、衙门的办事人员还是民众，对此事本身并不觉得讶异。似乎在他们心目中，一个喇嘛教的来帮基督教的忙，再寻常不过了，它们彼此之间的关系就该如此。教士跟他们交谈过，他们不太能分得清天主教和新教的区别，对于喇嘛教、佛教、道教虽然有清晰的认识，可并不因一方而排斥另外一方。在他们心目中，所有的信仰就像是马王庙里那三神共立的布局一样，诸神共存，乃是天经地义。

柯罗威教士拒绝相信这种荒唐的观点，可他也不得不承认，全靠疯喇嘛才能解开这个困局，让动物们活下来。他不知道这时候应该择善固执还是委曲求全，哪一种才符合他的身份。

在这种矛盾的情绪中，教士拿着公函缓步走出衙门。他感觉有些胸闷，但是连一个可以忏悔的地方都没有。教士不知不觉走到畜栏旁边，一抬头，再一次见到了疯喇嘛。

沙格德尔浑身破烂肮脏，头顶还有疮疤，唯有那双眼睛无比深邃，一下就看透了柯罗威教士的苦恼。他丢开红柳条子，笑眯眯地走上前来，张开双臂。教士嗫嚅着想说些感谢的话，可又怕不合规矩，便谨慎地挑选着词汇。没等教士想好，沙格德尔已经给了他一个满满的蒙古式拥抱。

教士的身子一下子僵住了，任由喇嘛的宽大袖子盖到自己身上，耳边传来一阵温和的吐息："草原的天空宽旷得很，每一只鸟儿都可以尽情飞翔。"这句话是用汉语说的，可柯罗威教士还是不太理解。沙格德尔后退一步，神秘地笑了笑，然后垂下眼睛，竖起一根手指放在唇边。

一阵猛烈的风遽然吹过，大把大把的沙土和垃圾漫天飞扬。畜栏旁上香的民众纷纷眯起眼睛，熟练地把头转向下风口。万福身上披着的那几条洁白的哈达都被吹起，像鸟儿一样飞向天空，很快消失不见。

"您为什么会来帮助我呢？"教士问。

"受一个朋友之托，来拯救另外一些朋友。"沙格德尔的话永远和他本人一样飘忽不定。

看到教士有些迷惑，沙格德尔蹲下身子伸出食指，在地上蘸了一点点黄土，抬起手臂勾画起来。风还在吹着，细腻的黄土沫子不断从指尖散落、飘浮、旋转，在半空中勾勒出一幅稍现即逝的人像轮廓。轮廓是一位少女的剪影，两条长长的辫子搭在双肩。

教士这才知道，原来那个朋友是萨仁乌云。

看来她在喀喇沁王府也一直关心着赤峰的局势，应该是听说了那一夜的骚动之后，知道此事必然没那么顺遂，便拜托沙格德尔来帮忙。

沙格德尔大袖一摆，萨仁乌云的剪影在半空消失，重新化为黄沙落在地上。他没有继续与教士攀谈，哼着歌推开畜栏的门，走到动物之间。

畜栏里的动物对沙格德尔很有好感，五只狒狒在笼子里叽叽喳喳地上蹿下跳，伸手去扯他袍角的线头。沙格德尔的手一碰到狒狒们的头，它们立刻都不叫了，像等待上师给它们灌顶。仅存的一匹虎纹马吉祥和蟒蛇对沙格德尔的靠近也没显露出任何敌意，反而惬意地眯起眼睛，就像风吹过一样自然。就连万福都露出善意，把长鼻子温柔地搭在喇嘛的肩上，随着小调儿微微摆动。

只有虎贲很不友好，它伏低身子，发出沉沉的低吼，拒绝这个疯喇嘛继续靠近。沙格德尔只好站在离它几步开外的地方，歪着脑袋，一脸戏谑地看着这头文殊师利的坐骑。绿莹莹的眼睛与黑色的瞳孔彼此凝视，敌意与不着边际的疯癫相互碰撞。

就在教士担心喇嘛的安全，想要过去安抚虎贲时，沙格德尔退了回来。他笑着用蒙语唱道：

大无畏的野狼哟，
跑不到查干沐沦河的尽头。

草原的雄鹰哟，总也碰不到天空的顶。

那颜们穿的是锦缎哟，

却挡不住风寒与雪。

来自远方的马，

只有我能唱出你的蹄声。

在歌声中，虎贲终于放松了警惕，重新趴了回去。

沙格德尔没有试图去摸它的毛皮，转身从畜栏走了出来。他对教士说："我在此间的事情已了，可以离开了。大雪第七次落下之后，我会把那匹迷途的骏马送回到你的动物园来。"不待教士挽留，沙格德尔就这么敲着柳木条子，晃晃悠悠地离开了赤峰城。

有虔诚的信徒想追上去，可奇怪的是，无论骑马还是赶车，却怎么也追不上前方那个疯疯癫癫的喇嘛。不一会儿工夫，他的身影就消失在远方的地平线上。信徒只好悻悻地回转过来，在畜栏前叩拜，向教士请求把神兽带回自己家去供奉。

柯罗威教士苦笑着拿出设计图，苦口婆心地解释说他会建起一座动物园来。这些居民听得懵懵懂懂，他们认为动物园和寺庙是差不多的东西，纷纷热情地表示要捐香油钱。

柯罗威教士拒绝了这些好意。之前动物们被当成异教灵兽，这已经令教士惴惴不安。如果再用异教名义吸纳金钱，教士认为自己会直接堕落到地狱去——他知道有些同僚在中国就是这么干的，几乎败坏了整个圈子的名声。

看到教士如此坚决的态度，赤峰的居民们聚在一起商议了一下，然后换了个说法。他们表示这是一笔慈善捐款，既不是香油钱，也不是施舍，只用来做善事。至于善事是什么，教士可以自行决定。

"我要奉上帝之名，在沙地之上建起一座动物园，让每一个人都有机会聆听主的福音。"教士明确无误地表明了想法。

"没问题，没问题。"

捐款的人们笑眯眯地掏出钱来。他们上一分钟还虔诚地向喇嘛沙格德尔进献供奉，下一分钟又为柯罗威教士慷慨解囊，仿佛这只是账本上两项不同的支出罢了，可以随心意自由转换。

教士知道，他们之所以如此大方，绝非福至心灵突然皈依天主，归根到底还是对万福和虎贲怀有憧憬。那未必是一种源自信仰的坚定情感，更像是一种神秘主义式的敬畏——正如卢公明在《中国人的社会生活》里所说，中国人的头脑里似乎存在着一个开放框架，可以为任何异乎寻常的神迹提供跨宗教的解释。在他们心目中，不是信仰去解释任何神迹，而是神迹去解释任何信仰。

柯罗威教士终究还是拒绝了这一笔钱。捐款的人们有点儿意兴阑珊，不过他们没有发怒，反而认为这是一个不贪恋钱财的好人，他所坚守的信仰必定是更灵验的。结果更多的人跑来帮忙，教士有些哭笑不得，只好说："如果你们愿意的话，可以帮我把这个动物园建起来，以上帝和赤峰州的名义。"

事就这样成了。

第六章

白萨满

赤峰位于商衢重地，能工巧匠和物资都不缺乏，只要资金跟得上，可以建起任何东西。

为了顺利建起这座动物园，教士在当地找了一班名声不错的营造匠户。这些工匠没建过动物园，不过曾经修过楞色寺，手艺很好。他们对动物园的理解，就是搭一堆牲口棚子。教士反复沟通了很久，好不容易才让工匠明白动物园和畜栏之间的区别。

工匠先用小木片搭出一个样式，教士做了一点儿修改，把整个方案最终确定下来。

这项工程赢得了赤峰居民的热烈支持，热烈程度与他们当初反对的程度大体相当。正式破土动工以后，很多附近的居民自愿过来帮工。因为在赤峰城里有个奇怪的传闻：这个动物园是佛祖的旨意，参与建设的人都会获得功德，就像是捐献一条门槛或香油钱似的。于是大批愿意无偿帮忙的人涌了过来，无论缙绅商人还是穷苦民众，都愿意尽一份力，解决了劳动力的大问题。

在赤峰居民的帮助下，土墙一截截地夯实，木栅栏一层层地垒起，硬沙步道两侧的兽舍一间一间地矗立起来。教士规划中的水渠，也从远处的英金河引了过来，在动物园中央汇入一个早就砌好的水池。当初图纸上的设想慢慢浮现出来，沙地上的形体变得愈加立体和清晰。

慢慢地，这座尚未竣工的动物园已经名气远播。很多牧民从遥远的地方赶过来，只为能一睹万福和虎贲的兽舍。有人在工地附近摆下香炉，有人高举着苏勒德（成吉思汗统率的蒙古军队的战旗，战无不胜的象征）、头顶经文在周围转上一圈又一圈。连诸旗的章京、佐领们都悄悄地来观摩施工现场。

在围观人群中，还有一些披着红袍的喇嘛，他们应该来自于三道街的楞色寺。这些喇嘛和沙格德尔不太一样，警惕心十足。他们一直在打听那两头神兽的事，不过围观民众说法不一，最后什么也没问出来。

马王庙的懒和尚们也来看过一次。胖方丈身后跟着已经改名慧园的汪禄文，他们先跟教士打了一个招呼，然后在沙地上转悠。胖方丈背着手踱着步子，脖子不时突然向相反方向转动，鼻子一直耸动，似乎在闻什么美食的香味。慧园已经褪去了初时出家的青涩，跟在师父后头，和胖方丈无论步态还是动作都很相似。

如果俯瞰整个工地，会发现这师徒二人在围着动物园转圈，却始终和栅栏保持着一定距离。他们就像是两只心存警惕的草原动物，谨慎而顽强地接近着目标，沙地上留下的脚印还故意前后交错，让人无法捉摸。

他们看了约莫半天时光，一言不发地走了。胖方丈累得不行，汗珠子啪嗒啪嗒地掉下来，慧园赶紧在旁边的张记铺子买了一篮子柴沟熏肉，师徒俩一边吃一边回了马王庙。

面对这些风格迥异的热心人，教士不得不反复澄清，这个动物园并非宗教场所，至少不是一座寺庙，它只是用来欣赏野生动物的，以上帝的名义。周围的人每次都高兴地点头，表示完全赞同他的说法，然后继续我行我素。可教士知道，无论上帝还是佛祖，在他们心目中大概都是一回事。

在这期间，动物们仍旧待在客栈的马厩里。不过它们的待遇和之前大不相同。赤峰居民对待它们的态度越发恭谨。除了万福和虎贲之外，那五只狒狒、鹦鹉和仅剩的一匹虎纹马吉祥也被传为某些神祇的宠物。那些神祇的来源很杂，有佛教、道门、萨满，甚至金丹道、一贯道和一些无法分类的草原信仰。在他们心目中，这么多神仙派遣坐骑下凡来到赤峰，一定有一个大缘由。

甚至那一晚的混乱，也成了传奇的一部分。大部分居民忘记了当时的恐惧，反而津津有味地开始回忆每一个细节。有几个当晚遭遇了虎贲的轿夫和更夫成了社交界的宠儿，每次都被旁人要求讲述亲身经历，并引来无数羡慕和惊叹。听完故事的居民会跑到马厩旁，仿佛想要去找动物们求证。

柯罗威教士很快发现，他每天花费最大精力的不是监督工程，而是把给万福和虎贲磕头的信徒们劝走。不过这一切辛苦也并非全无回报，在劝说过程中，总会有些人停下脚步，听听柯罗威教士的布道。

教士的讲述对他们来说是一种很新鲜的体验。听众茫然、迷惑，眼神里始终闪动着浓浓的兴趣。他们最喜欢旧约里的创世纪和出埃及记，却对耶稣降生保持着一种略带揶揄的敬畏态度。很可惜的是，圣心会曾经感化的那些信徒并没出现在教士面前，他们不是被杀掉了，就是被吓破了胆，不敢露面。

接触多了，柯罗威教士发现赤峰的居民有一种淳朴的天性：他们在谈论生意、祈求健康、出门远行和诅咒仇敌时，会成为不同神祇的信徒，哪怕这些神明不属于同一体系，甚至自相矛盾，他们也处之安泰，并不会因信仰冲突而纠结，更不会觉得困惑或为难。正如承德司铎评价的那样，赤峰居民的信仰是一团模棱两可的雾气，模糊不堪，难以捉摸，他们的精神世界凝结成形态不一的信仰支柱，每次都不相同。

在教士看来，就好像在这些人的脑袋里，有一个庞杂的动物园。在这个动物园里面，聚集着各种各样的动物，它们待在自己的院舍里，彼此相安无事，有时候还好奇地串串门。没有任何一种动物可以完全占据整个动物园。同时，赤峰的居民们还天真地认为，整个世界就该如此运转。

柯罗威教士忽然有点儿明白沙格德尔那句话了："草原

的天空宽旷得很，每一只鸟儿都可以尽情飞翔。"

尽管在信仰的传达上，教士暂时无法取得进展，但动物园的建设却是实实在在地在推进。乐观估计，动物园有望在秋天落叶之后竣工。整个建设过程很顺利，唯一的意外是拱门在搭建时坍塌了一次，弄伤了四个泥水匠。

这纯粹是一次意外。工匠们搭拱门时，要先把两边门框做成半悬空的曲形，下方用裹了稻草的泥柱托起来，然后再将两边曲形合拢。可在施工过程中，一个工匠误将运土料的独轮车撞在泥柱上，结果柱子一下被撞断，连带着上面的半个曲形以及四个正磨边的工匠全跌落下来。

这四个工匠伤得并不算重，最厉害的也不过是小腿骨折。可是有些人却不这么认为。很快就有楞色寺的喇嘛过来，脸色阴沉地与教士交涉。

喇嘛说，这些工匠虽然可以自由出来做工，身籍却属于楞色寺，因此他有权利代表他们来进行交涉。柯罗威教士本来以为只要支付一笔汤药费就够了，可喇嘛提出的条件却让他大吃一惊。

楞色寺的喇嘛表示，大象和狮子是如来两位胁侍的灵兽，它们下凡也理应在楞色寺，而不是在洋教的地盘。既然楞色寺的瓦匠在动物园受的伤，那么只要把这两头动物赔偿过来就可以了。

柯罗威教士对这套说辞感到很愤怒，认为简直荒唐绝顶。万福和虎贲乃是教士受了上帝的启示，千辛万苦从京城运来的，怎么就成了佛祖的灵兽？就算是佛祖的灵兽，也轮不到楞色寺来接收。

第一次谈判就这样不欢而散。

可楞色寺态度很强硬，威胁说要让四位工匠上告官府，声称洋教仗势欺人，拖欠工钱还打伤工人。赤峰州对这种事相当敏感，金丹道当初闹事的由头之一，就是圣心会的神父枪杀了金丹道的一个首领。当地官府可不敢承受第二次教案的冲击。

这时一位脚行的老板找到柯罗威教士，也许是单纯出于好心，也许是楞色寺唯恐这位远道而来的洋人不知其中利害，特意委托这位老板把微妙之处解释给他听。但柯罗威教士态度很坚决，无论如何也不松口。脚行老板无可奈何地离去了，临走前叮嘱了一句："柯长老，楞色寺里，住的可不只是喇嘛。"

教士不明白这是什么意思。老板摇摇头，叹息着走了。

接下来的数日里，工地上的怪事层出不穷。不是物料被偷走许多，就是脚手架莫名坍塌，或是在工人们吃饭的木桶里屡屡发现沙鼠腐烂的尸体。甚至还有一次，火头从搭到一半的屋子里冒出来，幸亏扑救及时。谣言开始在工人之间悄然流传，有人说这个动物园是用来拘押灵兽的，所以惹来佛祖不满。不少人吓得赶紧辞工，劳动力一下子发生了短缺。

教士告到官府，可官府只派了几个捕头象征性地转了一圈。

杜知州委婉地告诉教士，这两头灵兽的存在让楞色寺很尴尬。他们一向以黄教在卓索图盟、昭乌达地区的传法正统自居，如果动物园建立起来，菩萨灵兽降临在楞色寺之外，这对信徒们将是个很大的打击。喇嘛们不能否定沙格德尔的认证，他们只能顺着民意，要求把万福和虎贲接去楞色寺，如此才能维持住自己的地位。

杜知州还暗示说，官府在这场纠纷中严守中立，他会尽量不偏袒楞色寺，可也别指望会给予教士任何帮助。

柯罗威教士陷入矛盾中，他不知道该如何妥当地处理这件事。交出两头动物是绝对不可能的事，可喇嘛们的威胁也是实实在在的。他坐在马厩里，背靠着万福愁眉不展。那头白象也感觉到了主人的忧虑，她把鼻子甩过去，用尖尖的象吻碰触教士的耳朵。

这一次，就连虎贲都被惊动了。它从自己狭窄的马厩里站起来，把脑袋挤在小门前的栏杆上，伸出一条长满倒刺儿的粉红色大舌头，刚好能够着柯罗威教士。虎贲就像一只慵懒的大猫，一会儿工夫就把教士的衣袍舔得濡湿一片。

忽然马厩里传来一阵翅膀的拍动声，教士一抬头，发现那只虎皮鹦鹉再度出现。它在之前的夜乱中不知所踪，到这时才终于出现。柯罗威教士欣慰地笑了笑，它没办法解决目前的难题，可总算是一个小小的安慰。教士抬起手臂，让食指微微翘起。虎皮鹦鹉乖巧地落在指头上，来回踩了几下，突然放声大叫起来："慧园，慧园！"

教士开始还以为它在外面学了蒙语，仔细听才发现原来是一个名字。还没等他想起来这个名字是谁，慧园已经一脚迈进了马厩。

柯罗威教士注意到，慧园虽然一身灰袍僧人的打扮，脖子上挂着一串念珠，居然还挂着一个圣母像的小木牌，显得不伦不类。这个小木牌，应该是他当年皈依天主时所得，不知此时为何又特意戴了出来。尽管公理会没有圣母崇拜，可教士看到这个小饰物，还是觉得有点儿亲切。

慧园没有双手合十，而是略带羞涩地与教士行了个西式礼——这大概也是承德司铎教的——然后他开口说："师父让我把这只鹦鹉送回来。"

教士一愣，他一直以为鹦鹉是自己飞回来的。据慧园介绍，在那一夜的混乱中，这只鹦鹉被一位商人的女儿收留，关在一个雕刻精美的笼子里。后来这位少女拎着鸟笼去马王庙上香，鹦鹉在里面呱呱地叫，叫声中夹杂着一些英文单词。

慧园从承德司铎那里学过一点点英文，一听，立刻知道这只鹦鹉属于赤峰城里新来的教士。他出面对少女表示，这鹦鹉与我佛结缘，不如布施在寺里。少女是个虔诚的佛教徒，听到大德（佛家对年长德高僧人的敬称）提出这个请求，自然满口答应。当天夜里，鹦鹉蹲在马王庙的槐树上，佛祖、马王爷和土地爷三尊神像从三个不同方向注视着它。也不知道这只扁毛畜生在半夜看到了什么，不安地叫了一宿，左邻右舍都被惊扰了清梦。到了早上，黑着眼圈的胖方丈让慧园赶紧给教士送过来。

教士向慧园表示感谢，慧园又开口道："除了鹦鹉之外，我家师父还托我带来一句话：如果教士您对楞色寺觉得为难，他可以帮忙解决这个问题。"

这是一个出乎意料的邀请，柯罗威教士不知道这些懒馋的和尚们为何突然要主动帮自己。慧园道："师父说了，他是为了这些朋友。"然后环顾了一圈马厩。动物们有些骚动，因为他的眼神颇为怪异。

教士抬起头来："那么代价是什么？"慧园笑了笑："还是原来那句话，师父邀请您把教堂开去马王庙里，一处供奉，四面神仙。"

柯罗威教士这次没犹豫，坚决地摇了摇头。此前沙格德尔用菩萨灵兽来拯救那些动物，已经让教士心存愧疚。如果这次为了解决楞色寺的逼迫，把教堂开去马王庙里，那么教士将不得不质疑自己，是否能为了一时便利而让原则无限后退？可以妥协的信仰，是否还能称为信仰？

慧园似乎早猜到了教士的回答，他一点儿也不气恼："师父说了，如果您不愿过来，权当欠马王庙一个人情，他日再行回报，您看如何？"

柯罗威教士隐约猜到，慧园今天戴上圣母像，又行西式礼，都是为了完成这一次交易。虽然这种表示友善的方式略显笨拙，诚意却十足。教士仔细地考虑了一下，认为这个要求并不违反教义，便点头答应下来："我会偿还这个人情，但不会违背自己的原则。"慧园点头称善，变回僧人的礼仪，双手合十深鞠一躬："不会让您等得太久。"

慧园告辞离开，柯罗威教士也回到了工地现场，继续指挥施工。剩下的工人不多了，他们惶恐不安，唯恐遭到佛祖的惩罚和楞色寺的报复。教士好说歹说，才说服他们多干一天，次日再结工钱。

次日清晨，朝阳初升。那些工人从工棚里钻了出来，揉了揉眼睛，看到在动物园的四周沙地上多了密密麻麻的梅花形脚印。每一个赤峰人对这些脚印都非常熟悉，它们是属于草原狼的印记，不知来了多少只。

奇怪的是，这些脚印围着动物园转了一圈，却没有一个爪痕靠近围墙。那样子就好像昨晚有几十只狼围着动物园虔诚地转了许多圈，好似牧民绕着敖包转圈。工人们很快又发现，那一条从英金河通过来的水渠边上，趴着一头死去多时的黄羊。黄羊的喉咙被粗暴地撕扯开一个洞，干涸的洞口正对着渠底。可以想象，它刚死的时候，热气腾腾的鲜血汩汩地从身体里流出，灌入水渠，混杂着冰凉的河水淌进动物园内的水池里。

面对这奇异的一幕，工人们不约而同地想到一个草原上流传很广的传说。

在很久以前，草原上的动物们不需要自己觅食，长生天会将食物分配下去。有一天，祖狼因为贪睡而迟到了。长生天对祖狼说："这里的食物已经分光了，从此以后你只能靠自己的利爪和牙去捕猎。我允许你在一千头动物里捕食一头。"祖狼走得太过匆忙，听错了长生天的话语，以为是一千头动物里只剩一头。从此以后，草原上的狼群变得十分贪婪残暴，即使吃饱了，还是会继续杀戮。

可无论多凶残的狼，都会留下最后一头猎物不吃，把它放在祖狼留下过足印的地方。它们相信魂魄存在于鲜血之中，所以这头猎物的血会被放掉，用来祭祀长生天，证明狼群并未违背神的意志。这种地方，被称作"赤那敖包"。

稍有经验的牧民或行商都知道，如果在草原上看到被放了血却没被吃掉的鹿、羊、马、牛乃至人的尸体，周围还遍布梅花足印，要尽快朝相反方向离开。因为这意味着他们已经进入了祖狼留下足印之地，稍有耽搁，就可能遭到狼群的报复。

那些工人万万没想到，在赤峰城边上的动物园周围，居然也出现了赤那敖包。草原狼很少靠近人丁稠密的地方，如今它们却在赤峰州现身——难道说这里也曾经留有祖狼的足印吗？一想到这个可能，工人们都惊慌起来，想要离开。

这时另外一则流言开始在工人之间传开：之前在这里干了一个多月，也不曾有什么异状。楞色寺提出要接走那头白象和狮子，狼群便立刻出现了。可见菩萨们派遣那两头灵兽下凡，正是为了在沙地镇护赤峰。它们一离开，恐怕会有狼灾暴发。

赤那敖包的消息以极快的速度传遍了整个赤峰州，居民们带着敬畏窃窃私语，舆论完全倒向教士一边。大家都觉得，那些动物留在它们该在的地方就好，楞色寺在这时候伸手实在太不应该。

楞色寺那边派了几个喇嘛来查看，他们在沙地看了几圈，脸色阴沉地离开。有人问起，老喇嘛说这是教士自己装神弄鬼，但再也没提过讨要灵兽的事。

柯罗威教士对昨晚的异状也莫名其妙，他很早就回客栈了，根本不知道是怎么回事。隐隐之间，他觉得这件事大概和马王庙的馋和尚们有关系，可又没什么确证。杜知州把他叫过去问了一番，也没问出个所以然。

总之，这起风波似乎就这么平息了。

教士离开衙门的时候，迎面正看到胖方丈和慧园走过来。师徒二人呼噜呼噜地啃着肉串，胖嘟嘟的肉脸颤动着，有肥腻的油从嘴角流淌下来。他们对教士微笑着点点头，嘴里咀嚼声不停，一路扬长而去。

经过这么一个小小的波折，动物园重启施工。这次再没出现什么意外，工人们认真埋头工作，原来逃走的工人也都悄悄跑回来，乞求宽恕。周围的小偷小摸现象彻底绝迹，没人敢在赤那敖包附近造次。

最后一阵炎热的夏风和第一阵凉爽的秋风先后吹过无边的草原。那些绿油油的草尖中央出现一抹淡淡的黄纹，起初肉眼几乎无法分辨，随着秋风一日紧似一日，黄纹向四周的叶面迅速沁染，就像是一滴黄漆落入盛绿水的桶里，展开一圈圈涟漪。

从绿黄至金黄，从金黄至深黄，从深黄至枯黄，死去的时间一层层叠在草叶上。当整个草原的黄色终于演变至无可挽回的衰颓时，动物园竣工了。

建成当天，柯罗威教士破例允许在门口放了一串鞭炮，用这种很中国的方式宣告落成。

动物园的一切都如同教士在马厩里设计的那样。入口是一个漂亮的中国式砖砌拱门，上头悬挂着一个木制的月桂花冠，以及一颗灰白色的孤星——孤星的来历很有意思，柯罗威教士在攀登红山时无意中捡到一块扁扁的怪石，形状是个不规则的五角星。教士认为这也是启示的一部分，就委托石匠把它雕成一颗孤星，高悬在门口，指引着来自东方的贤者们。

进入大门之后，迎面是一个用松木和青砖砌成的平檐大屋，被分成前后两部分。前面一半是个简易的布道堂，目前只挂了个十字架在门口，里面可以容纳大约二十人；后面一半则是教士的休息室与仓库。

在大屋后头，是一个挖得很深的圆形水池，水池的半径有四米，四周用白色鹅卵石围边。水池的正中央是一座残缺不全的告喜天使雕像，它原本属于圣心会，在叛乱中被人推倒，附近的居民把它抬回去垒成围墙。当动物园快落成时，它又被捐献出来，重新打磨后竖在了水池里。虽然教士是新教徒，可他觉得这点儿变化无伤大雅。

一条蜿蜒的水渠从英金河引过来，渠内水流潺潺，不停地充实着水池，然后从另外一处巧妙排掉。几十簇移植来的沙棘、松树和围栏巧妙地掩饰了水渠的走向。水渠与游览道路相接的地方，又建了几座散发着清香的松木桥，让园内的景致更显活泼。

以这个水池为中心，五条石子路向四周辐射出去，分别通向象舍、狮山、狒狒山、虎纹马栏和蛇馆。每一处馆舍都经过精心设计，力求让动物们感觉最舒服。它们的屋子都特别厚，提前预留了暖炉的位置，以应付塞外严苛的冬天。

随着动物园的落成，动物们陆陆续续进驻进来。它们早已不耐烦待在狭窄的马厩，现在搬进新家，个个都显得很兴奋。尤其是万福，她居住的象舍是整个动物园最大的房子，是平常屋子的两倍高、三倍宽，里面铺着厚厚的稻草，满是草香。在象舍的外面还有一个宽敞的院子，从中央水池里单独引了一道水进来，方便万福冲洗身体。

万福从来没住过这么豪华的地方，她像个天真的小姑娘一样，晃着尾巴前后转了好几圈，还用鼻子吸饱了水，喷向临近的狮山，让虎贲不停地抖动鬃毛，水珠四溅。

橄榄狒狒们唧唧地在假山上跳来跳去，这里面有几棵枯萎的胡杨树交错搭在一起，高度恰到好处，可以让它们玩个痛快，但刚好够不着围栏的上缘。至于那条粗大的蟒蛇，它居住在一间封闭的阴暗矮屋里，中间被镶嵌着透明玻璃的墙壁拦住。它很满意这个环境，直接游到一截半腐烂的树干后面，盘成一圈，吐了吐信子，继续沉沉睡去。

唯一美中不足的是那头叫如意的虎纹马还没找回来，因此畜栏里暂时只搁了吉祥在那，让整个畜栏略显空旷。

当把一切都安排妥当以后，柯罗威教士忽然想到一个问题，一个他居然一直忽略的重要问题。

动物园还没有起名字。

这是一种重要的活化仪式，一个事物固然可以独立存在，但如果它想与世间万物建立联系，那么势必要赋予它一个名字。上帝创造万物之后，让亚当和夏娃在伊甸园为其命名。同样，这个草原上的动物园，需要由它的创造者起一个名字。

教士最初想以自己的母亲"玛格丽特"来命名。她是一个虔诚的信徒，曾在无数个夜里把小柯罗威抱在膝盖上，给他讲《圣经》的故事。不过仔细斟酌之后，教士决定把这个动物园命名为"诺亚"。在这一片如海洋般浩瀚宽广的草原上，诺亚动物园将成为拯救之光，这岂不是最恰如其分的名字吗？

名字一经赋予，万物的联系即成。

诺亚动物园落成的当天，迎来了它的第一位客人。

客人的名字叫作萨仁乌云。她特意从喀喇沁王府赶来赤峰州祝贺，这次什么随从也没带，孤身一人骑一匹枣红色的高头骏马，在正午时分抵达了动物园的门口。

柯罗威教士看到萨仁乌云的样貌，和上次又有不同。这次她穿了一身素白的镶蓝边蒙古长袍，头发完全披散下来，只在额前绑了一条镶绿松石的丝质抹额，看起来自然随意。不知为何，柯罗威教士感觉她的一举一动都带着股神秘的高贵气质，那璀璨的双眸似乎隐藏着更多深意，每一次眼波流转都让他觉得魂魄被摄取。

教士连忙收敛心神，弯下腰去亲吻她的手背。萨仁乌云坦然接受了这个西式礼节，咯咯地笑了起来，随即又害羞地把手臂收了回去。

萨仁乌云是诺亚动物园的第一个正式游客，她饶有兴趣地沿着游览碎石路一间间参观下去，教士在旁边一一讲解。其实她之前在草原已经见过这些动物，可当它们以某种严整的次序摆放在各自的位置上时，秩序的意味顿生，从背景割裂开来，让参观者更加专注于动物本身。

萨仁乌云走过一个又一个馆舍，从蟒蛇看到狮子，最终停在象舍前。她走得微微出了汗，鼻尖有一点点晶莹，却顾不得擦掉。她径直走到栏杆边缘，好奇地把身子压向前方，伸出右手臂。正在象舍里吃草的万福像是受到什么感召似的，松开稻草，抬起鼻子，不疾不徐地走到院子里来。

在午后金黄色的阳光照耀下，这头白象长鼻轻甩，扇耳微动，以庄严肃穆的姿态行走在沙地上。肥厚的脚掌与沙砾摩擦，发出细微的沙沙声，眼神始终注视着萨仁乌云。当万福抵达围栏边缘时，她伸出长长的鼻子，用鼻吻与萨仁乌云伸进来的指尖相触。那一瞬间，教士觉得阳光突然炽烈了几分，光芒几乎要把萨仁和万福淹没。他不禁握住十字架，低声赞颂起主的名字来。

这个神圣的瞬间持续了一秒或一百万年，萨仁乌云收回胳膊，猛然扯下头上的抹额，转头对教士露出一个灿烂的笑容："哎，我想要跳个舞。"

教士一下子想到了两人在敖包前的那个黄昏。他本来略有犹豫，可一看到萨仁乌云双眼里跃动的光彩，便情不自禁地答应了。

此时动物园还未正式开放，偌大的园区内除了动物们，就只有他们两个。萨仁乌云走到宽阔的象舍前方，马靴踩在沙地上。她背对着教士，抬起右臂，头向左边垂下，突然旋了一个圈子，那乳白色的蒙古袍转成了一道月色般的影子。

伴随着舞姿，悠扬苍凉的蒙古长调从她的喉咙里飞出，回荡在动物园内，回荡在沙地上，一直传到远处的红山之间。那浓郁的调子已在草原上回荡了千百年，从未停歇，只要有风的地方，就能听见。

这次她的舞蹈和上次敖包前的慢舞不同，更不同于教士所见过的任何蒙古舞。萨仁乌云的四肢极其舒展，十个修长的指头不停地变换着手势，像是一连串复杂艰涩的符文。与其说是舞蹈，毋宁说是在用身体诉说着什么——就像是在祈祷，教士的心中忽然想到——她在跳跃，她在耸动着双肩，她在旋转之间怀抱自己，她垂下头去聆听泥土的声音，突然又抬起下巴，向远方眺望，修长的双腿来回踢踏，如同骏马疾驰，手中的抹额挥舞，似一只云雀翱翔。

她的舞姿健美而自信，每一个动作都柔畅而坚决。举手投足之间，摄人心魄的魅惑气息缭绕而起。跳至高潮之时，她整个人像是融入了这一片天地，旁观者已看不见实在的形体，只留下强烈的魂魄意念围绕在四周，变幻莫测。那幻影如伸展向天空的枯萎胡杨，如公羊骸骨眼窝中长出的青草，如雨后摇曳的彩虹，如撕咬土拨鼠的年轻健壮的狼崽子——那两条蓝边白袍的长袖飘忽不定，把一切意象都包容在蓝天白云之下。

站在一旁的教士屏住呼吸，情不自禁地被舞姿吸引住了。这与不同文化圈的审美无关，更不是什么性欲的原始勃发。他感受到的，是一种磅礴的生命力在闪耀，跃动时光芒四射，休憩时内敛恬静，整个草原的自然循环都从这舞动中传达出来，带着一点儿肃穆的神性。

似乎有另外一重世界的大门，在舞蹈中悄然开启，神秘而空灵的气息流泻而出。那个世界与现实本来就叠加在一起，此时自虚空显现出来，让整个诺亚动物园散发出庄严的光芒。

这一场神秘的舞蹈一直跳到夕阳西下才停下来。这时教士才注意到，动物园里的动物们，无论是万福、虎贲、吉祥还是那些狒狒，都不约而同地探出脑袋，一直凝视着这边。白萨满用这舞来沟通万物，只要是有灵之物，皆可体会，并不是只有人类可以欣赏。

萨仁乌云晃晃悠悠地走到教士身边，脸色红扑扑的，浑身散发着强烈的香汗味道。她的眼神迷离，似乎还没从恍惚的状态中完全苏醒过来。教士赶紧捧来一杯清水，萨仁乌云却把它推开，从马匹上的挂囊里拿出一个镶着银边的马头酒壶。

她拔开塞子，咕咚咕咚喝了一通，然后递给教士。教士犹豫地接过去，喝了一口。没想到那烈酒像火龙吐息一样，从喉咙烧到胃里，把他呛得直咳嗽，喷出来的酒水沾满了嘴边的大胡子。

萨仁乌云哈哈大笑，用手帕替他擦了擦胡须。待到教士缓过来一点儿，她开口道："你知道吗？我跳的这一段舞，叫作查干额利叶。"

听了她的解释，教士这才知道，这种舞蹈不同于喇嘛们的"查玛"（一种以演述宗教经传故事为内容的面具舞），乃是来自于古老的白色萨满，也叫白海青舞。白萨满是草原的见证者和奥秘的守护人，他们可以与万物沟通，由长生天最初呼出的气息铸就。只有体内流淌着白萨满血液的女祭祀才能跳出真正的查干额利叶，求得神灵庇护、浇灌福气，打开通向真正草原的大门。

在这个时代，萨满几乎消亡殆尽，而萨仁乌云的血统，正是最后一代白萨满。难怪那些牧民对她顶礼膜拜，言听计从，原来她的身份居然如此高贵。她跳起这一段已无人知晓的查干额利叶，为这个草原上的动物园献上来自远古的祝福。

"想不到，你居然是一个……呃，女巫。"教士说出这个词的时候有些尴尬，毕竟在他们的词汇里，女巫不是什么好词，可他又想不到其他更适合的词。

萨仁乌云没生气，她还挺喜欢这个描述的："准确地说，我是这片草原的守护者，我会带回迷途的羔羊，找到云开之后的新月，指引有缘人看到真正草原的模样，或者说他们心目中的神。"

"你是说长生天吗？"

"不，不，每个人心中都有一片草原。我只是个领路的人，能看到什么样的神祇和景象，取决于自己的信心。长生天也罢，佛祖也罢，上帝也罢，每个人都不同。"

教士沉默起来，半天才开口道："可我看到的，还是这座动物园。"

萨仁乌云笑了："是啊，你可真是我见过最奇怪的人。我认识的传教士里，只有你不务正业，不去建教堂，居然先建起了一个动物园。"

教士狼狈地擦去胡须上的酒渍："与其把教堂建在沙地上，不如建在人心里。"

萨仁乌云支起下巴，仰望天空："你知道吗？自从那天在草原上遇见你和那些动物以后，我回去就做了一个梦，里面有大象、狮子，还有你说的虎纹马与狒狒。哦，对了，还有那条蟒蛇，它可真吓人。我从前根本不会梦到这些。"

教士不知该怎么回答，他只是怔怔地看着萨仁乌云的侧影，在落日下被映得极美。

"我的妈妈是东蒙最后一位白萨满，她跟我说过，梦是灵魂安居的帐篷，你心里祈愿的是什么，灵魂在梦里就是什么样……"她拿起酒壶，又啜了一口，把满头乱发撩到肩膀后头。"你把它们带到草原上来了，也带进了我的梦里。我想其他人来到这动物园以后，应该也会做同样的梦。赤峰州这个地方，本来就汇聚了人类各种各样的梦。我从前经常用妈妈教的法子，潜入他们的梦境去看。可没想到有一天，自己的梦反会被你影响，这可真是太有趣了……"

教士瞪大了眼睛，他没想到，居然会有人可以窥视别人的梦。他忍不住问道："那你看到过我的梦吗？"

"你的梦？"萨仁乌云不由得轻声笑起来，她长袖一摆，把前方的景色画了个圈，"你的梦不就已经在这里了吗？"

此时黄昏已过，整个动物园被夜幕笼罩，彤云厚积，今夜看不到星月，动物们都回到自己的屋里。园内安静如雨后的花园，火烛还未及点燃，深沉的黑暗一口一口地吞噬掉每一座馆舍与院落。教士只能看清布道堂的一圈晦暗轮廓，和拱门上的那一颗孤星。

"可惜我的力量在城市里是无法施展的，那是和草原截然不同的存在。你选的这片沙地很好，既在城市边缘，也在草原边缘，就像是黄昏一样。否则我也没法跳起查干额利叶。"

"所以出事那天，你才会请来沙格德尔帮忙？"

"是啊，我的力量来自于自然，他却可以操控人心。"说到这里，萨仁乌云忽然转过头，看向灯火通明的赤峰城内："你似乎也有自己的朋友？"

教士愣了一下，知道她指的是马王庙的和尚们，迟疑地点了点头。萨仁乌云笑道："他们啊，可是一群好玩的家伙。你看，赤峰这个地方，总能汇聚起一群有趣的人，包括你在内。"

经过萨仁乌云提醒，教士才隐隐发现，赤峰州似乎并不是个普通城镇，这里有最后一位可以窥梦的白萨满巫女，有来历不明的马王庙和尚，还有一位疯疯癫癫的野喇嘛。传奇和想象渗入它的肌理，同生共长，真实和虚幻纠葛一处，让整个城市看起来更像是一则寓言。

"哎？"

萨仁乌云突然发出惊喜的叫声，她仰起头看向夜幕，猛然抓住教士的手，往自己的面上摸来。教士不明白她的意思，有点儿畏缩，萨仁乌云却毫不放松，很快教士的手指碰触到了她高挺的鼻尖。

指尖传来一阵凉意，教士定睛一看，发现在两人之间多了一朵晶莹的白花。白花是六角形状，在体温的笼罩下倏然消融。但很快有更多的白花落下，纷纷扬扬，在两人之间挂上一圈薄幕。

初雪翩然而落，让整个动物园更加静谧和纯洁。

赤峰的冬季来了。

萨仁乌云翻身上马，拍落肩上的雪花，对教士道："有了这个动物园，从此以后，每一个赤峰人都会梦到不一样的东西吧？谢谢你。"

缰绳一抖，骏马嘶鸣，她就这样在雪夜纵马离开，素白色的身影几乎要和初雪融为一体。教士靠在象舍旁，和万福久久凝望着她的背影，直到虎贲用不耐烦的吼声把他们唤醒。

雪落在孤星上，歌声吹起了风。

事就这样成了。

第七章

荣 三 点

草原动物园的建成，是一个不折不扣的奇迹。

从京城到塞外的遥远距离、层出不穷的动物健康状况、窘迫的预算、当地人的敌意，还有同僚的反对，任何一个环节出了问题，都可能导致整个计划失败。可这个动物园终究还是在一片沙地上建了起来。

在柯罗威教士看来，这份成就感不逊于在磐石上建起教堂的圣徒彼得。这次的成功让他更加笃信，上帝指引他和万福来这里，是有着一个大计划。当然，教士也承认，沙格德尔、萨仁乌云和马王庙里的慧园和尚，这三个分属不同信仰的朋友在其中帮了大忙。这些异教徒像对待自家信徒一样，热情地帮助了教士和他的动物们，这让教士又是欣慰又是惶恐，不期然想到卢公明那句评价："在中国人的观念里，他们认为每个人都可以在自己的信仰中找到天堂和救赎。"

无论如何，草原动物园总算是正式开业了。这个消息轰动了整个赤峰州，所有人都争先恐后，打算来看看这个从未出现过的新生事物。

这些动物在入城时已经引起过围观，后来又闹了一次夜，还被指认为是菩萨坐骑下凡。这样的奇观，喜欢热闹的赤峰人岂能错过。

从开业那一天起，来参观的游客络绎不绝，他们根本不在乎那几个铜子的门票钱，蜂拥而入。天气虽然开始变冷，赤峰人的热情却逆势而涨。他们簇拥在每一个馆舍旁边，把双手揣在厚厚的袄袖里，在冻成冰的雪面上踮起脚尖，好奇地向围栏内望去。这些奇怪的来自非洲的动物极大地满足了草原居民们的好奇心，他们一望就是半天，丝毫不觉厌烦。

教士很贴心地请赤峰州的学士——当地称为秀才——用隽秀的馆阁体书写了标牌，自己又标了英文，写明每只动物的产地和习性。游客们很多不识字，这时就会有志愿者站出来大声念给他们听，引起阵阵惊叹。

那段时间，城里的谈资全是这个叫诺亚的动物园。商人们在茶馆里，伙计们在铺子门口，牧民们在畜栏和马车旁，书办与衙役在衙门里，所有人都兴致勃勃地交换着观看动物的心得，有时候还会引发争论。每到这时，总会有人一挥手："走，再去看个仔细！"然后又一窝蜂地跑去沙地转上一圈。诺亚取代了沙地，成为红山脚下一个全新的地名。每个人都为它神魂颠倒。在动物园里，每个人都变成了孩子。

甚至有许多人从遥远的科尔沁、锡林郭勒等地专程过来，只为看一眼传说中的灵兽。赤峰当地人——无论什么身份——只要一听有外地的客人赶来看动物，会立刻挺直身板，一脸自豪地给他们讲解，带他们过去。每个人的眼睛都闪闪发亮，仿佛这动物园是这个城市新的精神图腾，每个人都与有荣焉。

一切就如那一夜似的。整个古老的草原被这个突然闯入的陌生惊醒，缓缓睁开眼睛，诧异而好奇地望过去。教士总是在问自己，为什么要不远万里跑来赤峰这个地方，他一直认为是上帝的感召。但现在他发现，也许还有另外一个理由，就是为了这些居民骄傲的眼神。

　　在所有的动物里，万福最受老人欢迎，她有着温柔悲伤的眼神。老人说，这是菩萨的眼神。不过小孩子们更喜欢那五只狒狒，它们不畏严寒，经常把爪子伸过围栏，讨要松子和栗子。年轻人更喜欢虎贲，但它太懒散了，几乎足不出户。牧民们则围着吉祥指指点点，不明白长生天为何允许这匹马身上长出黑白条纹。至于蟒蛇，没人喜欢，大家最多充满猎奇地瞥上一眼，然后悚然离开。

　　教士把门票价格定得很便宜，只要求游客看完动物后，能来布道堂坐上一坐。布道堂里的炉火熊熊燃烧着，大家逛完园子后乐得在这里暖暖脚，教士趁机宣讲福音。居民们像对待喇嘛一样对待教士，不太虔诚，但非常尊重，时常还会带些供品过来，问一些荒唐问题。

　　教士知道，他们把福音当成了脑海中动物园里的另一只动物。教士有些无奈，但还保持着耐心。时机早晚会到来，教士对自己说。

　　不知是不是萨仁乌云那一段白萨满之舞的缘故，让动物园的魔力始终萦绕在参观者的心中。即使离开沙地返回城镇，他们也久久难以忘怀。

据说，从那时候起，每一个赤峰人在睡觉时都会梦见动物园的情景。有些人梦见大象，有些人梦见狮子，还有人梦见在一片空阔的草原上，那些动物走成一长列，状如剪影，头顶的月光如水似幻。当他们醒来以后，还会惊喜地交换彼此的梦境，认为这是一个吉兆，然后向各自信奉的神祇祷告。

当一座城市里的每一个人都做梦时，城市也就拥有了自己的梦境。那段时间里，赤峰的梦就是诺亚动物园。它就像是一片笼罩在草原上的云，把影子投射到所有人的睡眠中去。

动物园开业半个月之后，教士发现，开园的成功固然令人兴奋，但随之而来的各种麻烦也变得棘手起来。

除了采购饲料、打扫馆舍、检查动物身体和围墙、引导游客之外，教士还得设法腾出时间来为这些人布道。教士不得不承认，他原先把建造动物园的难度估计得过高，而把运营的难度估计得过低了。现在他一个人从早到晚忙得不可开交，一丝喘息的机会都没有。

而且还有一个严峻的问题。天气一日冷似一日，凛冬已至，这些来自热带的动物能否熬过第一个冬季，取决于动物园能否让馆舍维持足够的温度——这可不仅仅是花钱那么简单。

柯罗威教士在赤峰州孤身一人，他虽然认识了些朋友，却缺少足够的助手，只能亲力亲为。

动物园在设计时已经充分考虑到了赤峰的寒冷天气，馆舍采用平顶砖木结构，墙壁加厚，并且为每一栋建筑都配备了一个内置炉和外通烟囱。只要燃料供应源源不断，屋子里就会温暖如春。

但整个动物园只有柯罗威教士一个人。他得一个人照料五个馆舍的炉子，白天把柴火或煤炭分成五份，一个炉子一个炉子分配进去，晚上睡前得确保炉火不会彻底熄灭。与此同时，日常工作还不能耽误，工作量惊人。

这些繁杂而重要的琐事让教士疲于奔命。教士心想，他必须得赶在天气彻底冷下来之前找几个仆役，不然自己就垮掉了。不过雇人一来需要钱，二来还要找靠得住的人，三来这人还得足够聪明，饲养大象、狮子可不像喂马驴骡那么简单。万牲园的饲养员教过教士一些基本的饲养方式，教士还必须得给他们做培训。

又一次结束了一天的工作，教士拖着疲惫的身躯，回到自己位于布道堂后面的住所。他推门走进房间，正在盘算接下来该怎么办，这时虎皮鹦鹉扑簌簌地落到了他的肩上。

它是唯一一只不必关进馆舍的动物，就住在教士的床头架子上。柯罗威教士教会它说了几句"上帝保佑""神爱世人"之类的话，在布道时可以锦上添花。虎皮鹦鹉学得很快，唯一的问题是，它学习其他东西也很快，除了来自京城的那些老脏话之外，还学会了很多赤峰口音的俚语和粗口。

教士疲惫地摸了摸虎皮鹦鹉的羽毛，正准备坐下喝口水。虎皮鹦鹉拍动翅膀，仰起脖子，用老毕的声音大叫起来："小满！小满！"

柯罗威教士吓得手一松，水杯摔落在地上。他开始还以为是老毕的亡灵突然出现，过了好久才回过神来，原来是鹦鹉的叫声。从京城到草原这一路，老毕一直喋喋不休，这只聪明的鸟儿自然学会了模仿。

教士松了一口气，可是随即眉头又皱了起来。鹦鹉叫出的那个名字，一直在他耳边萦绕。小满，小满，小满，虎皮鹦鹉喊到第三遍时，教士忽然想起来，这是老毕儿子的名字。

那个小家伙有点儿怪癖，不爱与人说话，还把自己千辛万苦带来的电影放映机给烧毁了。教士还记得，他们出发的时候，小满一直追着马车，让爸爸回来。可惜他的爸爸再也回不去了。海泡子旁那可怖血腥的一幕，再次叠加入教士的视野，让他叹息不已。

可是，这是什么样的启示呢？柯罗威教士面色凝重地看着虎皮鹦鹉，它之前可从来没叫过小满的名字，也没学过老毕的声音。今天忽然这样开口说话，难道是死者借着鹦鹉的身体想要表达什么？

亡灵呼唤？这可不是一件小事。他捏着十字架，凝视着这只鹦鹉。和其他动物不同，它是从宫廷流落出来的，也许会沾染上一些说不清、道不明的神秘力量，何况这里是赤峰州。对种种神秘现象，柯罗威教士已经见怪不怪。

虎皮鹦鹉没再吭声，专注于用尖喙啄着小米，似乎死者的力量已经完全耗尽了。柯罗威教士把双眼闭上，表情有些奇异。

当初在草原上遭遇马匪，老毕和其他几个车夫惨遭杀害。当教士抵达赤峰州以后，请杜知州派了人到现场，将尸体收殓起来。教士出资，把遇难者的尸骸送回京城家中，还附赠了一笔抚恤金。从任何角度来说，这都已经算是仁至义尽。

难道说，老毕还有未了的遗憾吗？那唯一的可能，就是他的孩子小满了吧？

教士到赤峰州之后，一直忙于动物园的事，没再关注遇难者尸骸送回京城的后续事宜，自然不会知道小满后来怎么样了。

他跟小满并不熟悉，一共也只见过几面，那个孩子有着奇怪的心理痼疾，没法与人交谈。其他车夫都来自大家庭，只有老毕父子孤独地相依为命。如今老毕意外去世，就算小满能被邻居收养，这样一个孩子，恐怕也过得很苦吧？

这个猜想一旦产生，便很难忘却。接下来的几天里，教士每次一看到虎皮鹦鹉，就会忍不住回想起小满告别父亲时的表情，以及老毕在海泡子附近死亡的惨状。他的内心深处始终回荡着老毕那悲怆的呐喊："小满，小满，小满！"

教士向上帝询问自己该怎么做，可始终未得到回应。当第三次从深夜的噩梦中惊醒时，教士做出了一个决定。他对老毕唯一的遗孤小满，理应负有照料的责任，应当把他接来赤峰。这不是法律上的义务，而是良心和悲悯的要求，同时亦是死者的嘱托。

教士给自己找了一个更现实的理由：动物园现在人手短缺，小满多少能干点活儿，顺便还能接受教育，两全其美。当然，这个计划的前提是小满自己愿意离开京城，来赤峰这个苦寒之地。

可惜的是，动物园的事务太多了，教士一个人根本抽不开身。他给萨仁乌云写了一封信，请求帮忙。萨仁乌云很爽快地答应了，她很快用电报联络了王府在京城有往来的一间钱庄，委托老板去找人。没过几天，钱庄就有了回信，小满还真被找到了。

原来老毕邻居家的那个婆娘，听说老毕死了，便以小满养母的身份私吞了教士送来的抚恤金，然后把小满卖到一个酒楼里当小伙计。小满没法跟人讲话，胜任不了这份工作。

酒楼把他当成一个傻子，去做最辛苦的苦力，每天干粗活脏活，连工钱也不给。后来小满生了病，奄奄一息，酒楼老板索性把他扔到化工厂边上，弃之不顾。钱庄的人找到小满时，他浑身都是疮疤，蓬头垢面，瘦弱得不成样子。

教士得知这一情况后，又是心疼，又是庆幸。如果不是鹦鹉提醒自己，小满恐怕活不过这个冬天。一定是老毕在天国知道自己的孩子受苦，特意通过虎皮鹦鹉来告诉教士。

柯罗威教士请求钱庄的人把小满送到赤峰来。这件事丝毫不为难，那个钱庄一直在蒙古一带做生意，只要把这孩子交给一个旅蒙商队捎来就是了。看在王爷府和萨仁乌云的面子上，他们连钱都没要。

当第三场雪在赤峰城内落下时，小满随着商队如期而至。柯罗威教士看到一个头大脖子细、瘦骨嶙峋的脏孩子从一头载满绸缎的骆驼上跳下来，一件不合身的破烂袍子看不出本来的颜色。他站在雪地里，竹竿似的双腿瑟瑟发抖，双眼却很冷漠，仿佛全世界的变化都与他无关。

商队的驼夫说，这孩子能听懂话，可从来不搭理人，永远只围着牲口转悠。柯罗威教士向他表示感谢，然后招呼小满过去。这孩子记得教士的脸，可是什么也没说。

教士把他带回到动物园。一听到里面动物的吼叫声，小满的双眼唰地亮了起来，仿佛看到自己的伊甸园，一堆死灰里迸出了几点儿火星。

柯罗威教士让他先待在自己的卧室里。可一转身，小满就不见了。教士以为他走丢了，找了一圈才发现这孩子居然跑到象舍里，蹲在万福的旁边，双手抱住膝盖，口中发出奇妙的哼叫，那声音和大象很相似。万福慈爱地用鼻子抚摸着他的头发，如同一位母亲在抚慰受惊的孩子。

教士把小满重新带回居所，让他脱光衣服，为他简单地做了一下检查。远离万福让小满变得很烦躁，他双眼空洞地看着天空，任凭摆布。

检查结果还好，除了严重营养不良和皮肤病之外，这孩子的身体并没什么大问题。教士把小满放进一个盛满热水的大木桶里，让他好好地泡上一个热水澡。

柯罗威教士知道他能听懂别人讲话，一边拿毛巾为他擦拭身体，一边讲道："从此这个动物园就是你的家，你可以帮我照料这些动物，也可以自己去找份工作。如果想读书的话，也能尽量安排。你不必恐惧，也不用悲伤，在这里没人可以伤害到你，因为我会与你分享同一个主保圣人（守护圣人）。"

听着教士的絮絮叨叨，小满泡在热气腾腾的木桶里，把表情隐藏在水汽里，不发一言，眼神始终看向窗外。

这是一个晴朗的冬夜。夜幕之上，月亮大而清晰，仿佛一头母牛饱满的乳房，静谧而寒冷的乳汁自穹顶缓缓倾落，整个房间乃至动物园都浸泡在难以名状的神秘气氛中。

当小满洗完澡正准备从桶里跨出来时，窗外传来扑簌簌的翅膀震动声。一只色彩斑斓的虎皮鹦鹉穿过松木窗框，飞了进来。

小满猛然抬起头，略带惊愕地盯着鹦鹉。鹦鹉在洗澡桶上空盘旋了几圈，口中喊着："小满！小满！小满！"一时间，老毕的声音响彻整个房间，在梁柱之间久久萦绕。小满浑身剧烈地颤抖起来，他抬起了一条瘦弱的手臂，抓向鹦鹉，"啊啊"地叫着，仿佛想要挽回他在人世间最后一丝眷恋。

可是鹦鹉在屋子里飞来飞去，就是不肯落下来。小满只能看到它如鬼魅般在房梁之间飘动，幻化成无数虚影，却始终无法触碰。他泪流满面，另外一只手拼命拍打木桶。洗澡水哗哗地泼洒出来，在地板上流成一摊形状不断变化的水渍，形若符咒。

教士知道这是最后的相见，不需要第三者在场。他默默地退出了房间，把门带上，让这只鸟和孩子独处。

不知过了多久，门缝里银白色的乳光徐徐黯淡下去，忽然老毕的声音又一次传来："小满！"教士连忙推开门，看到虎皮鹦鹉振翅飞出窗户，不知飞去何处。而小满站在房中间，正用手背擦去脸颊上最后两道泪痕。

这是教士最后一次听虎皮鹦鹉叫出小满的名字，也是最后一次见到小满哭泣。

几天后，前往动物园的游客们惊讶地发现，园内多了一个瘦弱的小孩。这孩子手里总拿着一把比他个头还高的铁铲，沉默地在院落里铲大象粪，把吹到步道的黄沙堆在路旁，或者掏出炉子里的废渣，重新填入煤炭或木柴。有人过去搭话，可他从来都不理睬，只是埋头专注地做着自己的事。很快在游客之间流传起一个传说，说教士为了省钱，从直隶买来一个聋哑孤儿当苦役。

小满并不关心这些流言蜚语，他此时已彻底被动物园迷住了。在他不算清晰的记忆里，童年总是独自趴在窗边或院子里，等待远行的父亲归来。小满观察墙角的蜘蛛和蚂蚁，看野猫和邻居家的狗打架，挖蚯蚓去喂屋檐下的燕子，把老鼠从空荡荡的米缸里救出来。渐渐地，他能听懂每一种动物的叫声，熟悉它们的每一个动作。这是一个广阔而纯粹的世界，动物们远比除了父亲之外的那些大人更诚实、更有趣、更安全。小满沉溺其中，为了它们，他甘愿放弃与同类交流。

就这样，他打开了一扇门，又关闭了另外一扇。小满没办法再与人沟通，却拥有了跟动物天然亲近的神奇能力——简直注定是为动物园而生。

教士从来不知道，小满在京城时已经在万牲园偷偷为许多动物送终。

小满每天的大部分时间都和动物们待在一起，包括吃饭和睡觉。教士几次安排他到卧室去，但半夜一看，不见人影。次日一早，教士发现他不是抱着万福的鼻子打呼噜，就是揪着虎贲的鬃毛酣睡。他爱每一只动物，每一只动物也都爱他，万福、虎贲、吉祥以及那五只橄榄狒狒，都把这个孩子视为同类。小满可以毫无顾忌地走近任何一种动物，用旁人听不懂的声音与它们交谈。这只能用奇迹来形容了。

小满把自己的世界封闭起来，在那里没有留出人的位置。他很认真地承担起动物园内大部分的劳动，兢兢业业，只要不是和人打交道的工作，都干得无可挑剔。

这样一来，教士就从繁重的劳动中解放出来，可以花更多时间在布道上。事实证明，动物园和布道堂的结合卓有成效，已经开始有很多人初步表现出了兴趣。柯罗威教士发现，至少有十几个人是布道堂的常客。如果按照这个节奏持续下去，教士很乐观地估计，在新年到来之前，就能够有第一个领取圣餐的本地信徒。

闲暇时，教士会教小满一些简单的英文和拉丁文，还会教他唱一些歌曲。小满听得很认真，到后来甚至能够听懂英文指示，可他从来不出声。人类世界对他来说，就像一排大雁飞过一匹野马的头顶，也许会驻足仰望一阵，但终究都是些与己无关的风景。

小满只和动物园之外的两个人有过接触。一个是萨仁乌云，还有一个是马王庙的胖方丈。

萨仁乌云和小满的第一次见面颇富戏剧性。当时她来动物园拜访教士，却被小满挡在了园子门口。小满似乎感应到她身上的神秘力量，十分不安，先后变换了四五种野兽的吼叫，试图吓退她。萨仁乌云倒没什么，不过她的坐骑却因此发狂，差点把女主人摔下来。

教士及时赶到，把小满抱在怀里安抚。萨仁乌云对这个小孩子很有兴趣，她从耳边取下一串金铃铛，夹在他的右耳上，并用双唇亲吻他的眼皮。神秘的气息弥漫过来，小满紧闭着双眼，惶恐不安地转动身躯，整个人陷入幻境。

动物园在一瞬间变了颜色，如同一张冲洗失败的底片。远方的草原景象开始扭曲，色彩失去了重力束缚。小满抬起头，看到无穷无尽动物的魂灵划过天空，它们低啸着，哀鸣着，聚成一团团灰暗的烟雾，一起朝着西方飘去。

在西北的天尽头是一片巨大的洼地，中央有一个海泡子。墨绿色的泡沫在翻卷，泡子边缘盘成森森白骨的颜色。魂灵们从上空坠下，纷纷落入海泡子，不再浮起。这里叫作塔木，是蒙语里地狱的所在。小满也被这巨大的风潮裹挟，站立不稳，几乎要加入魂灵们的行列，投身其中。

幸亏这时萨仁乌云的金铃铛及时响起，小满闻声回过头来，看到动物园依然屹立在沙地之上，那一颗孤星非常耀眼。

足足持续了十分钟，小满才突然长长吐出一口气，一屁股坐在地上，眼神恢复正常。

萨仁乌云只是想引领他看到真正的草原，可没想到这孩子居然直接感应到了塔木的存在。她对柯罗威教士说，这个孩子拥有神奇的才能，可以与自然沟通，是最适合的白萨满继承者。教士表示，一切取决于小满自己的意愿，他不会强迫。可小满被刚才的幻觉吓到了，还没等萨仁乌云开口说什么，就发出一声尖叫，转身逃掉了。萨仁乌云只得露出苦笑。

"白萨满要在人世与自然之间保持超然平衡，既要有敏锐之眼，也要有坚韧之心。这孩子的天赋有点儿好过头了，他没法承载自己的才能。"她如此评价道。

除了萨仁乌云，小满也见过马王庙的胖方丈。教士有一次带他去马王庙玩，他一踏进那段诡异的照壁，整个人立刻处于一种亢奋状态。小满甩脱了教士的手，冲进三座大殿，把三尊神仙挨个儿看了一圈，还想要爬上土地爷的神龛，幸亏被旁边的慧园及时喝止。

可是无论慧园怎么说，小满都不理睬。直到胖方丈走过来，小满才跳下神龛，冲他发出一声类似狼嚎的叫声。胖方丈眉头一皱，赶紧从怀里掏出一片风干的牛肉条，塞到孩子嘴里。小满呜呜地发不出声音，可又舍不得吐出来。

胖方丈对随后赶到的教士说："这孩子与我佛有缘，不如来庙里剃度做个小沙弥罢！"教士还是同样的回答，这事得让小满自己做主。可小满根本不理解剃度的意思，他只是对土地爷的神龛充满浓厚的兴趣，无时无刻不跃跃欲试，吓得慧园一步都不敢离开，生怕碰到了惹出祸事。

　　教士思忖再三，只好请萨仁乌云和胖方丈过来，在布道堂内摆下一枚十字架、一串金铃铛和一个木鱼，让小满自己选择未来的方向。萨仁乌云还特意带来一面小经幡，说是代沙格德尔拿的。

　　小满站在布道堂中央，看着这四样法器，惶恐不安，不明白大人们的用意。教士俯身对他低语了几句，然后把他推到前面去。其他人站在身后，饶有兴趣地猜测着。

　　小满的眼珠转动一圈又一圈，依次从四样东西扫视过去，却没在任何一处停留太久。他显得犹豫不决，不时朝窗外看去，仿佛想要去找动物们咨询意见。可是布道堂的门窗都关得很紧，门口又站着几个陌生的人类。

　　犹豫了半天，小满将这些法器一把抱起，飞也似的跑出屋子去。几个大人连忙追过去，却看到小满居然跑到象舍里面，哗啦一下把法器扔到地上，小脑袋依偎在万福身边，嘀嘀咕咕说着奇怪的话。

　　万福安详地听着，大耳朵不时呼扇。小满说完以后，把脑袋塞进旁边一个大大的干草堆里。万福像是跟他商量好似的，缓步走出畜栏，用长鼻子把这些东西卷起来，递还给随后赶到的教士。柯罗威教士注意到，万福的眼神温柔极了，像一位宠溺孩子的母亲。

萨仁乌云和胖方丈同时大笑起来，从此再没有提过这件事。

塞北的寒冷如同草原上奔跑的骏马，看似还远，转瞬即至。

这一年赤峰非常冷，雪也非常大，还没接近年关，就已经连续下了几场。整个赤峰州都被白色覆盖，街道之间填塞着大块大块的雪堆，稍微矮一点儿的房子几乎被掩埋，只露出一个黑黑的挂满霜冻的房顶。城里的人还算幸运，有厚实的墙壁可以御寒，附近还有红山、南山遮蔽大风。在更远的平坦草原之上，白毛风吹得漫无边际，让那里彻底变成极其恐怖的生命禁区。无论是牧民还是马匪都销声匿迹，一切恩怨都要等到来年再清算。

在这种严寒肆虐之下，日常活动几乎完全停止。大家都待在家里，穿着厚厚的棉袄，除非必要绝不出门。诺亚动物园的客流量很快降到了最低点，不再有人冒着风雪跑来看动物。

其实即使他们来了，也看不到什么。为了确保动物们能熬过寒冬，坚持到来年开春，教士早就把它们关在各自的馆舍之内，足不出户。厚厚的白桦木大门终日紧闭，连门缝和窗缝都塞满了布条，不给寒气一丝机会。

在萨仁乌云的帮助下，柯罗威教士储存了足够的煤炭和柴，晒干的牛粪和大象粪也不浪费，可以保证每一间馆舍都有足够的供暖。

不过炉子的位置在馆舍外侧贴墙之处。燃料不会自动跑到炉子里去，所以需要有人每天清早冒着严寒去外面清理炉膛、添加新燃料。这是一件特别艰苦的差事，小满虽然勤快，可他毕竟只是一个孩子，健康还未恢复。所以大部分清早的工作，还是得教士自己动手。

又一场大雪刚刚结束，迎来了一个雪后晴朗的清晨，教士用棉袍和羊毛围巾把自己裹了个严实，推开卧室的门，寒气如同几十把弓箭狠狠地射过来，把他射成了一只刺猬，不由自主地倒退了几步。教士呼出一口白气，强迫自己迈出门去，空气冷而清冽。

羊绒靴子踩在松软的雪上，发出咯吱咯吱的声音。日头很高，可是金黄色的射线被北风滤去了热度，只能把积雪映出一片耀眼寒光。

教士挨个儿检查了每个馆舍的取暖状况，一一补充了燃料，顺便查看了一下动物们的身体状况。也许是严寒的关系，动物们都很安分。狒狒们簇拥在一起取暖；吉祥孤独地站在马厩深处，那里铺满了厚厚的稻草，让地面不至于太凉；虎贲和万福不约而同地紧贴着靠近馆舍外炉的那一面墙，可以直接感受到炉温。虎贲还不时打几个喷嚏，它的身体结构可不是为冬季而生的。

教士忽然想到，如果当初在塞罕坝隘口，虎贲选择逃入围场，那么现在它会怎样？在没有遮蔽的森林里，它恐怕很快就会死于寒冷或饥饿吧。半年的自由时光和注定的死亡，长久的狭窄拘束和安稳富足，教士不知它到底会如何选择。

柯罗威教士巡查了一圈，花了大约一个半小时。他微微喘息着，细密的汗水从身上沁出，感觉寒意稍微消退了一点儿。

接下来，只剩最后一间了。他抬起头，在耀眼的阳光下眯起双眼，看向动物园唯一一处照不到太阳的凹地。在那边的阴影里，矗立着一座浅灰色的馆舍。这间馆舍比别处的建筑小了一半，形状狭长如一条粗笨的蛇，没有院落。

这里居住的是那条蟒蛇。它到底是冷血动物，向来我行我素，与其他生灵格格不入，不招人喜欢。即使在对动物园的崇拜达到巅峰时，游客们也很少会来这里，就连小满都不大乐意靠近。入冬之后，蟒蛇陷入冬眠，盘成一圈蜷缩在阴暗角落里，没什么好看的，让这里更是人迹罕至。

教士拎起一把铁锹，深一脚浅一脚地走过去。靠近那边的雪积得格外厚实，他不得不铲雪前行。忽然，教士的眼神闪动了一下，他看到地面上多了一串脚印。

脚印很大，应该是蒙古长靴留下的痕迹，靴印旁边还有一滴滴血迹，从动物园的一处外墙开始，一直延伸到蟒蛇的馆舍门前。教士抬头望去，看到馆舍的门是半开的。

教士一惊。昨晚风雪太大，很可能有人在夜里不辨方向，稀里糊涂地爬进了动物园，看到前面有房子，就不顾一切地钻进去避风了——如果他冻得昏迷不醒，说不定会被蟒蛇当成一顿大餐吃掉。

如果是那样的话，麻烦就大了。

教士急忙挥动铁锹，把雪向两边铲去，迅速来到蟒蛇馆舍门口。他一脚踏进屋子，第一眼没看到人。再隔着玻璃往后半部分看，赫然发现一个人面冲下趴在岩石上，一动不动，触目惊心的血迹顺着岩角流淌下来。

而那条蟒蛇居然从冬眠中醒来，缠绕在树上，两只蛇眼冷冷地向下睥睨，信子时吐时收。

蟒蛇的屋舍构造和别的动物馆舍不同，它分成一前一后两部分，中间用一面木墙隔开。木墙上开了三个圆圆的大洞，镶嵌上三面透明玻璃。游客可以通过正门走到前半部分，透过玻璃安全地观察后半部分。

在后半部分，教士安放了几块岩石，搭成一个塞满泥土的洞穴，旁边还立着一棵从红山上移来的枯树。附近有一个小门，是用来放入食物的。当初在设计时，教士特意把火炉的大部分热力集中在后半部分。反正游客看看就走，不会待久，前半部分冷一点儿也无所谓。

这个人大概冻得太厉害了，居然无意中打开了送食门，然后顺着热乎气钻进了后半部分，和蟒蛇同居一室。

教士不知道蟒蛇为什么没攻击他，也许是刚从冬眠中苏醒，比较迟钝。总之，这家伙的运气还没糟糕到底。柯罗威教士赶紧打开送食门，把旁边的一根木杆子伸进去，轻轻地在蟒蛇头部旋转摆动。这是饲养员教他的办法，可以吸引蟒蛇的注意力，然后迅速把食物塞进去。

很快这人被教士拖出来，全无反应，看来受伤颇重。教士把他的身体翻转过来，一瞬间，他如同碰触到一块火热的炭一样，猛然缩回手，脸上露出极度震惊的神情。

这人右侧眼眶上没有眉毛，两侧的脸很不协调，一脸凶悍。柯罗威教士一眼就认出来了，这正是当初在草原劫掠车队的马匪首领——荣三点。

教士对这张脸印象太深了，这半年多的每一场噩梦都由它而生。老毕临死前那绝望的表情、马匪手中黑洞洞的枪口、海泡子里的骷髅，洒满血点的青草和这张无眉拼接的面孔旋踵叠加在教士的脑海和眼前，强迫他反复体验着那一刻的惊悸和崩溃。

他的腰间，正插着那一把精致的史密斯-韦森转轮手枪。

此时这个噩梦的根源就躺在教士面前，奄奄一息。教士的嘴唇颤抖着，胸口起伏。水潭里的那具骷髅卡在胸腔和咽喉之间，让他难以呼吸。柯罗威教士实在无法抑制突如其来的恶心，砰的一声推开大门，猛然冲出馆舍，疯狂地呕吐起来。吐完以后，他背靠着墙壁，大口大口地吸着清冷的空气。

风是冰凉的，每一颗微粒上都挂着霜雪。理性的冰冷持续灌入教士的鼻孔、咽喉和大脑，把那些像被剥皮的蛇一样扭曲翻滚的神经给彻底冻结。这个过程持续了将近十分钟，教士才勉强将心中混杂着厌恶、惊恐的火焰压灭。

这时候教士的身体也差不多撑到了极限。他搓了搓几乎快要被冻伤的手，回到馆舍里，重新审视这个罪犯。

荣三点的身上有刀伤，也有枪伤，还失了不少血，整个人已经陷入昏迷。教士猜测，他大概是被剿匪的官兵追击，在雪天里迷失了方向，慌不择路逃来这里，随便找了一间屋子钻进来取暖。

那么，上帝把这个罪人送过来，是天意要他接受责罚吗？教士心想。

柯罗威教士的第一个念头是赶紧出去报官，把这个悍匪绳之以法，接受法律的制裁。或者置之不理，他就会在傍晚前被活活冻死。无论哪一种，都配得上荣三点的结局。

就在教士正准备这么做时，他忽然心有所感，猛一回头，发现蟒蛇仍旧盘卷在枯树上，就这么冷冷地看着那个人。这很奇怪，按说它刚从冬眠中惊醒，饥肠辘辘，本能会驱使它尽可能多地吞噬食物。可它现在居然对嘴边的肥肉无动于衷，只是一直俯瞰着那个罪犯。

看到蟒蛇这个反常的举动，柯罗威教士突然又犹豫了。

他想起来，在中世纪欧洲有这样一个传统：属灵教堂是罪人的庇护所与逃城。任何人一旦进入教堂，只要不离开，世俗的法律便不能再审判他，亦不可逮捕他，因为这里是神的殿宇。

虽然诺亚动物园不是严格意义上的教堂，可根源上同样具备传播福音的属性。从神学上来说，它是秉持主的意志而建起在沙地上的，弥赛亚的宝血同样流淌在这里的每一寸土地上。

也许……这才是上帝真正的启示？这个人拼命逃到诺亚动物园，谁知道是不是为了寻求忏悔和宽恕呢？教士想起了弥赛亚的教诲："你们要谨慎。若是你的弟兄得罪你，就劝诫他。他若懊悔，就饶恕他。倘若他一天七次得罪你，又七次回转说自己懊悔了，你总要饶恕他。"

难道，上帝是让我拯救这个血债累累的罪恶灵魂，所以才让我们在草原相遇？

教士站在原地犹豫了很久，决定暂且先把荣三点抬走，然后再说。他费了一番力气，总算把这个死气沉沉的马匪抬回了自己的卧室，并做了简单的包扎。屋子里的温度很高，他暂时不会有什么生命危险。

刚处置完毕，赤峰州的长警就找上门了。教士一问，这才知道杜知州前几日调集精锐，趁着草原上冻之际进行了一次会剿。那些金丹道马匪猝不及防，大部分从自家营地被窝里被揪出来，或杀或擒。只有荣三点警惕性特别高，第一时间逃掉了。

荣三点在冰天雪地中一路狂奔，跟赤峰州的马队几次接仗，最后他趁着突如其来的一场暴风雪，消失在红山边缘，大雪擦去了所有的足迹。马队的人发现，距离荣三点最近的藏身之处，就是诺亚动物园。

马队的人都知道，教士曾经遭到过荣三点的袭击，差点死掉，算是苦主。所以他们丝毫没怀疑他会窝藏要犯，只是提出要搜查一下动物园的各处馆舍。

内心犹豫不决的教士打开动物园大门，让长警和马队的兵丁进来。这些人饶有兴趣地观察着雪中的动物园，开始对动物馆舍一一进行搜查。唯一避过搜查的，是教士的居所。因为长警看到教士刚刚走出房子，推测里面肯定不会藏着马匪。

一队全副武装的兵丁们嗵地撞开象舍的大门，冷风一下子涌入温暖的房间，卷起一大片干草。站在畜栏里的万福发出一声警惕的号叫，把长鼻子威胁地伸起来，似乎要保护什么。一个眼力最好的兵丁发现在万福身边的稻草堆里，似乎躺着一个人影。他如临大敌，高声示警，周围同时有十几条枪举起来对准那边。

站在门口的教士连忙拦住他们，大声呼唤着小满的名字。过不多时，一个小男孩揉着惺忪的睡眼，从稻草堆里站起来。他的头发乱蓬蓬的，沾满了草粒和象粪，正是小满。只有在畜栏他才能睡得安心，即使在这么冷的天气，还是愿意赖在万福身边。

兵丁们看到是个小男孩，这才松了一口气，同时不免有点儿失望。教士亲吻了一下万福的耳朵，安抚住她的烦躁情绪，然后把小满拽出馆舍，带到自己的居所里。

小满一进屋，就看到躺在床上的荣三点。那凶神恶煞的神情和一身的血迹，把他吓了一大跳。他没法与人说话，只得对教士"啊啊"两声，面露不解。教士面色严肃地让小满坐在椅子上，为他挂上一串十字架，然后开口说道：

"小满，如果你能听懂我现在的话，请点一下头。"

小满点点头，眼神里满是困惑。

"现在诺亚动物园、你和我，面临着一个重大抉择。我希望你听完之后，帮我做一个决定。不，不是帮我，本来也只有你才有资格做这个决定。"

小满从来没见过教士如此严肃，也从来没见他如此矛盾、彷徨，只好茫然地再次点了一下头。

教士指向床上躺着的荣三点，讲出了他的身份："这个人，是杀害你父亲的凶手。我当时在场，可以证明那绝非误杀，而是一次充满恶意的蓄意谋杀。无论从法律还是道德上，他都应该被处死。但现在这个人来到动物园，寻求庇护。我希望你凭借本心，来决定他的生死——到底是向外面的官军告发，还是收留这个人，拯救他的性命？"

这番话是经过深思熟虑的，柯罗威教士认为拯救一个罪人比灭亡一个罪人更加重要。可是他并不是动物园里受伤害最大的那个，小满才是。教士觉得自己没有资格擅自决定，那是一种强加于人的伪善，只有小满才能决定宽恕与否。

小满听完教士这番话，眼珠转动着，眼神时而飞向床边的杀父仇人，时而凝视教士，始终没有做出表示。他毕竟年纪太小，也许根本没听明白，又或者听懂了，却不能理解其中的含义。

柯罗威教士想进一步解释，可突然觉得有点儿羞愧。自己是不是太懦弱了？所以才找一个冠冕堂皇的借口，把一个如此残酷的抉择推给无知的孩子。就在教士犹豫不决，不知是否该阻止这种愚蠢行为时，小满忽然动了。

他盯着床上的伤者，眼神变得清澈透亮。过不多时，小孩子伸出一个指头，指向荣三点，开口含混不清地喊道：

"啊，啊，沙格德尔，沙格德尔。"

一听到这个名字，教士不由得一惊，随即露出困惑的表情。他从来没在小满面前提过沙格德尔的名字，这孩子是怎么知道的？他又为什么指着荣三点叫？这两个人相貌明明完全不同。

小满没有做出解释，而是继续喊着沙格德尔的名字。喊了大概十几遍以后，小孩子昂起头，噘起嘴唇，发出一连串马鸣。

教士很熟悉这叫声，它不是蒙古马，也不是顿河马，而是接近于驴的嘶鸣，只不过没那么尖利——这是虎纹马的叫声。小满熟悉动物园的每一头动物，可以惟妙惟肖地模仿它们的声音，比虎皮鹦鹉模仿人类还像。他平常就是这样跟动物们交流。

可是，小满为何对着荣三点发出这种叫声？教士把双手下垂交叉，有些不知所措。他实在参不透这其中的启示。

古怪的嘶鸣在居所里回荡，荣三点奄奄一息地躺在床上，浑然未觉。忽然，一个缥缈的声音在教士记忆中涌现出来："大雪第七次落下之后，我会把那匹迷途的骏马送回到你的动物园来。"

这是沙格德尔临行前的话，他答应教士，会把那匹逃进草原深处叫如意的虎纹马找回来。教士心算了一下，昨夜恰好是赤峰入冬后的第七场雪。

难道说，此时小满眼中所看到的，根本不是穷凶极恶的匪徒荣三点，而是那匹走失的虎纹马？所以他才会喊出沙格德尔的名字，并且发出虎纹马的嘶鸣，试图与之沟通？教士俯下身子，谨慎地问小满到底看到了什么，是一匹马吗？

小满坚定地点了点头，瞳孔里流转着异样的光彩，就像他每次看到动物园里的其他动物似的。

教士的眉头不期然地皱到一起，这可真是一幅玄妙而难解的奇景：同一张床上，教士看到的是马匪，小满看到的却是虎纹马如意。柯罗威教士发现这几乎可以算作是一个科学问题——也许人与兽本来就是叠加在一起的，对方的性质取决于你不同的观察方式。小满的目光跟成人不一样，所以才能看到同一个躯体里的不同景象。

这实在荒谬，可又找不到一个合理的解释。难道说，真的如萨仁乌云所言，小满的萨满天赋觉醒了？教士不愿意在科学的合理性上做过多纠缠，因为还有一个更重要的疑问要解决——这到底意味着什么？

小满看待这个世界的方式，与普通人截然不同。荣三点没有被蟒蛇吃掉，这毫无疑问是上帝的意旨。但小满在荣三点身上看到了虎纹马如意，这个异状恐怕与沙格德尔有关。他曾经答应教士在第七场雪后寻回迷途的骏马，送到动物园。从小满的视角来看，他这个承诺已经兑现了。

不知为何，悍匪荣三点和飞跑的如意在草原上合二为一了。

柯罗威教士不知道沙格德尔是怎么做到的，但至少明白一点：沙格德尔让荣三点来到动物园，有他的深意，而这个深意绝非是把这个马匪扭送官府了事。

教士犹豫了很久，最终在胸口画了一个十字，做出了一个艰难的决定：如意也罢，荣三点也罢，暂时可以留在动物园里。就像他曾经对会督说的那样，凭借自己本心而行，因为上帝最了解它。

他下决心之后，歉疚地摸了摸小满的头。小满浑然未觉，继续翻动嘴唇，吐着气，好奇地盯着床上。他和成人世界无关，眼神里甚至连仇恨都没有，只有那匹桀骜不驯的虎纹马。

在动物园搜捕的马队很快结束了工作，长警很客气地通知教士："我们没有搜捕到，也许他逃进红山了，请你多加小心。"教士站在居所门前，拘谨地向他们表示感谢，声音有些微微发颤。这种窝藏罪犯的事情，他可从来没干过，难免会心中发虚。

不过长警完全没有怀疑到这个老实的教士头上，他叮嘱了几句，又看了一眼小满，然后和马队的其他人迅速离开了。原本整洁的雪地上，留下一长串杂乱的马蹄印，好似十几条长长的散碎锁链扔在地上。

很快动物园又恢复了平静，厚厚的大雪吸收掉了一切声响，唯有阳光反射着一片闪亮。教士注目良久，不得不闭上眼睛，以免被这耀眼的雪光灼伤。

事就这样成了。

冬去春至，声势浩大的强风开始从西北方吹过来，这是牧民口中的风季。它把天空的流云撕成一条一条的柳絮，裹挟着划过雪原的天空，像牧人驱赶着一群惊慌的羊羔。

寒风变为冷风，冷风又变为凉风。覆在草地上那厚厚的冰雪，终于化为潺潺的流水，它冲开冻硬的地表，渗入土壤的每一处空隙，滋润着每一粒正在积蓄力量的草种。冬季潜伏下去的力量，即将再一次舒展开来。

蛰伏了一冬的赤峰居民迫不及待地再次来到诺亚动物园。他们在冬夜里做了太多关于动物们的梦，万福和虎贲一次又一次在漫长的冬夜进入赤峰人的梦境，再也不会离开。现在他们亟须为这些梦寻找一个现实的落脚之地。

可惜在这个季节，草原上大大小小的路面都变得高低不平、松软泥泞，就连诺亚动物园内的小路也未能幸免。原本白洁干净的雪水沦为污泥，一脚踩下去，会溅起大片大片的泥浆。

不过狂风也罢，泥浆也罢，都不能阻挡喷涌而出的热情。居民们迫切想要去动物园，去印证自己在冬季长夜里的那些梦。

这些游客来到园子，欣喜地发现，那些动物一只都没有少，它们全都幸运地熬过了塞北的第一个冬天。同时他们还发现，除了小满之外，动物园居然又多了一个守园人。

这个守园人身材高大，几乎不怎么说话。他永远用一顶破旧的宽沿毡帽遮住面孔，胸口挂着一个松木制的十字架，走起路来一瘸一拐。大家都猜测，这大概是哪个没过年关的破产佃农，被迫投身到动物园当奴仆。

这个守园人很勤快，肩上永远扛着一把铁锹。他会把炉子里的废渣掏出来，一锹一锹地撒在翻浆的路面，混着泥浆压平拍实。这是一件很重要的工作，可以让动物园保持干净，但一个人干的话会特别辛苦。何况他没有小推车，每一锹都需要从炉子到路面往返一次。

不过守园人并不因此而偷懒，他很有耐心，也很有力气。每次挥动铁锹，双臂的肌肉都从那件薄袄下面夸张地隆起来。休息的时候，他就待在布道堂里，在最阴暗的角落里默默地坐着。如果教士要给游客们布道，他就悄然离开，去到蟒蛇的馆舍里。

有一个好奇心旺盛的小混混凑过去，想跟这个守园人攀谈，可很快就脸色煞白地回来了。同伴们问他怎么回事，他连连摆手，说那家伙身上带着股阴冷气息，还隐隐有股血腥味，那种感觉就像是钻进蟒蛇馆里跟那条蛇四目相对。"不舒服，不舒服，煞气太重，多待一会儿我非被他吃了不可。"他心有余悸地说道。

同伴们多留了一份心思，开始暗暗观察。他们注意到，这个神秘的守园人很少接近动物，也不与小满或教士交谈，无论喂食、垫路，还是打扫、巡视，他都是独来独往。到了晚上，教士回到卧室睡觉，小满跑去找大象，守园人居然留在蟒蛇馆里，似乎只有在那个阴森的地方他才甘之如饴。

他们还惊讶地发现，那个从来不理睬外人的小满，居然对这个守园人很亲近，不是对同伴或长辈的那种亲近，而是对待动物的那种亲近。

于是赤峰街巷间很快出现了一则谣言，说动物园缺少一位护法，所以教士运起洋教的法力，把大蛇变成了守园人。它白天干活，晚上现出原形回屋休息。有人问，万福和虎贲是大菩萨的坐骑，怎么还需要护法？旁人会耐心地解释说，万福负责慈悲，虎贲负责智慧明悟，那斩却邪魔的护法之任就由这位金刚来完成，这就叫三位一体。

如果教士听到这种说辞，一定会哭笑不得。

这个荒诞不经的谣言流传很广。每个听到的人都哈哈大笑，说怎么可能，可每个人一转身，脸色都变得有些严肃。去动物园的人更多了，他们除了看动物，就是远远地对着守园人指指点点。不过没人敢凑近与他攀谈，万一这妖怪凶性大发，把自己吞下去就麻烦了。

除了小满之外，只有两个人不怕他——马王庙的胖方丈和慧园和尚。

开春的某一天，他们也出现在动物园里，而且有人看到他们与守园人交谈。这三个人站在阴影之中，表情不一。胖方丈一直吧唧吧唧地吃着东西，两腮的肥肉不停颤动，慧园替师父提着食物篮子。经过一个冬天，他的脸也胖了两圈，越来越像师父的脸型。跟他们相比，守园人简直瘦得像一根长长的竹竿。

两个和尚似乎在劝说守园人做什么事情，双手不时摆出一个邀请的姿势，后者却不住摇头。他们大概谈了半天左右，胖方丈摘下自己的佛珠，要给守园人戴上，守园人倒退一步，避开了这个动作。这时穿着黑袍的教士出现了，他没有对和尚的行为表示不满，反而安静地站在旁边，听之任之，似乎完全让守园人自己决定。

谈了半天，两个和尚这才离去。就在胖方丈转身之时，守园人突然做了一个奇怪的动作，他伸出两只手，从后面搭在了胖方丈的双肩上。胖方丈猝然回头，脖子完全转过来，胖胖的眼睑褶皱之间亮起极其犀利的光芒。守园人很快把手缩回来，胖方丈哈哈大笑，高声诵了一声佛号，叫上自己的徒弟离开了动物园。

赤峰人不怎么敬畏马王庙的和尚，见他们出来了，自有人凑过去问两位师父跟守园人都谈了些什么，他到底是什么变的。胖方丈嚼着肘子肉，笑眯眯地说了一句话："他与我有师徒之缘，却不入庙门；无应劫之命，却自承业障！且看！且看！"说完扬长而去，留下一群迷惑不解的路人。

十天之后，胖方丈和慧园又一次来到动物园，他们带来两瓶马奶酒和五斤张记柴沟熏肉，还有一张芦苇席子。慧园说动物园开业之后，还没有正式来道贺过，这次算是补请。教士知道他们其实是对守园人有兴趣，但并没说破。他还欠他们一个人情。

野餐的地点设在蟒蛇馆旁边的槐树下，守园人、教士和小满都应邀而来。慧园把席子铺开，四角用石子压好，然后把酒肉一一摆上。胖方丈抓着酒瓶，又旧事重谈，邀请守园人去马王庙里坐坐，这个要求自然又被拒绝了。

柯罗威教士有点儿愧疚，之前胖方丈邀请自己去庙里烧香，又想要收小满为徒，结果都没成功。这已经是第三次拒绝了。

不过胖方丈没恼火，一仰脖子咕咚咕咚喝了一大口，环顾四周，笑眯眯地说："哎呀，抢酒的来了。"

很快教士看到远处一匹白色骏马飞驰而至。马上的姑娘，正是萨仁乌云。

这次萨仁乌云来诺亚动物园，是为了那匹虎纹马。在五天之前，她撺掇着喀喇沁王爷来参观了一次。王爷很是惊艳，而且对那匹叫吉祥的虎纹马最感兴趣，试探性地询问是否愿意出售，教士很是为难。萨仁乌云从中斡旋，给它改了个名字叫巴特，是蒙语里勇士的意思，名义上归喀喇沁王府所有，但继续养在动物园里。于是双方皆大欢喜。

这次她来，正是为了落实改名事宜，想不到正赶上这个奇特的野餐会。

萨仁乌云翻身下马，毫不客气地坐下来。她从胖方丈手里把半瓶马奶酒抢过来，也喝了一口，脸上霎时浮现出两团红晕。在酒精刺激下，白萨满的末裔变得特别兴奋。她站起身来，在席上转着圈跳起舞来，还放开嗓门高唱，引得远处的百灵、喜鹊也欢声鸣叫。

这一次的舞蹈并无深意，只是单纯的乘兴而起。她今天穿了一身宝蓝色的金边袍子，整个人高速旋转，将袍子旋成了一片蔚蓝色的辽阔天空，那金色丝线如烈日放出千万条光线，划过天际，令人心驰目眩。

萨仁乌云这突如其来的发挥，把野餐的气氛推向高潮。两个醉醺醺的和尚和柯罗威教士一起鼓掌打着拍子，随着她的舞步左摇右摆。小满瞪圆了眼睛，一直想伸手去扯萨仁乌云裙边的绸带，在他眼中，舞动着的她简直像是万牲园的孔雀那样绚烂。

凉风悄然吹起，远处隐隐传来虎贲的吼声和狒狒的唧唧声，它们似乎也想加入这场愉悦的野餐会。在这一片欢乐的氛围中，只有守园人低垂着头，一言不发地用手抓起一条熏肉，放入口中一点一点地嚼着，毡帽遮住他的表情，与周围格格不入。

跳了一阵舞，萨仁乌云终于停下脚步。她轻轻喘息着，鼻尖带着晶莹的汗水，一屁股坐到了教士的身边，靠在他肩膀上喘息了一会儿。

柯罗威教士不好挪开身体，只好略带尴尬地问她，是否知道沙格德尔在哪里。萨仁乌云看了一眼在旁边啃着肉骨头的守园人，妩媚一笑："他在哪里并不重要，反正春天的风会把他的歌声带到四面八方。再者说，他的信使不是已经在这里了吗？"

胖方丈本来正埋头吃喝，听到这句话，哈了一声，用袖子擦了擦满嘴的油渍："明白了，明白了，原来是应在了这里！"慧园听到这句话，面色一凛，似乎觉察到了什么不得了的事，胖方丈却没有往下说，低下头继续大嚼特嚼。

守园人一动不动。可萨仁乌云注意到他的手暗暗抓住了割肉用的小刀子，随时准备发起突袭。她嫣然一笑："沙格德尔让我给你带一点儿东西来，他说你会喜欢。"

守园人的手指抽动了一下，仍旧抓紧刀柄。萨仁乌云伸出手指蘸了一点酒水，然后点到了他的额头，留下一圈小小的酒渍。这是白萨满的一种仪式，会保留住死者的魂魄，同时又是一种诅咒，受到束缚的魂魄将很难再进入轮回，只能永远停留在这里。

"你想要看看真正的草原吗？"萨仁乌云轻声对守园人说，向他伸出手去。小满听懂了这句话，手腕不由得一抖，他曾经体验过一回去塔木地狱的感受，那死亡的阴冷气息令人毛骨悚然，他可不想再一次堕入那魂灵的深渊。

面对最后一位白萨满的邀请，守园人只是冷冷地开口道："不必了，我是从那里回来的。"

守园人狼吞虎咽地吃完自己的那一份肉，起身离去，扛着铁锹继续干活。萨仁乌云饶有兴趣地问教士："他既然挂起十字架，是否意味着已经接受了洗礼？"柯罗威教士暧昧地回答道："他和主之间，还有许多话没说完。"

"我以为他会通过你来沟通。"

"每个人与神的对话都不需要任何中保。我只会和他一起祈祷，但不会越俎代庖。"教士回答。

萨仁乌云忽然想到了什么，略带好奇地问道："也就是说，你到现在还没找到受洗的信徒？"柯罗威教士抬起头，微微露出一丝苦笑，这的确是件让人头疼的事。

萨仁乌云说："你需要信徒吗？"柯罗威教士知道她打的什么主意，缓慢而坚定地摇摇头。造假这种事，没有任何意义，他不希望自己的信仰蒙上灰尘。肥方丈嘟哝了一句：

"早说让你来马王庙里。"教士咳了一声，和尚低下头去，继续吃。

教士没有跟朋友们说，这件事远比他们想象的要麻烦。

柯罗威教士在美国时，秉持着一个不太正统的观念：他乐于用各种各样的方式把大家吸引进教堂，激发他们的兴趣，但不必急于去洗礼和领取圣餐。个人的信仰应该是一个水到渠成的演变过程，而不是像上门推销割草机一样，只追求瞩目的数字结果。在柯罗威教士看来，让一群蒙昧之人对神产生兴趣，比诞生一个虔诚的圣徒还要重要。

在中国，很多教士会采取一些不名誉的手段强行拉人入教，他们觉得这是正当的。但柯罗威教士坚决反对这种方式，对此嗤之以鼻。因此在赤峰的诺亚动物园里，柯罗威教士没有急于劝诱那些在布道堂听讲的游客们入教，而是一遍一遍地讲述神创造天地的奇妙，诺亚、摩西、亚伯拉罕的行迹，弥赛亚与使徒们的作为。柯罗威教士的口才不赖，中文又很熟练，每次宣讲效果都不错，很受游客们欢迎。他们还会问出五花八门的问题，教士耐心地一一解答。他相信，疑问至少代表他们已经开始思考，这是通向信仰的第一步。

麻烦就在这里。

在大洋彼岸，公理会的教堂可以各行其是，并不存在一个上级权威来发号施令。柯罗威教士在伯灵顿的做法不会受到多少束缚。可是在中国，个人的行事却没有那么自由。公理会差会对在华教士有着很强的管辖权——这可以理解，毕竟两国情况完全不同——因此他们对于各地所开拓的信徒数字格外看重，并据此进行褒美、建议或批评。

之前柯罗威教士坚持要带动物去赤峰，是因为他认为动物园更有利于传播福音。有这个理由在，差会中国总堂才算是勉强同意。但在动物园建成以后，总堂惊讶而愤怒地发现，这位可敬的同僚在二选一的情况下，居然选择先建起了动物园，教堂至今还没着落。这个本末倒置的举动让总堂非常恼火，他们简直不知道在年度报告里该怎样写，这会成为整个公理会的笑柄。

更关键的是，柯罗威教士至今也没有发展哪怕一个正式受洗的信徒（其实教士认为万福符合资格，她在武烈河里已经受过洗了，不过差会显然不会把大象列入信徒名单），这让最后一丝可以辩护的合理性也消失了。

总堂与柯罗威教士通了几次信，教士每次都洋洋洒洒地写上十几页信纸，从神学、哲学和中国现实的角度予以阐释，希望能得到理解，但对方的态度一次比一次强硬。这就是为什么当萨仁乌云说起这个话题时，教士会报以苦笑。

野餐会结束之后，动物园的三位成员把马王庙的两位僧人以及萨仁乌云一直送出了门，然后彼此道别。这些快乐的人与快班邮差擦肩而过，唱着歌离开了。

邮差把一个浅黄色的信封交到教士的手里，上面的地址明白无误地显示来自于总堂。教士敛起笑容，就站在动物园拱门之下拆开，仔细地阅读了一遍。小满和守园人站在他的两侧，他们一个不能说话，另一个不愿说话，但两个人都注意到，教士的手腕在微微颤抖。从红山山峰之间投来的夕阳给他引以为豪的大胡子抹上一层颓光。

总堂发出了一封措辞严厉的信，要求他必须在夏天之前把动物园处理掉，回归到宣扬主的正确道路上来。否则，他们将撤销柯罗威教士在赤峰地区的传教权，并把他留下来的声明公之于众，剥夺他在差会的成员资格。

这次的威胁不同于之前。这是一封哀的美敦书（最后通牒），它态度明确、强硬，不容任何含糊。

虽然公理会没有"绝罚"的手段，但这封信的严重性也差不多。

如果撤销传教权，诺亚动物园的存在将失去合法性，赤峰州衙门可以随时将其关闭。而公布柯罗威教士留在差会的声明，将会让他本人声名狼藉。从此以后，他将与公理会中国差会没有任何关系，也得不到任何帮助与祝福。他只剩自己一个人，变成一个徜徉在荒僻边疆的孤魂野鬼，自绝于整个公理会体系。

这是教士所能想到最可怕的一件事，甚至比死亡还严重。

柯罗威教士读完这封信，把它折叠好塞回信封，微微吐出一口浑浊的呼气。他抬起头，看到最后一抹余晖从拱门的孤星上悄然褪去，它顿时黯淡下来，轮廓逐渐变得模糊，很快就隐没在夜幕之中。

他捏着信封，蹒跚地往回走去，脚步虚浮，有些不知所措。小满傻乎乎地早早跑回象舍睡觉去了，守园人却没有马上返回蟒蛇馆，而是冷冷地注视着教士的背影，若有所思。他天生对负面情绪十分敏感，此时他从教士身上嗅到了可疑的味道。

教士没有回去居所，而是把自己关在布道堂里，跪倒在十字架前，虔诚地祷告起来，一遍又一遍向天主和自己诉说。他知道，不同于冬天宽恕荣三点，可以找别人来代替自己做抉择。这次的决定，只能由他自己完成。

必须得承认，按通常的标准来说，柯罗威教士的使命并不成功。可他也知道，动物园在赤峰人心中处于一个多么重要的位置。这座神奇的草原动物园已成功进驻每一个人的记忆里，让整个城市都开始做梦。

不止一个赤峰人对教士说道，当他们疲惫、焦虑甚至悲伤时，就会跑来动物园里待上一阵。要知道，诺亚动物园里的每一只动物都是草原上没有的，它们古怪奇异的模样营造起一种不同于草原的异域气氛，不断提醒着游客们：你已进入另外一个世界，在这里看到的一切都与熟悉的外界相隔绝，你可以袒露隐秘，敞开心扉，并且随时醒来——这岂不正是梦的定义吗？

无论富人还是穷人，无论贵族商贾还是贩夫走卒，无论蒙汉还是回满，对每一个生活在赤峰的人来说，这里是一处美妙的隐遁之地、逃避之所，是能让他们短暂隔离于俗世纷扰的净土。这里太纯粹了，它只是因为纯粹的好奇心而立在沙地之上，就像是雨后草原的天空，只留下蔚蓝颜色。

"你为什么要来赤峰？为什么要在草原建起一个动物园？"

一个恢宏缥缈的声音在天空的穹顶和教士脑内响起。教士对这个声音不陌生，从决定来塞北开始，这声音就一直在问他。在京城灯市口的教堂里，在承德的武烈河水中，在塞罕坝的垭口上，在红山脚下的沙地旁，在沙格德尔的歌声中，在萨仁乌云的舞姿里，在小满模仿动物的叫声中……问题一次又一次浮现，柯罗威教士一直在努力地探索答案。究竟是信仰？是好奇心？还是单纯为了营造一个玄妙的意象并把它嵌入到一个古老的梦里？

不同的答案在教士的思绪中飞速旋转。布道堂前的一盏幽幽油灯似乎感应到了祈祷者的心意涌动，火苗为之跳跃不已。

这间布道堂前后有六扇窗户，窗上镶嵌着细碎的彩绘玻璃。这些玻璃都是柯罗威教士从圣心会教堂的废墟里捡回来的，它们碎得太厉害，没办法拼回原来的花纹或人物，教士只能尽量挑选还算完整的碎片，把它们凑成六块玻璃。色块之间随机搭配，人像器物之间任意组合，全无规律的拼接让布道堂的花窗纹饰显出一种难以言喻的驳杂效果。

此时油灯光亮大盛，光芒透过这六块彩色玻璃，向外面的世界折射出炫目五彩，在幽暗的园子里格外醒目。教士依然跪倒在地上，一动不动，可脑中的思索却越发剧烈。油灯的火苗跃动越来越大，透出去的光线旋转得越来越快。快接近午夜时分，所有的答案和念头都旋转成了一片无法分辨色彩的光团。

动物们待在自己的兽舍里，披着厚厚的毯子。它们似乎有所感应，同时抬起脖颈看向动物园中央，注视着那光芒旋转。万福用长鼻子拍打着熟睡的小满，眼睛看向布道堂，不时发出一声低吟。虎贲一跃跳上狮山最高处的那块平坦岩石，俯瞰彩光。狒狒们和虎纹马也躁动不安。只有蟒蛇无动于衷，在它的居所门口，守园人默默地伫立在那里，披着斗篷，手里提着铁锹，铁锹边缘被磨得很锋利，偶尔泛起乌光。

这一切微妙的变化，柯罗威教士都不知道。他完全沉浸在沉思中。在一次又一次的自问中，柯罗威教士内心最坚韧也最天真的一面悄然显露。他仿佛回到了那一夜的草原，逼仄的黑暗，冰冷的寒意，四周居心叵测的窥视以及内心的软弱，整个世界都化为恶意，与他为敌。

但这一次，教士没有精神崩溃，因为这一夜并非在草原上，而是身处诺亚动物园之中。它是那一夜的月华所化，是一面坚强的护盾，堪与万军相敌。

午夜已至，柯罗威教士从地板上缓缓站起来，吹灭油灯，走出布道堂。此时四周万籁俱寂，只有红山发出呜呜的吼声，那是来自草原的阵阵大风。过不多时，大风吹开夜幕上空的云，银月又一次露出圆容，奶水般的液状光芒滴下来，流泻入远处的英金河，再从那条不算太宽的水渠流入动物园的水池。一条银白色的丝带，就这样把天空和这座动物园连缀在了一起。

教士的眼神向前延伸，追着月光望向远方。那一夜的草原，他已经没有任何记忆，但他知道自己一定是陷入蒙昧空灵的状态，需要引导才能找到应许之地，找到萨仁乌云。现在的柯罗威教士，不必再次陷入那种状态，亦不需要刻意去引导，因为他已经足够强大，已经找到了内心最渴望的答案。

更准确地说，是找到了所有答案的集合。它既是信仰，也是人性，更是来自内心最深处的投影。古老的草原城镇已和这些外来的动物结合在一起，就像是那天晚上肆行于街巷的人与野兽的狂欢。某些东西已然改变。进入梦里的情景，再也不可能忘却。这就像是一道透过彩绘玻璃的油灯光芒，折射反映，根本没办法从中滤出每一种颜色，它们本为一体。

"我会一直在这里。"教士仰起头来，任凭月光抚着他在寒冬时节变得皱皱的面颊，轻轻地说，"沙地上的动物园已经矗立，它不会被推倒，如同梦无法被夺走。"

月光似乎又亮了一点点，动物园拱门上那颗黯淡的孤星在夜幕下冉冉升起。

疲惫不堪的柯罗威教士背靠着布道堂的大门，就这么睡着了。他的表情轻松，唇边还带着微笑。在远处的守园人收起铁锹，抖落肩上的沙尘，一言不发地回到蟒蛇的馆舍。

到了第二天，柯罗威教士给总堂回了一封信，态度坚决，表示他的行为是遵从于上帝的意旨，万福即是启示的见证。他绝不会废弃这个动物园，即使要遭受最严重的惩罚。附在信中的还有一张柯罗威教士站在动物园布道堂前的照片，他身着黑袍，面带笑容，身旁还站着万福。

这张照片是萨仁乌云拍的，她在去年冬天弄到一台相机，在赤峰州提完货，先跑到诺亚动物园给柯罗威教士试拍了几张。她回到喀喇沁之后，自己动手冲洗，不小心意外曝光，仅仅保留下来这么一张。

这是关于诺亚动物园和柯罗威教士的唯一一张照片。

总堂收到柯罗威教士的信件之后，头疼得很。他们没料到教士的态度居然如此坚决，一步都没退让。要如何处理这个胆大妄为的家伙？总堂高层有点儿进退两难。如果公开高调地处理，等于尽人皆知，会在中国传教界成为笑柄；如果不处理，那等于是打了自己耳光。

总堂最终做出了一个奇特的决定：保持沉默。

他们既不派人去取代教士，也不再定期寄送会刊与信件。在公理会的名册上，不再出现柯罗威教士的名字。那张照片也被放进档案之中，就此封存。这样一来，柯罗威教士与公理会中国差会之间的联系全都断掉了。从此以后，教士也罢，诺亚动物园也罢，对于总堂来说都是不存在的了。

在那张标记本堂教士分布的中国地图上，赤峰州重新变回了一片空白之地。柯罗威教士对此一无所知——或者说不关心——他已经完全被动物园的事业迷住了，无暇他顾。

在这期间，总堂唯一做出的动作，是发了一封电报给赤峰州的杜知州，表明教士的身份与公理会全然无涉，传教介绍信撤销，从此一切行为均由他本人自行承担。言外之意，柯罗威教士在赤峰一带的传教从此刻起将变成非法，他正式成为孤家寡人。

杜知州接到电报之后，先是愣了一下，旋即把它随手搁到了一旁。他对教权纷争没有兴趣，只要赤峰州的地面能够保持平静就好。诺亚动物园如今小有名气，连杜知州本人都去看过几次，轻易对它采取行动，恐怕会让居民乱上好一阵子。所以只要柯罗威教士安分守己，杜知州不会主动出手取缔这一个非法传教的地方。

不过杜知州不关注，不代表其他人不留意。

这封电报在归档的时候，被杜知州的幕僚看到。他随手抄了一份，转交给了与之来往密切的楞色寺老喇嘛。

楞色寺在东蒙地区的地位有点儿尴尬，有了赤峰这个地方之后，它才建起来。年轻对人来说是件美好的事，对寺庙来说却不好。这里没有活佛，喇嘛们还没来得及取得权威地位，信徒们宁可走很远的路去林东的召庙或者经棚的庆宁寺。

所以这些喇嘛们对于诺亚动物园一直耿耿于怀，它抢走了整个赤峰的关注。比起在香火缭绕的庙里向佛祖叩拜祈祷，人们往往更愿意待在纯粹的动物园里，逃避俗世的喧嚣。更何况，喇嘛们认为万福和虎贲本是属于菩萨的坐骑，如今被圈禁在牢笼里供人参观，这实在是一种亵渎。

他们从神学和经济的角度都愤愤不平。试想一下，如果这些野兽能够放在楞色寺的话，将会对信徒产生多大的影响？楞色寺一跃成为东蒙最显赫的寺庙都有可能。

可毕竟柯罗威教士是洋人，万一处置不好变成教案，可是会惹出巨大的风波。

这份电报却给楞色寺带来了一个绝好的消息。公理会公开宣布与柯罗威教士断绝关系，这意味着来自京城的保护无效了。

老喇嘛如获至宝，认为这是一个好机会。可是幕僚同时警告说，想利用柯罗威教士的身份做文章是不可行的，因为在诺亚动物园的背后，还有一位喀喇沁王爷的侄女。

"哦，那个白萨满的末裔。"老喇嘛不屑地摇摇头。他知道萨仁乌云，那家伙代表的是行将消亡的古老力量，不足为惧。即使有王爷撑腰，也做不了什么。

"杜知州不希望赤峰州发生任何不稳的状况。"幕僚连忙提醒道。

老喇嘛听出了弦外之音，嗯……任何不稳的状况都是不受欢迎的。他眯起眼睛，手里飞快地捻动念珠，心里有了计较。

"别忘了祖狼的足迹。"幕僚在离开前特意又叮嘱了一句。

在动物园的工程进展过半时，楞色寺曾经唆使受伤的寺奴工人们蓄意阻挠，没想到当晚在工地四周就出现了祖狼的足迹。赤峰人相信这块地方一定深得庇佑，结果工人们主动复工。无论这个传说是真是假，始终是诺亚动物园的一层屏障。

楞色寺的老喇嘛干笑了几声，这八成是马王庙的和尚们在捣鬼，那些来历不明的酒肉和尚最擅长干这些。听说那些和尚经常去诺亚动物园，两边关系不错。看来如果要动诺亚动物园，就必须先扳倒马王庙。

哦，对了，还有沙格德尔。那个疯疯癫癫的家伙才是始作俑者，如果没有他，柯罗威教士从一开始就无法立足。

数来数去，老喇嘛有点儿困惑，这个动物园到底有什么来头，为什么会得到这么多奇怪的助力。想到这里，老喇嘛谢过幕僚，把抄件揣在袖子里，回到寺里。任何人问起来，他都摇头不语，似乎这件事就这么被淡忘了。

赤峰州的春天，比中原要来得更晚一些。到了草原的青草冒头之时，经过一冬困顿的牧民会结伴前来赤峰，购买紧缺的盐巴、茶砖、铁器和药物，采购完以后，他们还会顺便逛逛这座繁华的城市，好回去讲给自己的孩子听。

尤其是今年赤峰城里还多了一个动物园，就更值得多停留几天了。这个神奇的场所在各地已经成了传奇，每一位牧民都渴望能一看究竟。

一位从锡林郭勒来的年轻牧民随着同伴进入赤峰城，他先办好了自己家的事情，然后扛着两个褡裢袋，又去看了诺亚动物园。他惊叹于万福的雄壮和虎贲的凶猛，又在虎纹马吉祥——现在已经改名叫巴特了——面前伫立良久，羡慕不已。

这时一位和蔼的老喇嘛凑过来，对他耳语了几句。淳朴的牧人立刻露出诚惶诚恐的神情，听喇嘛说完以后，他先看了看远处的万福，再看了看近处的虎贲，眼神里放射出狂热的色彩。这位牧民垂下头颅，任由老喇嘛的手掌摩擦头顶，随后两人分开离去。

远处的虎贲看到这一幕，野兽的直觉让它发出一声不安的吼叫，引起周围不明真相的游客一阵赞叹。整个动物园只有小满听懂了虎贲的意思，他找到柯罗威教士，"啊啊"地扯着衣角。教士见小满神色有异，以为是虎贲病了，可小满却总是摇头。

柯罗威教士莫名其妙，安抚了小满几句，很快就走开了。小满沮丧地靠在笼子旁边，不知该如何表达才好。忽然他感觉前方的阳光被一道影子遮住，一抬头，看到守园人走了过来。这个人肩扛铁锹，神色阴冷，目光锐利，似乎能读懂小满脸上的焦虑从何而来。

小满伸手指向锡林郭勒的那位牧民，他正朝着动物园的出口方向走去。守园人的眼神一瞬间变得杀意滔天，可还未等他握紧手中的铁锹，牧民的身影已经穿过拱门，在孤星旁边的拐角消失了。

"来不及了。"守园人淡淡地道，他伸出手掌按在小满孱弱的肩膀上。小满睁大了眼睛，一半是因为疼痛，一半是因为他第一次听到守园人说出这么长的句子。

锡林郭勒的这位牧民浑然不知，自己刚才已经无限接近于死亡。他带着兴奋离开动物园，走回城里，径直来到了二道街东头的马王庙。

大约转悠了十来分钟，牧民就出来了，他对同伴说："这庙的布局很蹊跷，进门以后是一堵封天截地的砖墙，只在右边留了一个狭窄的入口，得绕进去才能进入正殿前的院子里。"同伴乐了，说："你不放羊，改当风水先生了？"牧民摇摇头，说："还是去找长警唠唠吧。"

在长警那里，牧民神色紧张地解释说，这个庙的结构有点儿像是狼窝子。草原狼这种动物特别狡猾，它们的窝不是直统统的一个大洞，窝口特别狭窄，一进去，里面一定会有个大拐角。这样外头不知里面虚实，枪和弓箭走直线打不到，烟也不好走，谁想爬进去，狼就守在拐弯的地方，吭哧就是一口。有句俗话叫"舍不得孩子套不住狼"，说的就是这件事。狼窝太窄，大人进不去，只能让小孩子往里爬，小孩子一爬过那拐角，外头的人就看不见了，生死全凭孩子运气。

草原上狼害多，这个锡林郭勒盟的牧民打狼打多了，熟悉它们的习性，所以一看这个马王庙进门居然还拐大弯，跟狼窝似的，立刻就觉得熟悉。长警听了，觉得此事实在古怪，赶紧把这事汇报给警务公所的会办。

恰好这个会办是楞色寺的信徒，连忙来向高僧请教。得到老喇嘛面授机宜后，他联络了几位缙绅，向马王庙的胖方丈提出，庙里的三位大仙护佑一方，这里太过狭窄，不如重新移个地方供奉。

胖方丈拒绝了，说这是佛祖旨意，不敢擅挪。缙绅们又提议为三位大仙重塑金身，胖方丈又拒绝了。如此反复拉锯了数天，缙绅们第三次提出要求，说捐个金座总行吧。

这回胖方丈没办法再推脱，只得同意。没过几日，金座便做得了，是个莲花台的形状，彩绘雕边，外面还镀了一层金粉，很是精致。

换座仪式那天，会办和一干缙绅耆老都去了。工匠们把莲花台放好，再把土地大仙的塑像往上抬。这一抬不好，出事了。莲花金座看着是个平底，其实边缘的莲花瓣大小不一，容易晃荡，上头再加上泥像那么重的东西，一下子重心不稳，哗啦摔到了地上。

在众目睽睽之下，大仙的泥胎被摔了个粉碎，从里面居然掉出一具老狼的干尸。狼头是被劈开的，平摊开来，两侧的狼眼正对着塑像的两个眼睛。现场一片哗然，会办立刻喝令把和尚们逮住。和尚们想跑，可哪及得过官差如狼似虎，从胖方丈到慧园和尚都被抓了起来。

随后，马王爷和佛祖的泥像也被砸开。佛祖像里藏着一只母狼的干尸，也是脑袋剖开平摊，双眼正对佛眼。马王爷倒是清白无辜，里头什么也没有。

消息传出去，整个赤峰城全都轰动了。所有人都没想到，那些看起来人畜无害的和尚居然藏着这样的勾当。一想到自己经常去上香叩拜的泥像里头，藏着两双直勾勾的死眼，就觉得浑身发毛。若不是那个锡林郭勒的牧民揭穿，恐怕大家都被蒙在鼓里。他们为什么把狼的干尸藏在泥像里？没人说得清楚，总之必是邪教无疑！

经历了金丹道之乱的赤峰，对这种事情十分敏感，顿时群议汹汹，要求严办。

官方很快贴出告示，说这些和尚都是东北跑过来的胡子，身上背了人命，所以在赤峰隐姓埋名，如今已归案，不日将明正典刑云云。但赤峰城中还流传着另外一个说法：那几个和尚都是草原狼变的，所以他们要把自己的父母供奉起来，挤占马王爷的香火。

教士听到这个消息愣怔了半天，不明白怎么突然会有这种事发生。他回想起在这之前，胖方丈曾经说过一些奇怪的话，现在看来，几乎全都一语成谶。也许当初胖方丈已经对未来的劫难有所预感，所以才邀请他去马王庙，借此禳灾。那个庙里供着三个神仙是不够的，需要四路神仙方能渡劫。可在教士拒绝以后，方丈并没有再三强迫，反而坦然面对注定会来的命运。

想到那张肥嘟嘟的面孔，柯罗威教士顿时觉得内心愧疚。他还欠马王庙的胖方丈一个人情，不能坐视这种事情发生。他换上最好的衣袍，赶去赤峰州的衙门。

见到杜知州后，教士表示这其中一定有什么误会，他愿意为马王庙的僧人们背书。

杜知州皮笑肉不笑地回答说："如今证据确凿，不容置疑。何况长老你现在自身尚且难保，就不要来蹚这一摊浑水了。"柯罗威教士听到这句话，知道公理会的电报已经送到赤峰州了，他颓丧地后退了几步，然后又昂起头来，坚持要去见一下身陷囹圄的和尚们。杜知州想了想，答应了。

赤峰州的监狱是一座灰暗如坟墓的建筑，在这里看不到半点儿令人欢欣的色调。柯罗威教士手里紧捏着十字架，在狭窄的通道里跟随一个不耐烦的狱卒走了很久，终于来到了最深处的监牢。这里好似狼窟的最深处，斑驳的墙壁上有暗红色的印记，腐烂的稻草席子散发着腥臭，空气中沉滞着死者的最后一口呼吸。

一群和尚在角落里簇拥成一团，神色萎靡不振。听到脚步声，他们猛然直起脖颈，一起转头朝这边看过来。柯罗威教士隔着木栏杆，叫着胖方丈和慧园的名字。两个人从和尚堆里站起来，懒洋洋地走到教士对面。

胖方丈的腮帮子仍旧不断蠕动，可惜嘴里空空如也。教士拿出一条肉干，胖方丈眼睛一亮，飞快地抢过去，心满意足地咀嚼着。胖方丈一边嚼着，一边含混不清地开口道：

"一切缘法，皆是前定。长老是拜上帝的，不必为我们这些佛家弟子费心了。"

"我会想办法把你们弄出去，你们的归宿不该是这里。"教士抓住栏杆，大声道。

胖方丈哈哈大笑，笑得肉屑从牙缝里掉出来。他停顿了一下，把慧园推了出去："如果长老你非要还这个人情，那就麻烦长老把这小子收留了吧，他跟我们毕竟不一样。"

赤峰州抓这些和尚的罪名是当过胡子，而慧园是金丹道之后才进入马王庙的，他应该罪不至死。教士还未点头，慧园却陡然激动起来。他抓住胖方丈的衣角苦苦哀求，拒绝离开。胖方丈摸摸他的脑袋，叹了口气："痴人，你原来的师父岂不就在那里？"

慧园只是跪下不动。胖方丈无可奈何，只得把他推开，对教士道："我这个徒弟什么都好，就是执念太强，不是修佛的料，还是带在身边放心些，长老你还是请回吧。"

柯罗威教士见这师徒如此固执，忽然又想到一个办法："我去拍一份电报给萨仁乌云，她一定有办法。"胖方丈却摇摇头："马王庙的日子就到这里了，命数昭然，不是人力所能扭转。你也罢，萨仁乌云也罢，不要再靠近我们了，否则沾染上因果，动物园里那几位同道只怕会不安宁。切记！切记！"

柯罗威教士觉得眼眶微微发热，胡子微微颤动。胖方丈咧开嘴，忽然喷了一声，把右手伸出栏杆，搭在了教士的肩膀上，四根指头习惯性地勾住他的袍衫。在那一瞬间，柯罗威教士感觉到胖方丈的身上流露出一道野性的锋芒。

可这锋芒稍现即逝，胖方丈把手缩了回去："哎，反了，反了。早知道不应该劝你搬来马王庙，应该我们搬进动物园才是，哎——那可真是个好地方。"

柯罗威教士还要再说什么，胖方丈摆了摆袍袖，回到监牢里面。教士转身离开，走了几步，背后忽然响起慧园的念诵声。他立刻分辨出来，那不是经文，而是《罗马书》中最熟悉的那一段：

"神的事情，人所能知道的，原显明在人心里，因为神已经给他们显明。自从造天地以来，神的永能和神性是明明可知的，虽是眼不能见，但借着所造之物就可以晓得，叫人无可推诿。"

教士回过头去，监牢的尽头一片黑暗，只能恍惚看到那些和尚的身影。待他走出监狱，连念诵的声音也听不到了。

回到动物园之后，柯罗威教士的情绪很不好。他没有去探望那些动物，一个人待在布道堂里，为马王庙的僧人们祈祷。这时门响了，教士回头一看，守园人穿着一件黑斗篷，戴着斗笠走了进来，浑身散发着凛然的气势。

"您去看过方丈了？"守园人问，他的声音嘶哑粗粝，如同风吹着粗大的沙砾滚过红山的垭口。

教士把见到方丈的情况详细说了一遍，守园人沉吟片刻，把斗笠摘下来，露出那张仿佛拼接起来的马匪的脸："我想知道，您是否会介意沾染这段因果？"柯罗威教士严肃地把双手放在《圣经》之上，学着沙格德尔那缥缈的调子回答："草原的天空宽旷得很，每一只鸟儿都可以尽情飞翔。"

"很好，接下来要发生的事，请您不要过问。"

守园人说完，走到他面前，半跪在地，把脖颈上的十字架摘下来，从腰间掏出一把手枪。他亲吻这两样东西，然后放回到教士的手心，低声道："给小满吧，这是我的命。"

然后，守园人从诺亚动物园消失了。

没过几天，在即将对马王庙和尚行刑的前夜，赤峰州的监狱突然离奇地闹起了火灾。在漫天的火光之中，有人看到守园人和那群和尚一起冲出了监狱，穿过州里错综复杂的大街小巷，径直奔向草原。

不知是不是巧合，这些逃亡者的路线恰好路过红山脚下的诺亚动物园。正在象舍里熟睡的小满，突然在万福的鼻弯里莫名惊醒。他惺惺懂懂地离开象舍，鬼使神差地爬到动物园的墙头。

在月色照耀之下，天与地的边线都被虚化，泛起一层层涟漪，整个世界显得不那么真实。小满睁开双眼，看到银白色的沙地上有十几个黑点在高速奔跑着。小满揉了揉眼睛，居然看到一群头顶秃毛的野狼鱼贯跑过，留下一大串脚印。它们的步伐不算矫健，其中一头甚至还有点儿肥胖，奔跑的姿态却格外奔放。

跑在狼群正前方的是一匹骏马，它似乎就是那匹失踪已久的虎纹马如意。它跑得那么欢快，马尾摇摆，身体上流动着黑白相间的条纹，像是穿越了无数个昼夜。小满甚至看到，在狼群里似乎混进了一个人类，他努力学着其他同伴奔跑的姿态，有点儿笨拙，但很执着，跑着跑着就彻底融进群体，不易分辨了。

狼群即将跑过诺亚动物园时，虎纹马发出一声嘶鸣。那匹胖胖的野狼骤然停住脚步，指挥着狼群，一起昂起脖子，对着诺亚动物园上空的月亮叫起来。还没等小满做出回应，它们就甩着尾巴消失在沙地和草原的边缘。那一夜，很多赤峰城的居民坚称他们听到了祖狼的嚎叫。

事就这样成了。

第九章

——

应许之地

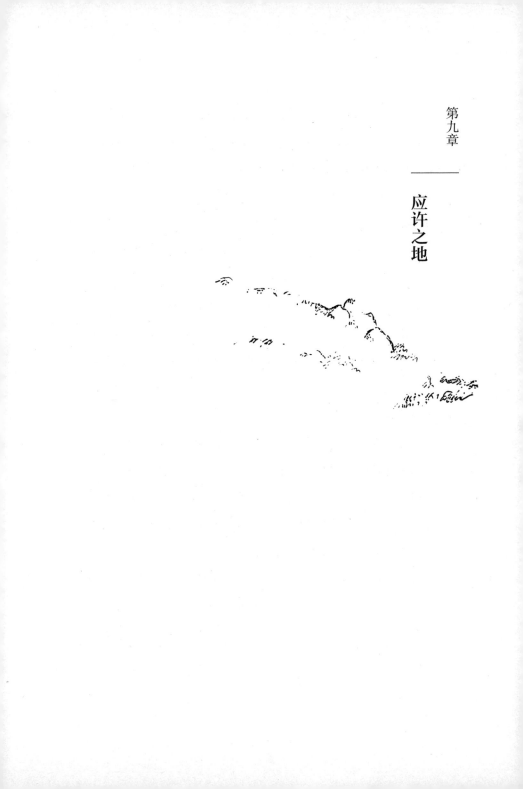

小满第二天醒来，毫无征兆地发起了高烧，整个人持续烧了三天三夜，吃什么药都不管用。柯罗威教士只得从英金河里取来冰水，浸在棉巾里敷在他额头上，并为他擦拭全身。冰凉的河水反复冲刷着小满滚烫的身躯，洗去热量，洗去污垢，洗去灵魂上一直蒙着的尘土。

三天之后，烧终于退了，小满从床上爬起来，叫着教士的名字说饿了。教士大为惊讶，他发现小满的语言能力居然恢复了，虽然他的发音还很生涩，但只要稍加训练便可以像正常孩子一样与别人沟通。更神奇的是，小满可以流利地用中、英文交谈，拉丁文和法文也说得不错。这些都是教士在收留他之后教的，当时只是出于教育的义务，没想过会有这么好的效果。

教士随即发现，小满与动物沟通的能力却消失了。一扇大门重新打开的同时，原本开启的那一扇便悄然关闭。他还是很喜欢去照顾动物们，可原本那种近乎共生般的亲密关系变成了饲养员与动物之间的爱。奇怪的是，那只虎皮鹦鹉也从此闭口不言，再没吐露过任何一个字。

柯罗威教士问小满是否还记得从前的事，小满摇摇头，仿佛之前的经历只是一场高烧时的幻梦。它和其他的梦并没有什么不同，在醒来之后很快被遗忘，连一点点痕迹都无法残留。

不过柯罗威教士此时已无暇思考这其中的变化，因为楞色寺已经过来找麻烦了——正如胖方丈说的，沾染了因果，劫难总会降临。

这一天，动物园来了三位楞色寺的喇嘛，他们恭敬地对教士说，希望能把万福和虎贲接到寺里去。理由还是那个老借口：既然两头灵兽是菩萨的坐骑，自然应该和菩萨住在一起。

任凭喇嘛们许下多么丰厚的酬劳，教士都毫不犹豫地拒绝了。他从没打算和这些动物分开，更不会把它们交到居心叵测的家伙手里。喇嘛们恼羞成怒，威胁说他们已经掌握了教士协助马匪越狱的证据，如果不妥协的话，就等着吃官司吧。

柯罗威教士的表情没有一丝变化，他依然表示拒绝。喇嘛们见劝说无效，一把将教士推开，气势汹汹地率领寺奴敲着法器冲进动物园，要强行去迎回两头灵兽。

不料小满早已悄悄地打开动物们的兽栏大门，把所有动物统统放了出来。万福和虎贲在诺亚动物园内住得太安逸了，它们很久不曾如此愤怒过。大象甩动着长鼻子，肥厚的脚掌把地面跺得直晃；狮子从高处跃下，鬃毛飘舞，利爪牢牢地抠在岩石中。它们的威势实在太大，喇嘛们吓得连滚带爬，他们想后退，却被不知从哪里蹿出来的狒狒扯住僧袍。

有一个倒霉鬼摸到了动物园的一条小路上，结果被斜里冲出的吉祥一脚踢了出去，一头撞在树上。他晃动着晕乎乎的脑袋，很快发觉自己的身体被越箍越紧。当他发出求救的号叫时，蟒蛇已经慢条斯理地完成了对猎物最后的缠绕，准备开口进食了。幸亏有同伴扯开蛇身，才算救了他一命。

一时之间，整个动物园里充满了动物的吼叫与人类的惊呼。喇嘛和寺奴们跌跌撞撞地逃出动物园，头也不回，落了一地的衣衫和法器。如果不是教士及时阻止，小满差点儿驱赶着这些动物第二次闯入赤峰城里去。

诺亚动物园的大捷，在短短一天时间里传遍了整个赤峰城。大部分居民都对动物园抱有同情，觉得那些喇嘛真是咎由自取。大家津津乐道于楞色寺的狼狈模样，每一个人都绘声绘色地讲着动物们大战喇嘛的传奇故事，并且添加了许多想象元素，把喇嘛们渲染得更加丑态百出。传到后来，这个故事与真实情况相比已是面目全非，即使是沙格德尔都未必能编出这么充满奇趣的故事来。

楞色寺没想到失去了马王庙的庇护，诺亚动物园居然还是如此强硬。他们威逼不成，便跑去赤峰州衙门告状。他们宣称，有人看到诺亚动物园的守园人协助马王庙和尚逃跑，这个柯罗威教士一定是马匪的同党，至少也是窝藏。

这个指控很严重，杜知州也不好置若罔闻，只好找到柯罗威教士来对质。教士表示对这件事毫不知情，并以上帝的名义起誓。当被问及这位守园人的身份时，柯罗威教士简单地回答："他是一个我应该宽恕的人，而我已经这样做了。"

杜知州对这个回答感到莫名其妙，他又问守园人在哪里。教士指向草原："他已经离开，去了哪里我也不清楚。"

为了给各方面一个满意的交代，在征得教士同意后，赤峰州的长警们进入动物园进行了仔细的搜查，结果一无所获。不过他们在蟒蛇馆舍里发现了一张完整的蛇皮。

这是蟒蛇蜕下来的旧皮，教士还没来得及把它拿走，上面带着一圈一圈暗灰色的斑斓花纹。楞色寺的喇嘛大叫起来："这就是那个守园人！这个洋人的邪术让蛇把自己的皮脱下来，冒充人类混入我们当中！"

杜知州并不认可这个荒唐的说法，一笑置之，他很快便把柯罗威教士放了回去。可"蟒蛇变人"的说法却不胫而走，在喜好猎奇的赤峰人口中又开始了新一轮传播。

一开始，大家只是把它当成一个笑话来谈，可在一些别有用心的言论推动下，很快越传越离谱。人们纷纷想起来，好像谁也没看过那个守园人的面孔，而且这个人阴气很重，一靠近就觉得凉飕飕的。还有人表示自己亲眼看到过，他晚上从来不住屋子，总是在蟒蛇的馆舍里住下。如果真是人类，怎么可能会长时间待在那种地方。

细节填补越来越多，从一开始的"动物园里的守园人是蟒蛇变的"，到后来谣言已经变成："大蛇受了教士的点化，化为人形专门去草原上拐小孩，用西洋邪术把他们变成动物，供人参观。那五只狒狒就是丢失的孩子变的。"他们再联想到那张吊在树杈上的阴森森的蛇皮，更加不寒而栗。

惊悚的流言迅速传播开来，甚至比上次楞色寺的丑闻散布得更广。很多脑子清醒的人指出这其中的荒唐之处，可更多的居民仍旧半是畏惧半是猎奇地四处讲述，还得意地跑到动物园里，对着蟒蛇指指点点，仿佛已经找到了严谨的证据。还有许多丢了孩子的父母，专门跑到装着狒狒的笼子前，一边哭泣一边喊着孩子的名字，甚至声嘶力竭地抓住狒狒的胳膊或尾巴，想把它们拽出来。

狒狒们受到了不小的惊吓，其中一只还呕吐起来。小满十分恼火，他抄起守园人留下来的铁锹，跑出去驱赶那些游客。

又过了几天，一个铁匠的孩子无故失踪，他常玩的拨浪鼓被人在动物园后墙找到，这立刻成了洋教士养妖精吃小孩的铁证。孩子的妈妈在动物园前号啕大哭，几十个亲戚涌过来，群情激昂，一定要教士出来负责。

小满出来阻止，结果双方一言不合，大打出手。小满毕竟是个孩子，势单力薄，等到教士闻讯赶到时，他已经被打成了重伤。

教士赶快把小满送去了医院，然后去衙门抗议。杜知州告诉他，官府现在对这种流言四起的局面很不安，如果教士能够澄清一下这个谣言——比如交出那条蟒蛇——他才好秉公处理。

柯罗威教士拒绝了，说这些动物都是动物园必不可少的组成部分，他不会因为那些荒唐的谣言就轻易舍弃它们。教士平静地回到沙地，将每一个动物馆舍的围栏都打开，让整个诺亚动物园处于完全敞开的自由状况。

教士已经生出了某种预感，想要把它们都放走。可是从万福到虎贲，谁都没有离开。动物园里的动物们亲密地簇拥在布道堂前，就连蟒蛇也爬了出来，它们站成一个圈，把教士围在当中，每一只的眼神都透着安详。教士看到这一幕，不由得泪流满面。他知道，这次不是因为主的伟力，也不是因为其他任何神灵的庇护，而是因为诺亚动物园自己。

然而更大的麻烦还在后面。

楞色寺的老喇嘛在一次法会上颁下法旨，说普贤菩萨的坐骑是长着六根象牙的白象，眼前这头又黑又没有象牙的怪物，根本不是什么所谓的灵兽。那头狮子自然也不是文殊菩萨的坐骑。它们两头都是佛魔。这种佛魔，最擅长的就是控制别人的梦境。

民众们想起之前流传的谣言，立刻变得惊慌起来。一个人说："我经常会梦见那头大象。"另外一个人惊叫："没错，我会梦见狮子和虎纹马。"第三个人喊道："老天爷，我从前总梦见自己变成了那只狒狒。"所有的赤峰居民都发现，自己的梦里或多或少地出现过动物园的奇景。事实上，诺亚动物园已经成为他们生活中的一部分。

这并不能说明什么，可在谣言的操控下，许多人想起了古老的萨满传说：控制梦境的人就可以控制灵魂。还有一个事先安排好的喇嘛喊道："萨仁乌云是白萨满的末裔，她用身体蛊惑了这个洋教士！"

民众们很害怕，也很愤怒。他们没想到这个充满神奇的动物园，居然包藏着如此的祸心。回想起来，之前每个人一进园区就如痴如醉，久久不愿离开，那一定是一种可怕的法术吧？这多么可怕，许多人不由得尖叫起来。

"可是那些梦从来没伤害过谁。"也有人这样说，可惜很快就被淹没在惊恐的声音里。

喇嘛们得意扬扬，拿出诸多法器，在动物园前做起了驱邪的法事。那些曾在动物园里流连忘返的百姓们，现在却成了最痛恨动物园的人。诸多民众聚拢在动物园的门前，久久不散。人群中间隐藏着许多刻意安排好的寺奴，他们煽动百姓挥舞着铁铲和草叉，高举着火把和松枝，把石头和泥块丢向魔窟。那种歇斯底里的情绪，让园子内的教士想到了中世纪的欧洲。

此时柯罗威教士孤身一人，他伸开双手，站在动物园的拱门底下，虎皮鹦鹉就站在他的肩膀上。在他面前，是愤怒的曾经的游客；在他身后，是那些孤独的动物。头顶上一颗孤星在闪耀。知州的长警和兵丁们蹲在墙角，漠然关注着整个局势。之前杜知州特别吩咐过，要好好保护教士，免得闹出教案，其他的则不必理睬。

教士似乎又回到了在草原遭遇马匪的一幕。这一次他同样孤立无援，可并没有惊慌或沮丧。教士俯身下去，从土里捡起一枚十字架。那是他第一次来到沙地时，插在地上的。

这个动作，让人以为他要开始施展法术。不知谁高喊了一声，人们不由自主地朝动物园冲去。柯罗威教士像一块顽强的礁石，面对着汹涌的人潮，却丝毫没有退却。他牢牢站定，相信这些羔羊怒火下的眼神，仍旧保留着那么一丝单纯的惊喜。

越来越多的人闯入园区，他们在冬天来过许多次，所以对地形非常熟悉。可这一次他们却不是为了参观，而是为了毁灭，似乎不这样做就无法洗刷曾经的喜爱。柯罗威教士被撞倒在地，扑在沙地上，额头似乎多了几道血迹。他的身影很快就淹没在人群和烟尘中。

就在这时，动物园里有一缕黑烟飘起，布道堂似乎被人点起了火。赤峰的春季非常干燥，红山垭口的风又特别大，火借助风势，飞快地蔓延到了动物园的其他建筑。一时间黑烟弥漫，脚步纷乱，那些激动的闯入者变得手足无措，不知是该躲避还是继续。

一声震耳欲聋的吼声穿透了黑烟和火焰。带头的楞色寺喇嘛手腕一抖，铜铃摔在了地上。虎贲趁机凛然而出，显露出野兽的凶猛本质。

人们被吓得四散而逃，生怕成为它的口中餐。衙门的长警急忙举起火枪，进行了几轮射击。子弹射穿了虎贲的肩胛骨和后腿，这头万兽之王痛苦地号叫起来，动作更加凶残。长警们连连开枪，烟雾弥漫之下根本没什么准头，又射击了十几轮，才看到那雄伟的身影轰然倒地。

小满号叫着跑出来，他扑在虎贲身上，放声大哭，对任何试图接近的人又撕又咬。长警们好不容易把他扯开，这才继续前进。

他们没有放下枪，因为每一个赤峰人都知道，动物园里还有一头叫万福的大象，那才是最难对付的家伙。

可这时长警们发现，原本倒在地上的柯罗威教士不见了。

此时再想冲进去搜查已来不及了，得到营养的火焰逐渐变得巨大而狂野。它像是一张拔地而起的祖狼的大嘴，将所碰触到的一切东西都吞噬一空。动物园里都是木质建筑，没过一会儿，整个园地都被炽热的大火所笼罩，火苗直冲天际。远远望去，红山脚下仿佛多了一座活的小红山。

所幸这里是沙地，周围没有其他建筑。当大火烧无可烧时，终于悻悻熄灭。这个寿命未满一年的动物园，就此沦为一片黑乎乎的废墟。

　　长警们清点现场，发现虎贲的尸体恰好横躺在拱形门下，门顶的孤星和它一样，被烧成了一片黑色。可蹊跷的是，他们找遍了整个火场，没有找到其他任何一具动物或人的尸体，万福也离奇失踪了。

　　目击者们众说纷纭。有的说，其他动物早已经被教士放走了，动物园只剩下一个空壳；有的说，教士牵着大象投了英金河，还溅起了巨大的水花；也有人说，万福和教士现出了妖精魔怪的原形，化为一溜黑烟，借着火势飞向天空；还有一个小孩子，他亲眼所见那头万福的大象用鼻子卷起昏迷不醒的教士，把他轻轻放在背上，离开了沙地，缓缓向着草原深处走去。

　　整个动物园里，唯一能找到的是那匹叫巴特的虎纹马。它早早挣脱了缰绳，跑去红山脚下吃草。本来大获全胜的喇嘛们想把它牵走，却被从喀喇沁王府赶来的萨仁乌云拦住。

　　萨仁乌云说这是王爷想要的，于是喇嘛们退却了。她抱住巴特的脖子，潸然泪下。虎纹马不明就里地踢踏起来，口中唏律律地叫着。萨仁乌云牵着它，回到了化为一片废墟的动物园前，再一次跳起了查干额利叶。

她这一次的舞姿凄婉、哀伤，眼神幽深，像是在祭祀亡灵——只有她去世的母亲才能明白，这里还有更深一层的含义，要指引灵魂进入梦中的图景。这样一来，亡者就会进入思念他们的亲人的梦里，永不消失。

　　萨仁乌云回去之后，向王爷禀报了这次事件。杜知州唯恐事情闹得太大，只好公开处理了楞色寺，指责他们煽动民情，寻衅滋事，狠狠地罚了一大笔钱。至于诺亚动物园，官府报了一个"不慎失火"，不了了之。

　　说来也怪，火灾结束之后，原本荒芜的沙地上居然长出了一片绿色的草苗，恰好覆盖了那一片动物园的废墟。有老牧民说，烧出的草木灰会化成肥料，说不定来年这里就能变成一片丰茂的绿洲。

　　小满被送进医院救治。等到痊愈出来，他回到动物园内，在废墟上大哭了一场。萨仁乌云想把小满带回喀喇沁，却被他拒绝了。萨仁乌云这时才惊讶地发现，小满沟通自然的能力居然消失了。

　　小满留在废墟上，每天晚上，他会在沙地上用树枝画出一头大象的轮廓，然后蜷缩其中。

　　到了第七天，小满从梦中醒来，发现旁边站着一个风尘仆仆的喇嘛。他虽然没见过这个人，但立刻就认出了他，脱口而出："沙格德尔。"

沙格德尔还是那副破烂装扮，眼神缥缈而深邃。他伸出手去，抚摸小满的头顶，然后俯身下去，用修长的手指抠开混着灰烬的沙土，发现一株不知何时冒出头的青草幼苗。那幼苗弱不禁风，根系却顽强得很，在这一片从未生长过植物的沙地上挺直了腰杆，如同札萨克一般骄傲。

　　沙格德尔匍匐在地上，用嘴唇去亲吻苗上的露珠，然后顶礼膜拜。小满这时才发现，他的肩上居然站着那一只虎皮鹦鹉。小满急忙问他是否碰到了柯罗威教士。沙格德尔竖起一根手指放在唇边，轻声道："是啦，是啦，他们已经飞走啦。"然后唱着嘶哑的歌儿飘然离去。

　　当天晚上，楞色寺突然起了一场离奇的大火，几乎被烧成了白地。在清理废墟时，他们发现了一截长长的灰烬，似是一条蟒蛇被烧死在这里。在蟒蛇旁边还有一盏翻倒的酥油灯盏。很有可能那条诺亚动物园的蟒蛇逃进了寺里，在游动时碰倒了酥油灯，这才引发了火灾。不过还有一个说法，据一个更夫说，他看见在起火之前，悍匪荣三点从寺里走出来，在一群野狼的簇拥下消失了。

　　杜知州不得不继续发出通缉令，可始终未能将其捉拿归案。

　　赤峰城的居民们听到这个消息，几乎都认为是楞色寺遭了报应。他们回想起那一日冲入动物园的癫狂，都觉得不可思议。很快更多的消息披露出来，老喇嘛不得不承认针对诺亚动物园的一系列流言都是他暗中策划的。整个赤峰州舆论哗然，这让楞色寺几乎没有复建的指望，很快连地段都被一家洋行收购，改做皮货生意。

不少人很惋惜，他们以后再也看不到诺亚动物园了，应该不会再有第二个像柯罗威教士这种既固执又天真的人做这种事了。不过就在下一个满月的夜里，月光再度笼罩了整个城市。城里的每个居民都梦见了同一幅难以言喻的景象：

在银白色的暗夜草原上，一位身着黑袍的传教士踽踽前行，后面跟随着一队来自远方的大象、狮子、虎纹马、狒狒、鹦鹉与蟒蛇。在夜空之上，无数看不见的飞鸟在拍动着翅膀，缭绕在月亮左右的轻云在微风触动下不断变换着形状，就像是一个女子在舞动，仿佛在为草原上的人和动物指引方向。大地安静极了，在月光映衬下，每一只动物和人都化为一个庄严的黑色剪影，走过地平线，走过硕大的月亮，走向草原的深处。

从那时候开始，东蒙的草原上始终传说不断。不止一处的牧民宣称，他们见过柯罗威教士和他的动物从远处经过。这支队伍一直缓缓地走着，不知去向何方。有人还说听到过疯喇嘛的歌声，看到过白萨满的查干额利叶，甚至还有人在队伍离开之后，在泥泞中发现了祖狼的足印。

当一个城市里的每一个人都做梦时，城市也就拥有了自己的梦境。消失了的诺亚动物园就像是一片笼罩在草原上的云，把影子投射到所有人的睡眠中去。即使在很久以后，人们已经淡忘了诺亚动物园的存在，红山脚下的沙地也变成了一片茂盛的草地，但这梦境的记忆却顽强地一代一代流传下来。

很多赤峰的小孩子，从一出生起，就会做这样一个共同的梦，他们无法表达，也不会描述，然后在学会说话的同时把这个梦忘掉。不过他们的脑海里，会留下一片建筑的影子，里面生活着许多的动物，它们彼此和睦，天空还有鸟儿飞过。

小满后来在喀喇沁王爷的资助下，成为了一名出色的博物学者，写了许多本关于草原的专著。他一辈子游走于蒙古草原，与其说是考察，不如说是在四处寻找。可没人知道小满在找什么，更不知道他找到没有。

许多年以后，当白发苍苍的小满临终之时，他看着天花板，忽然露出一个欢欣的笑容，蠕动着嘴唇，发出一声大象的号叫。

事就这样成了。